新潮文庫

クジラアタマの王様

伊坂幸太郎著

新潮社版

目次

クジラアタマの王様

本文挿画　川口澄子（水登舎）

3715
693

第一章　マシュマロとハリネズミ

テレビに映る鳥に視線が引き寄せられた。漫画から現れたかのような、頭でっかちの外見で、嘴（くちばし）がやけに大きい。横を向き、じっとしている。動物園で撮影された映像らしく、リポーターらしき女性が、「ハシビロコウはほとんど動きません」と話している。「英語名は、shoebillで、靴のような嘴という意味です」
確かに革靴みたいな口だ。しかも、でかい。頭の大半が嘴じゃないか。
「不思議な顔をしているよね」ソファーに座った妻が、腹を撫（な）でながら言う。三ヵ月後には自分たちの子供が誕生してくるだなんて、頭では理解していても実感がない。
「笑ってるみたいだ」画面に映るハシビロコウの大きな嘴は、横から見ると口角が上がっているようで、常に、うっすらと笑みを浮かべ余裕の表情、といった趣すらあった。「大物の感じが」

裏のボスのような。

「今度、新商品で出してみたら？」妻がテレビを指差した。

「新商品？　これの？」

「ハシビロコウスナック、とか。嘴の部分がチョコなの」

「ハシビロコウを食べるなんて可哀想（かわいそう）、と怒る人がいそうで怖い」

「コアラはいいのに？」

「そのあたりの判断はみんな、意外に論理的じゃないから」

「実感こもってる」妻が笑った。「広報部って、苦情受付も担当しているんだっけ」

「お客様サポートは宣伝広報局の中にあるし、僕も去年まではそこの一員として、貴重なご意見を受けて、日々、勉強させてもらいましたから」

ニュースや話題になるのは、物事の実際の重要性や危険性よりも、多くの人たちの感情が優先される。不快なものは不快、理屈を飛び越える。その気持ちは僕も分からないでもない。あの動物は狩って食べてもいいが、この動物を獲（と）るなんて残酷！　といったことはよくあるし、有名人の不倫でも、大目に見られる人もいれば、世の秩序を乱す大悪党さながらに糾弾される人もいる。重要な外交問題そっちのけで、変わった飛び方をするムササビがテレビで話題になる。情報操作や誘導にかかわらず多くの人は、感情に正直なだけなのだ。

味が変わった、分量が少ない、といった不満ならまだしも、パッケージの色が嫌い、商品名が昔の恋人の綽名と似ていてつらい、美味しいがために食べ過ぎて太った、どうしてくれるんですか？これから食べるんですけどどんな味なんですかね？と電話で訊ねてきた人もとても真面目な口調だった。

「異動になって良かったねえ」

「同じ宣伝広報局の中だから、いつ戻されるか」

「あらら」

「自慢じゃないけれど、僕のお客様対応力は評価されていたんだから」

妻は冗談だと受け止めたようだったが、嘘ではなかった。

岸君は本当に貴重な戦力だから、ずっといてほしかったなあ。とは、異動が決まった際に牧場課長が言ってくれたことだ。照れ臭さもあって僕が、「戦力という言い方がすでに、お客様と戦う気満々に聞こえちゃいますよ」と言うと、「そういう受け答えができるのがね、素晴らしいんだよ。ただまあ、ずっとここでお客様対応してもらっているわけにもいかないからね。もちろん戻ってきたくなったらいつでも言ってよ」と笑った。

　テレビ画面に映るハシビロコウの横顔に、あれ、と感じたのは、その映像が変わる直前だ。「あ」と声に出していたらしい。

「どうかした?」妻が訊いてくる。

「いや、この鳥を知っている気がして」

「知ってる、って今、テレビで見たからじゃなくて?」

「どこかで会ったような。いつも会社の受付で挨拶をしている人と、まったく別の場所で、ふいに会ったような感じ」

「ああ、そういうのってあるよね。スポーツジムで会う人がたまたま背広を着ていたりすると、誰だか分からなくなるし」

「そうそう」

　ハシビロコウはジャージも背広も着ないけれど。

　目を細めて、テレビ画面を見つめる。ハシビロコウの、この小さな瞳が、記憶を突いてくる。子供の頃に動物園で見た時の記憶だろうか。

「いやあ、ハシビロコウはびっくりするくらい動かないです」

テレビから声が聞こえ、見れば動物園の映像ではなくなっており、それを踏まえてスタジオで芸能人たちが話をはじめていた。

「びっくりしても動かないですよね、この鳥」司会者が言う。「目の前のハシビロコウが動いたのを見たハシビロコウが、飛び上がるほど驚く、みたいな場面があればいいんですけどね」とコメントをした。「どうですか、ヒジリさんみたいにいつも踊っている人からすれば、こんな風にじっとしているのは我慢できないんじゃないですか」

人気ダンスグループに、小沢ヒジリなるメンバーがいるのは知っていた。グループの中でもとりわけ童顔で、ひょろっとした体型に見えながらも体は筋肉質で、踊る姿が美しい。おまけに高学歴で、教養があるらしく、女子高生を中心に大人気だった。

彼が映るだけでテレビの輝度が増すように思えるのも事実だ。

「このヒジリ君って、うちの新商品のコマーシャルに出てもらいたかったらしいんだけれど、駄目だったんだって」僕は言った。「断られたみたい」

「やってくれてもいいのに」妻が冗談口調で言った。

「本当だよ。あんなに頑張っていたのに」

「あんなに頑張って？　なんの話」

話す必要があるのかないのかも分からないうちに、僕は話しはじめている。広報部で新商品の担当チーム、そこの係長のことだ。「新商品のコマーシャルに小沢ヒジリを出すように、上から強く言われて、頑張っていたんだ」

「新商品って」

「マシュマロの」

「ああ、あれ。わたし、好きだけど」

「僕もだ。ただ万人受けする感じでもないから、社内でも鬼っ子、というか、異端児、というか、あだ花、というか」

「賛否両論？」

「うちの偉い人たちはみなさん、出世のことしか考えていないので」僕は自嘲気味に言った。冗談半分ではあるが、残りの半分は本心だった。「失敗しそうな仕事には消極的で」

「賢い」

「賢いの前に、『ずる』を付けたほうが。とにかくこの、当たるとも思えない新商品の担当を嫌がって」

「その係長に押し付けたわけ？」

察しがいい。「まあ、というわけで、真面目な係長は頑張っていたんだけれど、今大人気の小沢ヒジリは、あちこちの宣伝に出ていて、事務所の条件も厳しいらしくて。いつも強気な広告代理店が及び腰になるほど。予想通り、コマーシャル出演は叶(かな)わず」

「小沢ヒジリ、見損なったぞ」妻がテレビ画面に向かって、指差すが、もちろん彼女も小沢ヒジリを真剣に責めたいわけではないのだろう。

「新商品の売れ行きは？」

「まあ、まずまず。大ヒットとはいかないものの、損するわけでもなくて」

「その係長さんの頑張りが報われるほどの結果じゃないんでしょ？　逃げ腰の上司たちを慌(あわ)てさせるほどには」

「まあね」

当の係長が終業時間後に、廊下の隅で電話をかけている場面を見かけた。たしか彼女の子供はまだ小学生のはずだったから、急な残業になったために、何らかの説明が必要になったのだろう。丁寧に説得する様子は見るからに大変そうで、その横を、ほかの上司たちが飲みに行く店を検索しながら通過していくものだから、正直者が馬鹿(ばか)を見る、有能な人ばかり苦労する、といった言葉を思い浮かべずにはいられなかった。

「うちの会社、少しずれてるからなあ」

「名刺も変だし」

「まあね」

初対面の相手との話のとっかかりになるように、雑談めいた情報を名刺に記しておくことが推奨されている。たとえば、趣味はスキーです、だとか、タロット占いが得意です、だとか。僕の場合は、とある有名人と誕生日が一緒であることを載せているのだが、すでに紙の名刺自体が前時代的なものになりつつある上に、仕事とは無関係な私生活部分を明かすことにはデメリットもあるため、問題視されてきてもいる。

テレビに小沢ヒジリの顔が大きく映し出された。柔らかそうな髪に、二重瞼でくっきりとした目、鼻筋は通り、顎も細く、男の僕から見ても魅力的だ。

「まったく、この人のせいで」

「本人は、お菓子好きで、うちのもよく食べてるって話なんだよね。係長が何度も事務所に通って新商品の説明をした時も、ヒジリ本人は喜んでいると聞いてたらしいし」

それでも結果が出なければ一緒だ、と上層部のほうは陰で、いや、陰に留まらず表立って言っていた。

「それだったら、テレビで言ってくれればいいのに。宣伝になるようなことを」

「そんな無茶な」

　無茶なことが起きたのは、その直後だった。

　テレビの中の小沢ヒジリが美しい白い歯を見せて、「休みの日はほとんど動かないですよ。ハシビロコウと同じで。ソファーで微動だにせず、お菓子食べてますよ。マシュマロで包まれた、あれ」と言ったのだ。「最近、夢中なんですよ」

　司会者が、「ああ、あれ美味しいですよね。マシュマロが絶妙の柔らかさで」と応じたところで彼はさらに、「お菓子界のスーパールーキーですよ」と笑った。

　妻がテレビを指差しながら硬直し、少ししてから視線を寄越し、「これって」と言った。

　僕はうなずきながらも、自分の顔が引き攣(つ)っているのが分かる。「弊社の新商品」

番組スポンサーにスナック菓子メーカーがいなかったのかもしれないが、よくぞカットされずに放送されたものだ。

　メーカーの名前も具体的な商品名も出なかった。とはいえ、今、話題になったお菓子が何であるのかを当てるのは難しくない。

　やった！　と妻が贔屓(ひいき)の選手が得点を決めたかのように拳(こぶし)を掲げた。

翌朝、起きるとスマートフォンにメッセージがいくつも届いていた。学生時代の友人から行きつけのバーのマスター、新人研修時にお世話になったコンビニエンスストアの店長まで、内容はいずれもほとんど同じで、「ヒジリがテレビで喋(しゃべ)っていたお菓子はおまえのところの商品だよね？」というものだ。

「どうしたの？」朝食のパンを食べながらスマートフォンを眺めている僕に、妻が訊ねてくる。ふくらんだお腹(なか)のためか少し動きにくそうで、彼女がバランスを崩して転がってしまうのではないか、と気になる。「にやにやしてるけど」

「ほら、昨日のテレビの」事情を話すと妻も目を細めた。小沢ヒジリを見直しました、と言う。

出社してみると社内は全体的に、あくまでも僕の主観ではあるが、うきうきとしていた。パソコンを起動し、メールチェックをすれば、同業他社の知り合いたちから幾通か、「昨日のテレビ」「ヒジリが」といった件名とともに届いている。妬(ねた)ましい、といずれも冗談交じりに書いている。

小沢ヒジリの影響力はすごいものだな、といったことに思いを馳せずにはいられない。もちろんテレビで紹介されたものがすべてヒットするわけではないだろう。たまたま嚙み合わせが良かったのかもしれない。

始業前にトイレに行こうとしたところで、エレベーターから降りて走ってくる係長と会った。

「やりましたね」と声をかけると彼女は息を切らせながら、「子供が急に学校に行きたくないとか言って、ばたばたで」と嘆く。「宥めすかしてどうにか。でもぎりぎり間に合ったみたいね」

「いえ、そうじゃなくて、昨日のテレビの」

「昨日のテレビ？」

どうやら彼女は、小沢ヒジリ発言のことを知らないようで、僕は慌てて事態を説明した。人を喜ばせることは自分の喜びにもなる。このような良い知らせを当事者に伝える役割を果たしていいのかしら、と気になりつつも、話さずにはいられなかった。

係長ははじめはきょとんとして、「どうして」と戸惑っていた。

「係長の熱意が伝わったんですよ、きっと」少々、芝居がかっているかと思ったが僕は言う。「かなり反響あると思いますよ」

「営業に連絡してみないと」ようやく彼女は表情を綻ばせた。「でも、別にわたしが頑張ったからってわけじゃないよ。みんなの」

「あのお菓子、クソまずいと言ってた部長たち以外は」

係長は噴き出し、「岸君、言うねえ」と自席へと足早に向かった。

少しその場で立っていると、広報部から拍手が聞こえてきた。誰が一番頑張っていたか、やはり誰もが分かっていた、ということだろう。正義は勝つ、とは大袈裟かもしれないが、どこかほっとした思いを抱いた。

「いやあ、すごいことだな、これは。ラッキーだぞ。営業のほうには注文や問い合わせがばんばん来ているらしい」部長は非常にご機嫌で、いつもよりも声が大きく、いつも以上に胸を張っていた。「あの商品、きっかけ次第で化けるとは思っていたんだが、やっぱりだったな」

嘘ばっかり、と内心で指摘したのはおそらく僕だけではなかったはずだ。係長はどんな顔をしているのか知りたかったが、僕の席からは後頭部しか見えなかった。

「うちもいよいよ、ビルに大きなテレビをつける時が来たかもしれない」部長が言う。

大きなテレビ、とは庶民的な物言いになるが、ようするに、ビルに設置された大型スクリーンのことだ。最近では、取り立てて珍しいものではなくなったものの、当社創業主である初代社長の時代には、「大きなテレビ」が成功の証(あか)しだったらしく、自社ビルに大きなテレビを！　は社内を活気づける掛け声じみたものとして、浸透していた。

　業界大手、数千人の社員が働く会社なのだから、ビジョンを設置するくらいはできるのではないか、と社員の多くは思っているが、そのスローガンを残したいがゆえに未設置なのだ、と言う上司もいた。

「とはいえ好事魔多し。どこに落とし穴があるか分からないぞ」しまっていこうぜ、の呼びかけよろしく部長はそう言った。

　まさか本当に落とし穴が待っているとは、想像もしていなかった。しかも、その穴は僕の前に掘られていたのだ。

その日、朝起きた時に、妙な感覚に襲われた。ベッドの布団(ふとん)を跳ねのけ、上半身を起こして、ここはどこだろう、と思った。寝ぼけていたのかもしれないが、なぜか、立ち上がった瞬間、胃がきゅっと締まるような緊張感を覚えた。

起きたばかりなのに、何を警戒しているのか？

「魘(うな)されていたよ」顔を合わせると妻が心配そうに言ってきた。「珍しいよね。大丈夫？」

「魘されて？」思い当たる節がなかった。

「不安になったから起こそうとしたけど、起きなくて」

足元が急に寒くなった。高いところから落下するような感覚に襲われたのだ。落ちたのではない、吸い込まれたのだ、と思う自分に別の自分が、吸い込まれた？　と聞き返す。

ぐるぐると渦の中に吸い込まれるような。

ぐるぐる？　渦？　自分でもそれが何を指すのか分からなかった。

「嫌な過去とかが急に思い出されたのかな」

「嫌な過去といえば、小学校のころにいじめられたことと」

「両親の離婚?」と妻が言う。

「その通り」

結婚前の交際中にお互いの幼少期、少年少女時代、思春期時代については散々話をしていたから、子供のころ理不尽ないじめに遭ったことや、大学の卒業旅行で火事に遭遇したことなども妻はよく知っている。

出社した僕を待っていたのは、部長からの呼び出しだった。

広報担当としての新しい案件を割り振られるのだろう、と思っていたが会議室に入ったところで、部長と並ぶ牧場課長の姿が目に入り、嫌な予感が過った。

お客様サポートのベテランで、長年、さまざまな苦情や無理な相談をぶつけられてきているにもかかわらず、いつだって穏やかで、それこそ、おお牧場はみどり、と朗らかに歌い出しても違和感のない牧場課長は、社内でも尊敬できる数少ない上司の一人だったが、この状況は、「岸君、お客様サポートに戻ってくれ」と告げられる図しか想像できない。

「岸君、そんなに嬉しそうな顔をしなくても」牧場課長が笑った。

「いえ、その」

「喜べ、岸」部長の声はいつだって張りがあり、こちらの体を震わせる。

「はあ」

「牧場課長はな、おまえの力が必要なんだと」

目の前が暗くなった。やはりお客様サポートに戻るのか？　ようやく洞窟から這い出たと思ったら、また引きずり戻されるのだろうか。

「いや、一時的なんだよ」牧場課長は言う。僕のショックを分かってはくれているのだろう。「君の引継ぎでやってきた鮫岡君が、ちょっと離脱することになって」

「鮫岡さんが」

僕より一年先輩で、体格も良ければ頭の回転も速く、フットワークの軽さと巧みな話術で、営業社員として活躍していたのだが、僕と入れ替わりでお客様サポートに配属された。

引継ぎの際、僕の説明を聞いた鮫岡さんが、「ようするに、クレーム処理だろ？　謝っておけばいいんだろ？」と言い放った時には若干の不安が過ったが、それでも、やり方に正解はないだろうし、僕よりも年長の鮫岡さんに指導や助言をするつもりはなかった。

「一昨日から休んでるらしい、鮫岡」部長が眉(まゆ)をひそめる。

「風邪ですか？」

「投了したんだと」

「投了って何ですか」

「あいつは、放り投げるんだよ。どうしたらいいのか分からなくなると」

「仕事ってそんなことできるんでしたっけ？」

「とにかく、代わりに誰かが応対しなくちゃいけないだろうが」

「だからって」

「必要とされるってのはすごいことだぞ、岸。牧場課長ご指名だからな」

「ごめんね」と丸顔の牧場課長は拝むように手を合わせた。「岸君、頼りになるから」断る選択肢はない。「一時的な、代打ですよね？」と念を押すのが精一杯だった。

「もちろんだ」と部長はうなずいた後で、「だけど、活躍すれば代打からレギュラーになれるぞ。あとは二人で話をしてくれ」とさっさと会議室から出て行った。

「鮫岡さん、どうしちゃったんですか」僕は牧場課長に訊ねる。

「これを聞いてほしいんだけれど」牧場課長は手元のパソコンを操作した。

少し間が空いたのち、音声が再生される。電話応対の録音だとすぐに分かった。お客様サポートでは、「大事なお客様」とのやり取りをすべて記録している。アナウンス上は、「今後のサービス向上のために」と言ってはいるが、ようするに、「言った言わない」の水掛け論を防止するためと、担当者の言動をチェックするためだ。

女性の声が流れ出す。「だから、さっきから言っている通り、お宅の商品に画鋲が入っていたんですよ。うちの子はそれで、頰の内側が傷ついたんですから。マシュマロだと思って食べたものに画鋲が入っていたら、どれだけショックか分かります？」

マシュマロ？　画鋲？

「大変、申し訳ありません」

謝罪を口にしているのは鮫岡さんだろう。よくない、と僕は思った。明らかに感情が込もっていないからだ。苦情を言ってくる人間に対して必要なのは、ひたすらお詫びをすること、しかも心を込めて大袈裟なほどに謝ることで、事情説明や弁明はその後だ。

するとやはり女性はいきり立ち、「棒読みみたいな謝罪はいりません。どう考えているんですか。早く発表してください。今時、こういったことは真摯にすばやく対応しないと、取り返しがつかないことになりますよ」と言ってきた。

確かにその通り、と僕は思いつつ、鮫岡さんの反応に耳を傾ける。先ほどの、うわべだけの謝罪からすると不安はあったが、案の定というべきか、「はいはい」と呆れたように洩らすのが聞こえてきて、驚いた。舌打ちすら聞こえる。

これはよろしくない。

よろしくない、を絵に描いたような応対だ。絵に描いて出品できる。

目の前の牧場課長はすでにこの内容を知っているからだろう、自分の教え子が世間に迷惑をかけてしまった、とでもいうような表情を浮かべている。

「これ、いつなんですか？」

「三日前なんだよ。この女性、前日にもかけてきたらしくて、その時から鮫岡君が対応したんだけれど」

つまり、例の、小沢ヒジリ効果で新商品が大ヒットしてから数日経った頃だ。

マシュマロ、というキーワードが出てきた時から察してはいたが、この電話の女性が、「画鋲が入っていた！」と訴えているのは、例の新商品のことなのだ。

「ちょっとばかり話題になって売り切れたりしているから、気が緩んでいるんじゃないですか？」女性は棘のある言い方をし、それに対して鮫岡さんは、「今、店頭に並んでいるものは、もっと前に工場を通ってきているんですよ。仮に、お客様の言うことが本当で、画鋲が入っていたとして」と言う。

「信じていないんですか！」

「そうだったとしても、工場で画鋲が混入したのはずっと前です。今のヒットや売り切れが起きる前ですよ」

「だったら何なんですか。画鋲が入っていてもいいってことですか！」

またまた、よろしくない。

理屈を説明されて、「なるほどそうでしたか！」と相手が納得するケースはほとんどない。言い包めようとしているのか、馬鹿にしているのか、反省していないのか、とヒートアップした態度を取ってくるのがオチだ。

「あの、そんなことを言っていると後悔しますよ。誠実な対応をしてくれるなら、こちらも考えましたけど。だって、子供が怪我をしているんですよ」

「はいはい」と鮫岡さんがまたよろしくない返事をしてしまう。

音声再生を停止させた後で牧場課長は、「鮫岡君、ちょっと疲れていたようなんだよね。ほら、急にあれが売れちゃったりしたから」と片眉を下げる。

「ああ、ヒジリさんの」ヒジリ様の、でもいい。

もともと個性的な味で、気に入った人には喜ばれるタイプのお菓子であったため、知られさえすれば人気が爆発する可能性はほかの商品よりも高い。

あまりに急激に、あまりに大量に市場から消え、つまり想像以上に多くの消費者のもとに届いたのだが、そうなると必然的にトラブルは増える。商品に触れる母数が増えるほど、予期せぬ行動に出る人の数も多くなる。少なくとも、手に入らないじゃないか、という苦情は出る。

「鮫岡君も急に忙しくなって、ストレスが蓄積されたんだろう」

「こんな対応したら、問題が大きくなる可能性もありますよね」

言ってから気づく。

大きくなっているのだろう。

だから僕が、代打で呼び戻されたのだ。「あ、代打じゃないですね。代打はチャンスの時に回ってきますから」

ピンチで出番がやってくる中継ぎ投手のほうが近い。

こんなことになっていたら嫌だ、と想像していたことが、牧場課長の口から説明された。

疲弊した鮫岡さんが集中力を失ってしまったからか、失礼な対応をした相手、あの女性はＳＮＳを使い、今回の件を訴えはじめていた。匿名(とくめい)に近い形であったものの、それを影響力の大きい何者かが取り上げ、一気に広まった。

今流行りのあのお菓子に画鋲が入っており、にもかかわらず会社の対応はひどく、売れればいい、買わせれば勝ち、の傲慢さここに極まれり！

といった声がインターネットの世界で沸き上がっているらしい。

「それが昨晩で」

一夜明けたら、ネット世界では誰もが知る大事件、となることは多い。僕の眠っている間に、うちの会社が燃え上がっていたわけだ。

「小沢ヒジリさんのあれもヤラせだ、というデマも飛び交うようになっているみたいで」

「でも、画鋲、どうして入っちゃったんでしょうか」

「分からないんだよ」

「入るとしたら工場ですよね」

「今、至急で調査を行ってもらっているんだけれど」

画鋲が入った形跡がありました、と判明するならまだしも、画鋲が入るわけがありません、と証明をするのはなかなか難しい。そもそも、異物混入は百パーセント防げるものとは思えなかった。

「どうするんですか、これ」

ネット検索の結果を映し出しているノートパソコンを僕は指差す。こちらを破滅させる呪文、もしくは、僕たちを地獄の底に引きずり落とそうとする餓鬼たちの詰まった壺のように思えてならない。今もこの端末の中で、それが増幅し続けているのだ。

ああ、怖い。そういった世界の話には触りたくない。が、触らなくては解決しないのだろう。

「急きょなんだけれど、今日の夜に会見で説明することになってね」

「え、会見？」ネットでの悪口や騒ぎなどしょせんバーチャル世界の出来事、何もしなければそのうち収束するだろう、とのんびり構えていられたのは昔のことで、今や、甘く見ていると被害が大きくなり、大火事になるケースは多い。できるだけ早急に、はっきりとした対応をとることで、被害は最小限に抑えられる。それは事実だ。「ただ、ネット上で大騒ぎになって半日も経っていないのに、早くないですか？　今のところ、この方だけなんですよね。画鋲が入っていたと主張するのは」

画鋲が多数発見されたのならばまだしも、と僕は続けた。

パソコンに目をやる。この中で、たくさんの小さな鬼たちが肩を組み、わっしょいわっしょいと騒ぎ出しているのを想像してしまう。

「さっき朝の会議があったんだけれど、上の人たちが焦っちゃってね」牧場課長が苦笑する。

歴史ある大企業、といえば聞こえがいいが、昔ながらの古い体質を引きずっていることは否定できず、特に、「取り締まる」系の役職を持つ者たちは、インターネットにも詳しくなく、関心もなければ興味もない、という雰囲気が強かった。

「知らないがゆえに、極端に臆病になっちゃって」

大きな話題になる前に早急に対処すべきだ、会見を開いたほうがいい、と強く主張しはじめたのだという。

「岸君の言いたいことは分かるよ。今の時点で会見を開くと逆に目立って、余計に事を荒立てることになるんじゃないか、と心配しているんだろ?」

「異物混入とは違いますけど、あれを思い出しちゃうんですよ。一昨年でしたっけ、インフルエンザのことで」

「ああ」覚えていたのか牧場課長も顔を歪めた。

欧米で新型インフルエンザが見つかり、感染者が広がった時のことだ。はじめは遠くの出来事、海外は大変だなあ、とのんびりと感じていたのが、重症患者が増え、世界保健機関が深刻なコメントを発表し、死者が出たあたりで日本国内でも緊張感が漂いはじめた。

　空港では検疫が強化され、一匹たりともウィルスは入国させない、と言わんばかりの、もちろんウィルスの数え方としては不適切だが、そのような気迫が伝わってきた。ＷＨＯははなから空港での検疫の効果を疑問視しており、「日本の状況を注視している」と半ば苦笑気味のコメントを出していたのだが、そんな矢先、都内の私立高校生が修学旅行でカナダに行き、新型インフルエンザに感染した。

　どうしてこんな時期に海外に！

　世間はその高校を責め立てた。僕も積極的に怒りをぶつけたいほどではなかったが、「修学旅行なんて行かないでよ」とは思った。

　結果、その高校の校長先生が記者会見を開き、事情の説明と謝罪を行ったが、記者からのあまりに執拗な質問、質問の皮を被った非難をぶつけられた。

「集団パニックのような感じでしたもんね」

「しかもあの時はほら、治療薬が」

「何かあったんでしたっけ」

「政府が備蓄していた倉庫が焼けちゃって」

　思い出した。確かに、あの新型インフルエンザ騒動の時、保管されていた治療薬が焼失した事件が起きたのだ。ただでさえ、みなが不安でぴりぴりしている時に、大事な薬が大量に消えた、という事実がますます僕たちの平静を奪ったのは間違いない。

「そのせいで、非難がヒートアップして、最悪の結果に」牧場課長が同情たっぷりの声を洩らす。

精神的に疲弊したせいか、校長先生は地下鉄のホームから転落し、命を落とすこととなった。「あの後、新型インフルエンザはいろんな経路ですぐに広まって、おまけにほとんど今までのインフルエンザと大差なかったんですから」たまたまみなが警戒し、怯えていた時期に注目を浴びてしまったがために、校長先生は一身に非難を受けることになり、結果、自らの人生を真っ二つに折ることになった。

「記者会見というと、ああいう展開を思い浮かべてしまって」

「ただ、実は今日の会見のメインは、あくまでも新商品の思わぬ大ヒットによって、製造を一時停止することの発表なんだ」

「あ、そうなんですか」

「その中で、異物混入の情報があるため製造ルートを再度チェックする、と報告すべきじゃないか、と」

なるほどそれなら、ネット上の騒動に怯えて過剰反応をした、というよりも、トラブルに対して細やかに対処しているように捉えられるかもしれない。

「それならまだ」僕の返事は少し他人事だった。「で、僕はどうすれば」

どうすれば許してもらえますか、と訊ねたいほどだ。

「岸君には、その会見の際の文書を作ってほしいんだよ」牧場課長は目じりに皺を作り、七福神めいた笑みを浮かべる。

「文書？」

「記者会見は広報部が仕切る。その時の対応マニュアルはお客様サポートで作らなくちゃいけないんだ。うちは記者会見とか機会が少ないし、不慣れで。岸君はうちにいた時もうまくトラブル対応していて、みんなも頼りにしていたから、その時のノウハウを駆使してもらえると助かるんだ」

褒められれば嬉しいのは事実で、照れくささに包まれながらも自分の頬が緩むのは分かる。が、油断してはならない。無理なことを頼むためには、相手を持ち上げて気分を良くしてから、という手法もあるはずだ。

「さっきも言ったように、今日の会見は」

「あ、待ってください、牧場課長、今日ですよね」

「今言ったばかりだけれど、今日だよ。会見は」

「その準備を今日ですか？　今日の準備を今日に？」

僕の言い方がただの言葉遊びだと思ったわけではないだろうが、牧場課長は優しく笑った。「急だから、本当に申し訳ないんだけれど。でも、答弁の台本ではなくて、こういったことは口にしないほうがいい、断言しないほうがいい、といった、べからず集みたいなのがあれば十分なんだ」

それくらいならできるかもしれない、と思ったのが間違いだったのだろうが、一会社員としては断れるわけがなかった。

お客様サポートの社員六人は、僕がいた時と変わっておらず、「お帰りなさい」「出戻りか」とからかい半分に迎え入れてくれたが、挨拶もそこそこに、何しろこれは時間との戦いであるから、空いているデスクを借り、ノートパソコンと睨めっこをはじめた。
自分が昔作ったファイルを探し出し、開く。

クレーム処理の心構え、とでも言うべきもので、異動が決まった際、もう二度とこの部署には戻ってこないように、という気持ちで削除しようと思ったこともあったが、捨てないでおいて良かった。

相手の話をまずはよく聞くこと。「ですが」「だけど」などの逆接の言葉は厳禁。ひたすら低姿勢で謝罪を繰り返す。土下座の強要や常識外の取り引きには応じないこと。といった基本的なことから、「防戦一方でひたすら謝っていると、よりヒートアップしてくる相手もいる」といった自らの後悔をもとに記したものもある。

無抵抗の相手に攻撃することでストレスを発散させる人間もいる。その場合、こちらがいくら謝っても、相手は攻撃をやめない。いくらでも続けてくる。だから、適度に反撃もしなくてはいけない。もちろん、「自分たちのミスを棚に上げて、何を偉そうに」と怒ってくるが、「それについてはもちろん謝罪しています。申し訳ないと思っています。ただ、今おっしゃった点についてはお受けいたしかねます」と冷静に、毅然(きぜん)とした態度で応じる。

リスクはあるが、もともと鬱憤(うっぷん)晴らしで向かってくるだけの相手の場合、真摯に謝り続けてもリスクがあるため、理不尽なことには抗(あらが)いますよ、とこちらのスタンスを示すほうが比較的うまくいくことが多かった。

読み直しながら、我ながらよく頑張っていたものだな、と感心した。

僕がいた頃は、記者会見にまで発展したケースは経験がなかった。牧場課長は、「うちの会社は不慣れ」と言ったが、これだけ大きな企業で長年多くの商品を販売しながら、そういったトラブルに不慣れでいられたことは、非常に幸運だったのかもしれない。

だから、僕が記していた注意点は、経験から来るものよりも、ネット上のビジネスサイトや本に書かれていたもの、コンサルタントから教えてもらったものがメインだった。

お辞儀の角度や頭を下げている時間から、前に並ぶ記者たちのどのあたりを見つめて喋るべきか、といった内容を箇条書きにしていく。

自分たちも被害者である、といった考えは一切、捨てるべき。

心の奥底に、「こっちだって大変なのだ」「濡れ衣かもしれない」といった思いがあると、自然と言動に出てしまうものだ。

いくつもの注意事項を書いた後、少し考えた末に、「私見ですが」と但し書きをつけた上で、以前から感じていたことを付け足すことにした。

自然な言葉を用いたほうが、より誠実な印象は強まると思います。

「遺憾に思う」「前向きに考えている」「善処する」などの定型句を使うと、「当たり障り（さわ）のない常套句（じょうとう）」を使って逃げようとしている印象を与える。迂闊（うかつ）に謝罪してはならない、という考えは理解できるが、一般の人からすれば、素直に謝罪したほうが好感が持てる。結果的に、自分たちに非がなかった、と分かればそれはそれで良いではないか。

どうにかこうにか僕なりの謝罪会見の心得をまとめ、十四時には牧場課長に文書を渡した。

いくつか説明を求め、最終的には、「これはいいね、すごくありがたい」と礼を言い、こちらを気持ち良くさせるのだから、牧場課長は人を動かすのが上手（うま）い。

「でも、少し深刻になってきていますよね」僕は言った。朝に話を聞いて以降、時折、インターネットの情報を検索していたのだが、予想通りと言うべきか、予想以上にと言うべきか、当社に対する批判はかなり高まっていた。みなでスクラムを組み、効果的に攻撃を仕掛けるべきだ、という雰囲気ができつつあった。会見での説明は時期尚早では？　と思っていた自分が間違っていたのかもしれない、臆病な常務たちに感謝、と感じはじめていた。

だから、夕方、会見出席者を集めたミーティングに資料説明のために同席したところ、そこにいるみなが思った以上に、ぴりぴりしていないことに驚いた。

例の、小沢ヒジリの影響による新商品大ヒットのお祭り騒ぎが、現場の管理職に楽観を生み出していたのかもしれない。

会見のメインの目的である、製造一時停止の報告について資料を確認し終えたところで、「それから、画鋲の件なのですが」と牧場課長が立ち上がり配布済みの資料をもとに状況説明をはじめたが、広報部長は、「しょせんネットなんてガセばっかりだろ」と言い放ち、僕を不安にさせた。

「いえ、今は過剰なほど、念には念を入れて、丁寧に対応するほうがダメージは少ない時代です」牧場課長は言った。

「意見する」ように聞こえたのが悪かったのか、「時代です」が「あなたたちは時代遅れです」と指摘していると受け止められたのか、部長が、見えない針を背中に逆立てるのが分かった。

表立っての反論はしなかったが、牧場課長が配布した資料をぞんざいに扱いはじめる。

「朝の会議で、うちの常務たちはびびってたけれど」と広報部長は歯を見せた。「あの人たちはネットを知らなさすぎるから」

そう言う部長も、インターネットの怖さを甘く見すぎている。とは言えない。

「まあ、このマニュアル通りやればいいんだろ？」と誰が言ったのか、僕は見ることもできなかった。

「もしよろしければ、会見でこの件だけは私から説明したほうが」牧場課長がそう言った。

「いや、そこまで手間をかけなくても大丈夫だよ」広報部長はむっとした。「牧場課長はでしゃばりだな」

うちの会社は創業者から二代目までは世襲だったものの、以降は、社員が社長職につく。つまり、どの社員にもルール上は、社長まで昇りつめる資格があるわけで、部長は明らかにそのゴールを見据えていた。同じ社員に対してライバル意識を隠そうともせず、功績を残すことに必死だ。

嫌な予感がする。嫌な予感しかしない。

そう思っているうちに打ち合わせが終わった。会議室を出て戻る途中、牧場課長に追いつくと、「大丈夫ですかね」と僕は言ってみた。

ううん、と牧場課長もさすがに不安そうで、「岸君のまとめてくれた資料だけは、ちゃんと守るように、と念を押しておいたから」と続けたのも自分に言い聞かせるためのようだった。「ベストな展開にならなかったとしても、最悪な展開は避けられると思う」

「避けられなかった」と僕は会社の廊下で電話をかけ、妻に言った。「最悪の展開だよ」

「そうみたいだね」

妻がすでに事態を知っていたのは、夫婦の以心伝心や虫の知らせ、といった力によるのではない。伝えるまでもなく、ニュースになっていたのだ。

「どうしてあんなことになったわけ」

「いろいろ重なって」

今さら原因を究明する気持ちにもならないほどに、会見は大失敗に終わった。

最初のつまずき、おそらくはそれが最大の失敗だったのだが、会見に臨む我らが広報部長が、資料を忘れてしまったことだ。後で分かるが、牧場課長の渡した資料を別のものと間違え、自分のロッカーに置いてきてしまったらしい。一緒に会見に出た、ほかの者たちもそろいもそろって資料を持参していなかった。

それならそれで、僕や牧場課長にSOSを出してくれればよかった。僕たちが会見場の隅で待機していたのは、そういった突発的なトラブルや予期せぬハプニングに対応するためだったのだから、合図を出してくれれば、そうでなくとも困った素振りを見せてくれれば、対処したはずだ。さほど難しいことではない。

その難しくないことを難しくしたのは何か。

プライドだ。

広報部長はもともと、今回の画鋲の件を発表することに乗り気ではなかった。それしきのこと、と捉えていた節があったし、「やればいいんだろ」と投げやりだった。

これしきのピンチはどうとでも収束できると踏んでいたのかもしれない。俺を誰だと思っているんだ、かの弁論部出身だぞ、とでも。

が、謝罪する場合に必要なのは、丸裸となってひたすら謝罪する姿勢であり、決して、口達者に丸め込もうとする態度ではない。しかも資料がないものだから、具体的な情報ではなく、曖昧（あいまい）な表現が繰り返される。

それで今まで乗り切ってこられたのだから、広報部長の人生はそれなりに運が良かった、当社も幸運だった、のかもしれない。

はじめは、異物混入の報告に関心を示さなかった記者たちも、広報部長が言い逃れようとしている、と察知すると急に攻撃力を増し、次々と質問をぶつけた。しどろもどろの部長は、そのしどろもどろになったこと自体が不本意なのか、つまりここでもプライドが最大の敵となったのだが、いっそう取り繕った。

ボクシングの試合であれば、タオルを投げ入れたいところだが、その代わりに牧場課長が見兼ねて飛び出そうとした。

その時、部長がこらえきれなくなったのか、言った。

「工場で画鋲なんてね、入るわけがないんですよ。あるわけないんです」

あ、言っちゃった。

と僕は思った。べからず集にも書いたはずだが、調査段階はもちろん調査結果が出た後も、「百パーセント大丈夫」「絶対に問題ない」と言い切ることは避けたほうがいい。どのように管理体制をしっかりしたところで、異物混入の可能性はゼロにはできないからだ。言い切った後でそれがひっくり返るとダメージは大きくなるため、とにかく弁解の余地が残るように、断定を避けるべきだ。

部長が感情的に言い切ったのは明らかで、記者たちは一瞬黙った後で、予想通りの反応を示す。

絶対だな！　画鋲の件は言いがかりとおっしゃるのだな。万が一、御社の責任が明らかになった暁にはどう始末をつけるのか。

といった内容のことを、もう少し品のある言葉でぶつけはじめた。

会見は急に騒がしくなり、収拾がつかなくなった。

「どうなるの？」電話の向こうの妻は心配そうだった。お腹の子までも心配しているのではないか、と少し怖くなる。

「分からないけれど、ただ今日は遅くなりそうで、たぶん泊まっていくことに」

インターネット上では昼間までの比ではないほどに、批判が沸き上がっている。真の正義感、義憤によって怒っている者がどれほどいるのかは分からない。お祭り気分で騒いでいる者も多いだろうが、とにかく、うちの会社がこっぴどく叩かれ出している。

先走った会見での説明が、裏目に出た。

「明日は始発くらいで出社してくれないかな」と牧場課長が申し訳なさそうに言ってきたのが三十分ほど前だ。

朝になり、営業時間となれば、ネット上の批判や不満、不愉快な思いが、現実のこの現場に流れ込んでくるのは間違いない。すでに苦情メールは大量に届いている。電話は殺到するだろうし、ニュース媒体からの取材も間違いなく来る。その準備のためにも早く来てくれ、というわけだ。

「今日は会社で眠りますよ。対策も考えないといけないですもんね」

「悪いねえ」

「牧場課長こそ大変ですよね」

で、会見で失態を晒(さら)した人はどうしているの、と妻が訊(たず)ねてくる。

「帰っちゃった」言ってからさすがに僕も苦笑する。広報部長はまだ事態の重さに気づいていないのだ。失敗した、とは理解しているのだろうが、恥をかいた！　程度の認識しかないのかもしれない。状況の説明と対策の必要性を訴える牧場課長の話もまともに聞かず、頭が痛い、と言って早々に帰った。

妻も呆れて息を吐き、「無理しないで、ちゃんと眠ってね」と言った。

顔を上げると口から涎めいたものが垂れており、慌てて拭う。はっとして周囲を見れば、自宅ではなく職場の会議室だった。目の前にはノートパソコンとスマートフォンがある。突っ伏す形で眠っていたらしい。

両手を挙げ、体を伸ばす。

職場で朝を迎えた時点で、「昨日起きた一連の出来事は夢ではなく現実」なのは間違いないのだが、それでも、あれが夢だったらいいな、とは思った。

恐る恐るパソコンのキーを叩き、ニュースサイトを覗いたところ、うちの会社名が次々と現れ、「逆切れ」「開き直り」といった言葉とともに、このような態度の悪い企業を許してなるものか、という声が上がっていた。不買運動はもちろん、企業価値を下げるためのさまざまなアイディアまで提案されている。一つの目的に向かい、一致団結した力が発揮されることは感動的ですらあるが、その力の攻撃先が自分たちであるのだから、これほど恐ろしいものはない。

大きく息を吸い、ゆっくりと吐く。落ち着かなくてはいけない。

「岸君、悪いね。お疲れ様」

振り返ると牧場課長が立っていた。「すみません、眠っちゃってました」

「少しは寝ないと。私もさっき起きたばかりだ」

かさかさとした肌と充血した目から察するに、それは嘘だろう。会議室のテーブルの上には、配布用資料がコピーされている。急きょ、牧場課長と僕とで作った対応マニュアルだった。

「あと二時間半だね。さっき上に掛け合って応援も頼んだから、あと五人くらいは来てもらえる」

「電話応対とメール対応に振り分けますかね」

ふとスマートフォンを見ると、母親からメールが届いていた。おまえの会社大変なことになっているじゃないか、と心配している。妻のことを気にかけているようで、今すぐ駆けつけてあげたいところだが、お父さんが腰をやっちゃって一人にできないのよ、と書かれている。離婚した父とはなぜか、僕が成人した後で復縁し、今は一緒に暮らしているのだ。

こちらはどうにかするから、父の腰を労わってあげてほしい、とだけ返信した。

始業時間が近づくにつれ、自分が立っている場所が急に、崖(がけ)の端のように思えた。海の向こうから敵の群れがやってくることだけは分かっている。大量の火薬を積んだ、爆撃機が飛行してくる。

音も聞こえず、広く、美しい青空が見えるだけであるから、本当にやってくるのだろうか、と不安になるほどだが、もちろんそれは、恐怖から目を逸(そ)らしたいからでもあった。

敵機は確実に向かってきている。

「そんなに怖い顔をしなくて大丈夫だよ」

牧場課長に言われ、はっとする。

崖で見張りをする景色から、職場に意識が戻った。

夜中に突貫で作った資料に目を通す。すでにホッチキスにより綴(と)じてあったが、それほど分量は多くない。内容は電話応対のマニュアルからはじまる。

昨日の出来事に反応して電話をかけてくる人の大半は、義憤に駆られてか、もしくは鬱憤晴らしだろう。うちの会社の商品が好きで、落胆したことを訴えたい人もいるかもしれない。とにかく、いずれの相手に対しても必要なのは、謝罪だ。言い逃れをせず、謝るほかない。

思いつくがままに列挙した注意事項を牧場課長と相談し、並べ替え、フローチャート式のものも作成した。

メールの返信については、内容に応じてひな型をいくつか作ったが、明らかな自動返信に思われないように、自然な言葉を用いて文案を考えた。

トイレに行き、歯を磨く。昨晩、職場に泊まることが決まった際、コンビニエンスストアで食事と歯ブラシは買ってきてあった。鏡に映る自分の顔がひどくくたびれている。

席に戻るところで牧場課長から、「テレビつけてみようか」と呼びかけられた。こんな時に暢気(のんき)にテレビ？　一瞬、理由が分からなかったが、情報番組をチェックするためだと遅れて気づいた。

お客様サポートにテレビはなかったが、モニターはあり、そこにノートパソコンを繋(つな)いだ。

朝の情報番組は今日の天気について、説明をはじめている。

僕たちを叱責(しっせき)する言葉が飛んでくるものだとばかり思っていたから、拍子抜けする。崖に立つ見張りが遠くの空から接近してくる影に怯えていたが、やってきたらただの鳥の群れで、のどかな鳴き声に癒(いや)される、そのような感覚だった。緊張がほどけ、ほっとする。

「それでは、コマーシャルの後で、昨日の出来事について」と番組司会者が言う。

僕の油断を待っていたかのようだ。

画面には、昨日の例の会見、我らが広報部長の大胆な開き直りの映像が流れはじめる。当社の会社名とともに、「仰天、逆ギレ謝罪会見！」と派手な見出しもあった。予告編としてはそれなりに人を惹きつけそうだ、とぼんやりと感心してしまう。

コマーシャルが終わり、本編がはじまる。

予想通り、広報部長の「工場で画鋲なんてね、入るわけがないんですよ。あるわけないんです」という発言が、「人民による人民のための」であるとか、「少年よ大志を」であるとか、そういった名言よろしく何度も繰り返し、放送された。

さらには複数のコメンテーターが次々と、これはよろしくない、と言葉を変えながら発言した。「消費者からの話を最初から、嘘と決めつけている態度ですよね」「歴史ある会社なのに」「歴史ある会社だからこそ」「お客様に買ってもらっているという意識が薄い」「子供が食べるものですから」「これ、この子、トラウマになっちゃいませんかね」「いくら人気商品とはいえ、一番大事なところがおろそかになったら意味がありませんよ」等々、こちらをじわじわと締めつけてくる発言が続く。

視聴者からのアンコールの声が聞こえたかのように、広報部長の激昂(げきこう)した場面は何度も放送された。

ハリネズミが思い浮かんだ。こちらを全身の針で刺そうというのか、まっすぐ睨んでいる。

「こういうのって、どうなんだろうね」牧場課長が言う。

「こういうの？」

「けしからん！　と怒るのは分かるけれど、ここまで広報部長を見せしめみたいに晒す必要があるのかな」牧場課長は批判するでもなく、素朴な疑問を洩(も)らしているだけのようだった。「部長にだって家族はいる。親もいれば子供もいるんだし。もちろん、態度は良くなかったけれど」

「感情を制御できなくて、ああいう発言をしちゃうことはありえますもんね」僕たちの助言をはなから無視し、状況を甘く見て、勝手に失敗したのだから、「ほら見ろ」といった思いがあるのは事実だが、かといって、自分があの場にいて、冷静に応対できたかどうかは自信がない。むしろ、テレビで発言しているコメンテーターは、同じ状況下に放り出された時に、もっと立派な、最善の態度を選択する自信があるのだろうか？

「もし、これが原因で、部長の子供がいじめられたとしても、こういう人たちは心を痛めないんですかね」

小学生のころ、同級生の何人かから、いじめられた時のことを思い出した。理由なく、馬鹿にされていたが、あれは本当に苦しかった。

「テレビの人たちからすれば、知ったことじゃないのかな」

コメンテーターが引き続き、うちの会社がいかに常識外れかを力説している。

商品に画鋲が入っていたのは確かにまずい。あってはいけないし、会見での態度は最悪だった。けれど、ここまで叩かれる必要があるのか、ともやもやとした気持ちが大きくなりはじめる。

その僕の気持ちを見透かしたわけでもないのだろうが、牧場課長は始業時間の十分前、お客様サポートのメンバーと、他部署からの応援が九割方、集まったあたりで、「みんな、ちょっと聞いてください」と呼びかけた。即席の朝礼よろしく、よく通る声で挨拶をすると、「被害者意識は一切捨ててください」と言った。「みんながつらい気持ちなのは、私も分かります。どうして自分が？　と思うのも当然のことです。ただ、その気持ちは捨てましょう」

それは、僕がまとめたマニュアルにも書いたことだ。自分も被害者、と思ったが最後、必ずそれが滲み出る。

「今から岸君と一緒に作ったマニュアルを配布します」

マニュアルが用意されていることにほっとする者と、「時間がない」と絶望的な顔をする者とが半々くらいだった。

僕はすぐに、「それほど分量はないので、要点だけ今、言います」と大きな声を出した。お客様サポートは社員と派遣スタッフで構成され、女性と男性が同じくらいの割合でいる。

戦場の前線へ向かう兵士たちに、訓示を述べる上官の気持ちだった。

僕自身が戦場未体験なものだから、頼りないことこの上ない。

「もしかすると」牧場課長が言ったのは、九時直前だ。「人格を否定するような罵倒を受けるかもしれません。ただそれは、みなさんが否定されたわけではありません。丁寧に応対しつつも、きつい言葉については深刻に受け止めないようにしてください」

時計が九時を過ぎた時、やってきたのは静まり返った一瞬だった。

崖の端から眺める空には異変がなく、雲のない晴天が広がっている。

あまりに静かなものだから、空の向こうから爆撃機が来ることなどこちらの想像に過ぎなかったのだ、取り越し苦労だった、と思わずにはいられなかった。

そこに電話が音を発した。

崖のふちに立つ、見張り役の僕、その視界に飛行機が一機、入ってくる。

ああ、来た。

その後はあっという間だった。

あちこちで電話が鳴りはじめる。無数の敵機が空を埋め尽くす。

受け答えをする言葉が四方八方から発せられ、みなが頭を下げている。

茫然(ぼうぜん)と僕はその様子を眺めていた。爆撃を食らいながらも、それを避(よ)け続ける人たちを見て、ぼうっとするかのようだ。

「岸さん！」

呼ばれてはっとする。奥に座る女性が手を挙げていた。

足早に近づけば、「上の者を出せ、と言われました」と伝えられる。上の者ではないものの、僕はすぐに電話を替わる。名乗る間もなく、相手の大きな声が、耳に飛び込んできた。

息を吐けたのは十四時半だった。最初に電話に出た時のことが三十分前にも、一週間も前にも思えた。口の中が乾燥し、何度か水分を補給したはずだが、いったい何を飲んだのかも覚えていない。

顔を上げて周囲を見渡し、牧場課長を探す。フロアの奥にいた。電話を耳に当て、頭を下げている。

ほかの部員もみながほぼ同じ姿勢で、頭を下げていた。あちらこちらが爆撃されている。負傷した仲間を救援するために駆け付ける僕も満身創痍だが、とにかく走り回るしかない。

電話を切った牧場課長と目が合う。

ずいぶん疲れている。たぶん、牧場課長も僕を見て、同じことを思っているのだろう。肩を竦めながら弱々しく笑い、それから近づいてきた。

「そういえば別件なんだけれど、都内のうちの在庫管理部のミスが発覚したらしいんだ」

僕の顔はあからさまに歪んだはずだ。またトラブルですか、と。泣き面にスズメバチが飛び掛かってくる図が浮かぶ。「今度はいったい何が」

「例の新商品、在庫が足りないと大騒ぎになっていたけれど、よく見たら倉庫にかなり残っていたんだって」

何ですかそれは。

「段ボールが間違っていたみたいでね」

別の商品名の書かれた段ボールに新商品が詰め込まれていたため、在庫の数が正確に把握できていなかったというのだ。

「それはまた、シンプルなミスですね」

「聞けば、馬鹿な！　と思うけれど、わざわざ中身を疑って、箱を開けたりしないだろうから」

世間への謝罪が必要な事案ではないと分かり、ほっとする。牧場課長も気晴らしのような気持ちで話題にしただけのようだった。

終業時間の十八時が来たところで、外部からの電話は繋がらなくなる。電話をかけてきた人たちは、「本日の営業は終了いたしました」という応答メッセージに憤るかもしれないが、制限なく受けていたら、僕たちは永遠にここにいなくてはいけない。とはいえそこで僕たちが、「じゃあみなさんさようなら。良い夜を。明日また会いましょう」などと優雅なことを言って、帰宅できる状況ではない。

誰も彼もが、疲れ切っていた。天井を仰ぐような恰好（かっこう）のまま動けず、息を吐く。溜（た）め息とも深呼吸ともつかない。

「みなさんお疲れ様。だけど、これから今日の状況を取りまとめて、明日の対策を練らなくてはいけません」牧場課長が声を上げた。

不満の声を出す者も、悪態をつく者も、私は帰りますと言い出す者もいなかったのは、単にそのエネルギーが残っていなかったからに違いない。

休憩して十五分後に会議室に、という話になり、僕は妻に状況報告の電話でもしようと廊下に出た。

そこで、「岸さん」と声をかけられる。

広報部の後輩だった。

「岸さん、今、会社から出たところに、テレビ局が来ていましたよ」

テレビ局が来ることは想定できた。各社員には取材などには一切、応じないようにと指示が出ているはずだった。

空から敵機の姿が消えたと思ったら、海辺でいざこざが起きている。

不吉な思いに駆られながら、階段を下りた。エレベーターが来るのを待っている余裕もない。

息を切らして外に飛び出し、周囲を見渡す。予想と違い、テレビクルーが少人数だったことにはほっとしたが、マイクを向けられているのがあの、ミスター逆切れ会見の我らが広報部長だったことには、悲鳴を上げたくなった。

昨日の失態があったにもかかわらず、どうしてテレビに関わろうとしているのか、日を疑わざるを得ない。怒りとも呆れともつかない思いが頭の中を満たし、気づいた時には僕は駆け寄っていた。

「ちょっと待ってください。個別の取材はご遠慮ください」と横から近づく。

カメラを持つ男がくるっとこちらを向くものだから、両手を挙げた。撃たないで!

マイクを持つリポーターが、「広報の方でしょうか」と訊ねてくる。

僕は反射的に名刺を渡そうとしたが、あまりに急いで飛び出してきたものだから、手持ちがなかった。「取材のほうは遠慮していただけると」

「だけど、消費者にこれだけ不安を与えているのですから、だんまりというのはないかと」

「黙っているつもりはありません」僕は言った後で、部長を軽く押す。取材には答えないでください、と小声でお願いするが、部長がこちらの手を振り払うようにし、「待て。俺はちゃんと説明をしたいんだ」と言った。

カメラが部長を捉える。

くるくると角度を変え、威嚇してくるかのようだ。

「昨日の会見はまずかった。ただ、俺のことを何度も何度もテレビで流すのはやめてほしい」部長はマイクに向かって、言った。

気持ちは分かる。

ただ、そのやり方では駄目なんです、部長。

これでは奴らの思うつぼです、と。奴ら？　奴らとは誰なのか。テレビか、世間か。

「それはどういう意味ですか？　消費者に対して謝罪する気持ちはないんですか？」

リポーターが食いついてくる。待ってました、と言わんばかりだ。

「申し訳ないです、とりあえずこの辺で」僕はどうにか部長を引っ張っていこうとした。松の廊下で、殿中でござる、と必死に訴えるようなものかもしれない。

「ちょっと待ってください。そんな風に逃げてばかりでは、世間は納得しませんよ」

リポーターの声が聞こえる。

逃げる?

その言葉に反応している自分がいた。

こんなに戦っているのに、逃げるってどういうことだ。

戦う、という言葉が妙に現実味を伴って、頭の中に浮かんだ。

気持ちをぎゅっと引き締める。

「逃げているわけではありませんよ」僕は語調を強くしていた。

それまで弱腰の低姿勢だった僕が強気の声を出したからか、リポーターは一瞬動揺したが、それでもすぐに、「では、ちゃんとお話をしてください」とマイクを突き出してくる。

「会社としての意見は改めて」

「だったら、個人の意見を聞かせてください。一社員として、どう感じているのか。人として」

対応する必要はなかった。それこそ、ここは適当な相槌とともに立ち去るのが得策だった。

分かってはいたが、背中を向けて立ち去ることにもためらいはあった。

目の前の現実から逃げ出したら、その現実に、背中から噛みつかれるのではないか。

鼻先にマイクがある。

「今、さまざまな調査をしている最中ですので、個別にはお答えできないんです」

マイクを突き出してくる男性は、目のまわりが強張り、鼻の穴を膨らませた興奮状態だった。

「おい、岸、先生の出席簿、取って来いよ。いいから、こっそり持ってこいって。悪戯するから」と強い口調で言ってくる少年を思い出した。小学校の時のクラスメイトで、ほかの数人を従え、僕に命令してきた。優位な安全地帯にいることがよほど嬉しいのか、涎でも垂らさんばかりに興奮していた。あの時、出席簿を取ったことがばれて怒られたのは僕だけで、あの少年はそのことがまた嬉しくて仕方がなさそうだった。

いじめられている、と認めたくないがために、僕は当初、いじめだとは思っていなかった。が、あれは明らかにこちらを攻撃してきたのだ。

まだ当時の記憶が残っているんだな。そのことに感心するところもあった。

「私たちも商品への異物混入は可能な限りゼロに近づけようとしています。ただ、どのような環境でも百パーセント絶対、と言い切ることができません」

「言い訳ですか」

「正直に話をしているだけです」

「ということは、これからも画鋲が入る可能性がある、と言っているようなものですよね?」

「言っているようなもの、じゃありません」びっくりするほどしっかりと僕は言っていた。「そうやって、揚げ足を取るようなことを言ってくるのは良くないと思います」

良くないと思います、の響きが幼く聞こえたのか、相手はますます攻撃の勢いを増した。「良いとか良くないとか」

僕は視線で横にいる部長に、「今のうちに帰ってください」とお願いをする。これ以上ややこしくなるのは、部長本人にとっても得策ではない。

思いが通じたのか、部長は無言のまますっと遠ざかっていく。

「ちょっと待ってください。逃げるんですか」リポーターが反射的に言った。

「逃げる、という言い方はやめてください」自分の口からまた言葉が出ている。やめたほうがいい、と分かっているにもかかわらず舌が止まらない。

「だって、逃げたじゃないですか」

「うちの社員が個人的に話をしても解決にならないんです。たとえば、あなたのテレビ局で不祥事が起きた時に、あなたに話を聞いたら、カメラの前でコメントをしてくれるんですか？」

「そりゃしますよ」仮定の話なのだからいくらでも断言できる。「だいたい、被害者に申し訳ないと思わないんですか？　そちらの商品をずっと買ってきた消費者を裏切ったことになるんですよ」

「裏切ったつもりはありません」

「画鋲の混入は気のせいだ、と？」

「そんなことは言っていないじゃないですか」

「では、自分たちのせいではない、と？」

「言っていないですよね？　とにかく原因を調査中なんです」

だんだんと苛立ってくる。疲れが溜まっていたせいもあるのだろう。投了だ！　投了！　鮫岡さんと同じように、もう投げ出そう。その思いが全身を満たしはじめた。はい、おしまい。

「もし原因が分かった結果、うちに非がなかったら、あなたはどうするんですか？」

僕はそう言っていた。ブレーキから足を離し、壁に向かってアクセルを思い切り踏み込んでいる感覚だ。

予想外のコメントだったのか、リポーターは一瞬硬直したが、すぐに前のめりになるかのように、「何ですか、その言い方は！　脅してるんですか？」と言ってくる。

「そうじゃないんです。ただ、僕があなたなら、そんなに強くは言えません。まだ原因は分かっていないんですから。どうしてそんな風に、僕たちを叩き潰すような言い方ができるのか。もう一度、聞きますけど、これでうちの会社に非がなかったと分かったら、どうされるんですか？」

リポーターは満面の笑みを浮かべた。それはそうだろう、僕のこの発言は、テレビで流せば大きな話題となる。待ってました、とばかりにみなが非難囂々、責め立ててくる。いい映像が撮れた、と喜んでいるのが見て取れた。

まいったな、と僕は内心で溜め息を吐く。子供が生まれてくるというのに大変なことになるぞ。ごめん、と妻に手を合わせたい思いに駆られる。相手の誘いにひっかかったといえばまさにその通り、挑発に負けて手を出し、退場する選手と同じだ。

「岸君」と後ろから牧場課長が走ってきたのはその時だった。丸っこい体を揺すり、必死にやってくる。

「すみません」と謝ったのは、僕のことを捜し回ってくれていたのだろう、と想像したこともあるが、それ以上に、事態をさらに悪くした自覚があったからだ。すみません、退場です、と。

またしても獲物が！ と思ったのかどうか、リポーターが牧場課長にもマイクを向ける。「社員の方ですか？」

牧場課長は、マイクもカメラもないかのように、僕の肩をぽんぽんと叩く。「いやあ、良かった。急展開だよ」

「え」

顔を上げると、牧場課長が例の福をもたらす表情で笑った。「今さっき、連絡が入ったんだけれど」

「連絡？ 何のですか」

「あれ、狂言だったようだよ」

「え」狂言、という言葉がまず思い浮かばない。

「画鋲、入っていなかったんだよ。家に落ちてた画鋲を子供が飲んで、それを母親がうちの商品のせいに」

どういうこと？ 事態が吞(の)み込めず、僕はまばたきを何度も繰り返すことしかできなかった。少ししてようやく状況が分かったところで僕は、やはり狼狽(ろうばい)し、立ち尽くしているリポーターに、「あの、どうしてくれるんですっけ？」と嫌味をぶつけることはできた。

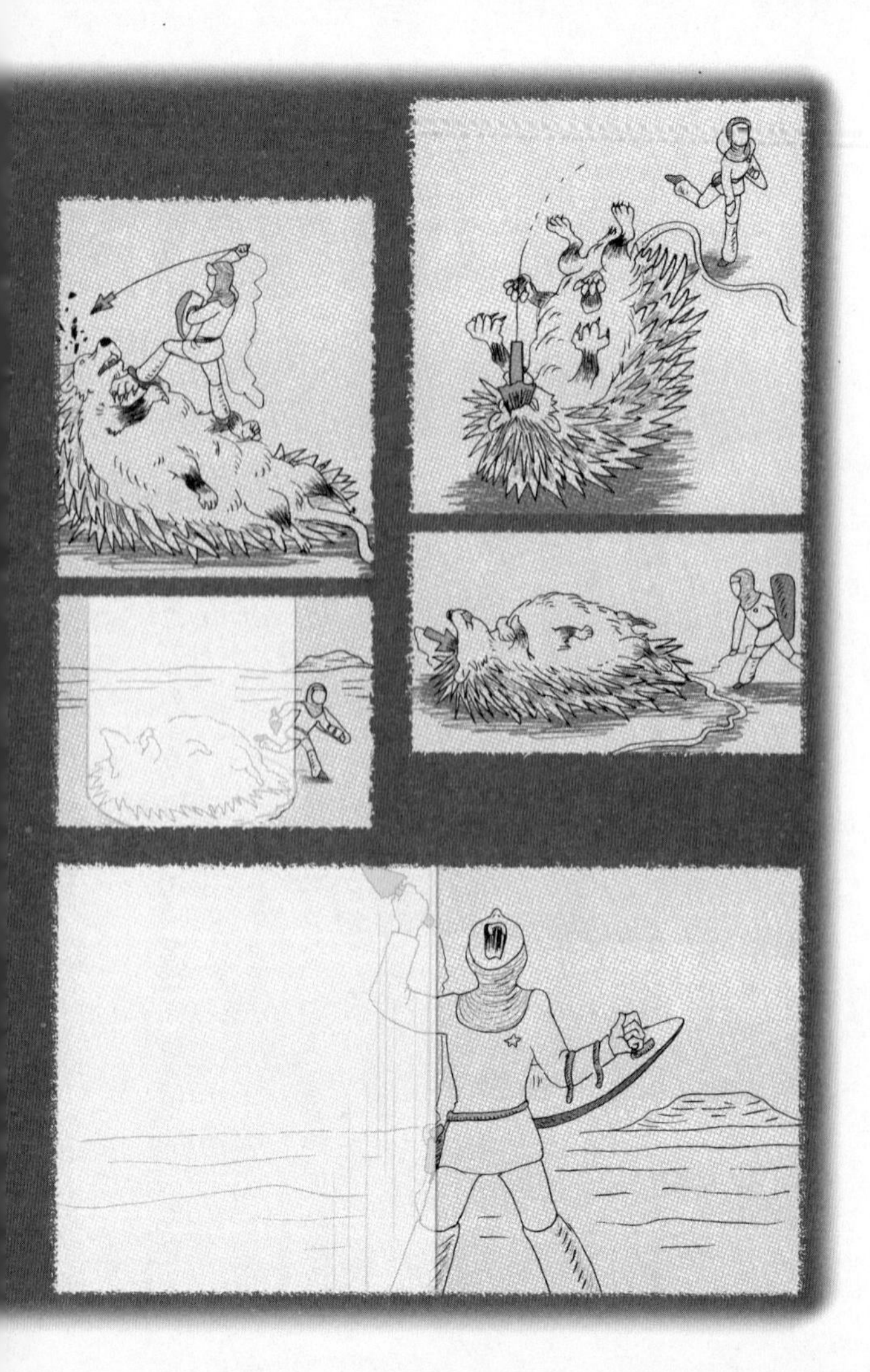

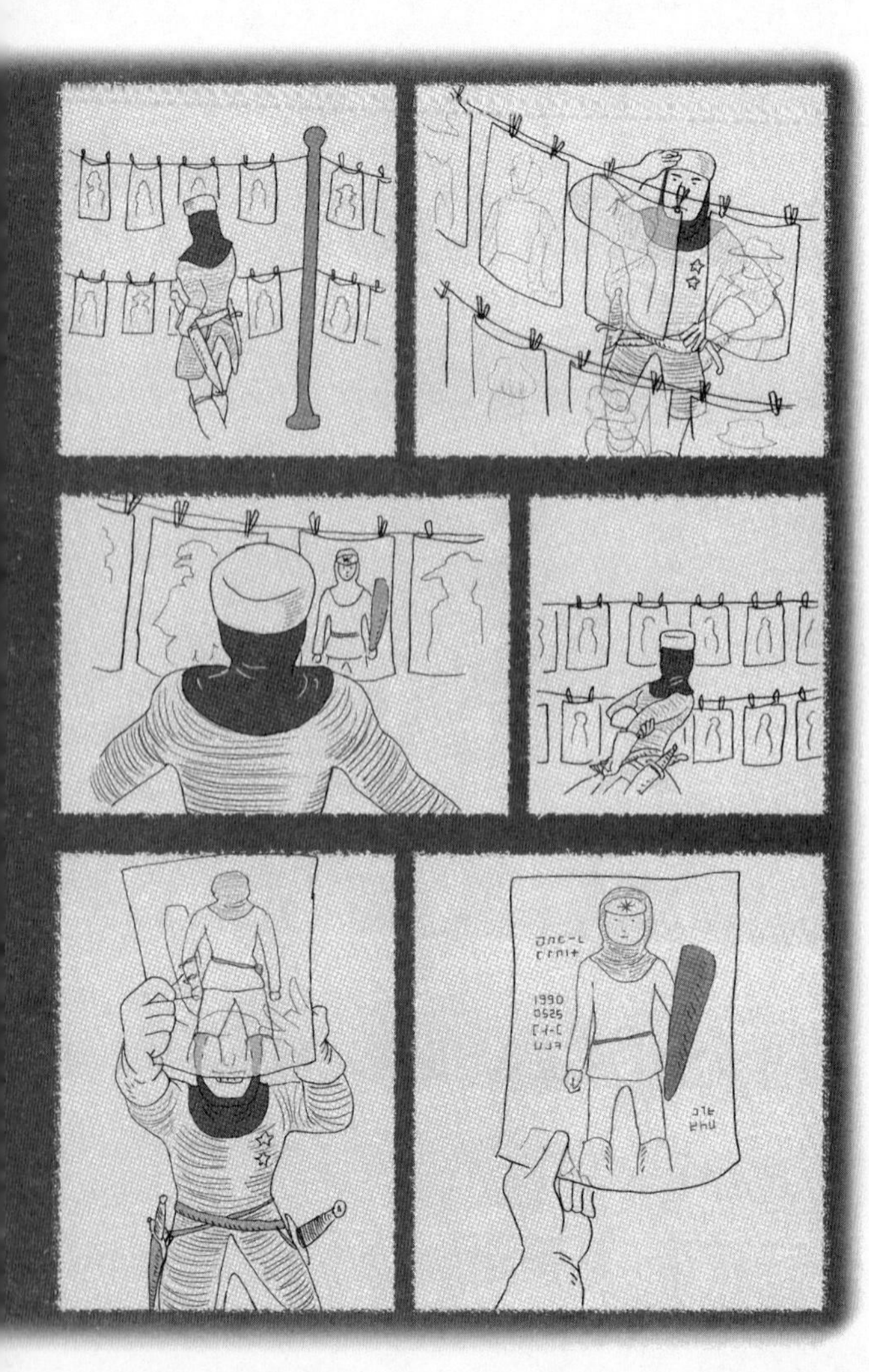
1990
0525

第二章　政治家と雷

届いたメールを見て、不安に襲われる。池野内征爾の名前があった。
一ヵ月近く前、「申し訳ありませんでした」と言いながら差し出された名刺に書かれていた名前だ。都議会議員と肩書きにあったものだから、この長くて難しそうな名前は投票される側としては不利だろうな、とぼんやり思ったのも覚えている。
会った場所はうちの会社の役員室で、下々の社員であるところの僕からすればめったに入ることのない部屋だったものだから、居心地が悪かった。牧場課長からは、「岸君は頑張ってくれたんだから、堂々とここにいてくれていいんだよ。謝罪を受ける権利がある」と言われた。

大変、申し訳ありませんでした。

その時、目の前にいた池野内征爾は綺麗な角度で礼をした。議員で回し読みする謝罪マニュアルがちゃんとあるのだろうか、とそんなことが気になった。

「妻も反省していまして」

「どうして奥さんは」

マシュマロへの画鋲混入は、この池野内征爾の妻の捏造だった。もともとは家に転がっていた画鋲を息子が呑み込んでしまったのだという。慌てた上に、これもまたプライドの問題だろう、同居する義母から叱責されるのは耐えがたく、とにかく食卓に置いてあったお菓子、弊社の新商品に責任転嫁をすることにした。あのお菓子の中に！　わたしも息子も異物混入事件の被害者なんですよお義母さん。さらにその嘘を、義母がはなから嘘だと決めつけたこともよろしくなかった。どうせ嘘なんでしょ、という態度に対抗するには、メーカーに苦情の電話を入れることになる。退くに退けなくなったのだ。

「精神的にいろいろまいっていたようで」

「あのね、いろいろまいってた、なんてぼんやりした理由で、うちは大変な目に遭ったんだよ」広報部長は先ほどから役員室の、役員席と呼べるような革の椅子に深く腰掛けていたが、そこで立ち上がる。池野内議員に近づくと、「私なんてテレビの前で恥をかいて、大変だよ。うちの子供なんてクラス内でからかわれて学校に行けなくなったんだ。おたくの家庭の事情で、いい迷惑だ」とまくし立てる。

申し訳ありません、とまた池野内議員は深々と頭を下げる。四十代半ばだというから、議員としては若手にあたるのだろう。爽やかさがあった。

「謝って済む問題ではないだろう」

「部長、具体的なことは法務とのやり取りになっていますので」牧場課長が割って入るように言う。「それに、部長自身は社内で好感度上がってますから」

何をふざけたことを言ってるんだ、と部長は怒っても良かったかもしれないが、何しろ社内好感度を測る術などない、ただ部長は予想外に優しい顔になり、「そうか？」と照れている。

「記者会見でも臆せずに、自分の会社を信じ通したってことですから」牧場課長はさらに、部長の面目を立てるようなことを言うが、実際のところ、記者会見における「工場で画鋲なんてね、入るわけがないんですよ。あるわけないんです」という発言は、明らかに自棄を起こしただけとはいえ、字面だけ読めば、きっぱりと自社の無実を宣言する立派なものに思えた。部長自身も取引先と会うたびに、「いやあ、私はね確信していましたから」と嘯いていたくらいであったから、それなりに元は取っている。噂によれば、部長の子供は学校内でもかなり腕白で、いじめられる側には決して回らないような子供だというから、そちらも心配無用なのかもしれない。

池野内征爾と当社との間でどういった手打ちが行われたのかは明らかになっていない。ただ、しばらく池野内征爾はワイドショーの画面に頻繁に登場し、ひたすら謝罪を繰り返しており、それを眺めながら僕は、この人はこの人で大変だなと同情し、家庭は大丈夫なのだろうかと心配せずにはいられず、どのような追及に対しても丁寧に謝罪を繰り返す姿には好感すら抱いた。

こんないい人が議員にもいるのか、と驚いてしまったのだから、僕の中にも相当な議員偏見がある。

異物混入事件をでっちあげた妻を庇い、責任はすべて自分にあると頭を下げ、被害者となった当社や、不安にさせてしまった人たちへお詫びの言葉を繰り返した。

当然ながら、議員失格と叩かれ、議員辞職を仄めかすマスコミも多かったものの、地元の有権者たちから上がるのは、池野内議員の普段の善行や腰の低さ、といった美点が多く、今回の謝罪の姿勢を評価するむきもあった。

「もともといい人なのか、それともこういう印象づくりが得意なのか、どっちだろうね」と言ったのは、テレビと姓名判断の本を交互に眺めていた妻だ。

「分からないけど、どっちにしろ、議員としては有能なのかもしれない」

「わたしはこの人、怪しそうに見える」

「そうかなあ」

どちらに人を見る目があるのかは分からないが、そうこうしているうちに日が経ち、そして忘れた頃の今、前にあるパソコンの画面に池野内議員からのメールが表示されているのだ。

確かにあの時、僕も名刺を渡していたから、こちらのメールアドレスを知っていること自体は不思議ではなかったが、何か連絡を取るとすれば、僕ではなくもっと上位の、牧場課長宛てに送ってくるべきだろう。

同時にみなに送っているのか、と思い開いてみれば、「岸様」と書かれている。ようするに明確に、僕へのメールらしい。

先日の謝罪に対する何か、さらなる謝罪なのか、もしくは改めての苦情なのか、相談なのか。あの時、見かけただけでぴんと来ましたよ、岸さん、私の秘書になってくれないか。なんてこともないだろう。

いずれにせよ楽しいお便りでないことは間違いなく、小さく深呼吸をした後で、メール本文を読んだのだけれど、そこには予想もしないことが書かれていた。

「お忙しいところありがとうございます」池野内議員は僕より一回りは年上で、着ている背広も明らかに僕のものよりしっかりしているが、先日、うちの会社の役員室へ謝罪に来た時と同様に腰が低く、コーヒーショップで向き合った僕は思わず、「あの、気にしないでください。僕、選挙区民じゃないですから」と手を振ってしまった。

池野内議員は一瞬、きょとんとした後で歯を見せた。別にそういうつもりで接しているわけではないですよ、と言ってから、「国政も視野に入れていますし」と続けた。

冗談なのだ、と気づくのに時間がかかってしまう。「あの、それでメールの話なのですが」

「突然でびっくりされましたよね」

「あ、はい。どうしてあの鳥のことを」

彼からのメールにはハシビロコウの画像が添付され、しかも何種類もあり、「この鳥に見覚えはありませんか？」と書かれていた。その上で、「お話できませんか」と。

もちろんそのような胡散臭い誘いに乗るのは愚かだとは分かった。ほとんど迷惑メールに近いではないか。

ただ僕がこうしてやってきたのは、その鳥のことが気になったからだ。先月、テレビに映った時から、頭に引っかかりを覚えている。どこかで見たような。ろくに見たこともないのに親近感すら湧き、自分でも驚くほどだったのだ。

「あの、夢を見ませんか？」池野内議員が言ってきた。

「夢を？　え、あの」

一緒に夢を見ませんか。そう口説かれているのかと思った。この国の明るい未来について一緒に夢を見ないか！

「私は子供のころから少し変わった夢を見ることがありまして」

「ああ、そっちの夢」自分の思い違いに気づき、少し恥ずかしくなった。「ですか」

「将来の夢、というよりは、昨晩の夢、というほう」と言ったと思うと、自分のスマートフォンを取り出し、こちらに向けた。あの、鳥だ。

「ハシビロコウ」

「見覚えありますか」

「テレビで」

「いえ、テレビではなく、もっと間近で見たことがないですか？」

すぐには答えられない。どこかでこの鳥を見た記憶が、映像ではなく、色や匂(にお)いのようなぼんやりとしたものとして、頭のどこかに残っている。それは事実だ。先月、テレビを観(み)ながらも感じた引っかかりだった。

だからこそ、僕は池野内議員のメールを無視できず、やってきたのだ。

「夢で、じゃないですか？」

「え」

「私は、夢でこの鳥に会うんです」と言った。

「夢で会う、とは」

彼がそこで初めて、落胆を浮かべた。「先ほども言ったように、私は昔から変な夢を見るので、夢のことをメモする習慣があるんですね」

夢日記をつける人がいる、という話は聞いたことがあった。「むしろ僕は、ほとんど夢のことは覚えていないんですよ。起きてすぐに思い出そうとしても無理でして」

「私は夢の中で、この鳥をよく見るんですよ」

だから何なのだ、と僕は訝(いぶか)る。

「それって、夢占いとかだとどう診断されるんでしょうね」

姿勢を正し、心に警戒のシャッターを下ろす。セールスの電話や怪しげな勧誘と向き合った時と同じだ。ハシビロコウや夢がどうこう、と語るのは少し精神の不安定さを感じさせる。できる限り早急に相手と距離を取り、その場を去ったほうがいい。

「それともう一つ、私がメモしていた場面で」

「はあ」

「ハシビロコウのいる広場の一角に、柱がずらっと並んでいて、そこに紐(ひも)のようなものが張られているんです、万国旗がぶら下がっている感じで、近づくとビラみたいな紙なんですが。それこそ横の長さは無限大、とでもいうような規模で」

「夢ならでは、ですね。何のビラなんですか?」

「西部劇の、賞金首のような」

「ああ、WANTED、とか書いてあるやつですね」

「夢の中の私は、たくさんのビラの前に立って、その中から選んでいました」

バイトの求人やバンドのメンバー募集のようだ、と僕は想像した。

見てきたように喋(しゃべ)るもんだな、とも思う。夢の内容をほとんど覚えていられない僕からすると、睡眠時に見た光景を、断定口調で語れることが不思議でならなかった。あやふやなビジョンについて明言するのが政治家の特質なのだろうか。

「それが、岸さんにそっくりだったんです」

「それが？　僕に？」

急に、あなたが運命の人なんですよ、と指差された気分で、さらに身構えてしまう。いったい何を売りつけられるのか。

「御社にうかがって岸さんに会った時、すぐに分かりました。その時に初めて、ビラのことを思い出した、と言ったほうがいいかもしれません。私が剝がしたビラの顔と、岸さんとが完全に重なりました」

「いやあ、さすがに池野内さん。それって写真なんですか？」

「絵とも写真ともつかないんですが」

「それで似ていると言われても」

憶測を話しているにもかかわらず、やはり確信しているかのような口調に、戸惑う。

「ビラには八桁の数字も書かれていて、それを覚えています」

「八桁？」

池野内議員はうなずくと、数字を八つ、暗証番号でも述べるように発声した。

少しだけ動揺した。「それ、僕の生年月日ですか」

西暦、月日を並べたものと、その八桁の数字は同じだ。

『いただいた名刺に生年月日が書かれていましたよね』

「弊社の方針で」

「あれを見て驚きました。あの八桁の数字が誕生日を示している、と分かりましたし、あれが岸さんだとも確信しました」

「あの」僕は恐る恐るながら、言わずにはいられない。「もし池野内議員が、逆の立場だったらどう思いますか」

「逆の立場? 岸さんから、今私が喋ったような話を聞かされたら?」

「ええ」

「そりゃもちろん」池野内議員は迷う間もなく、言った。「胡散臭いから関わらないようにしますよ」

僕は噴き出した。不思議なものでその一言で彼を信用しかけたが、慌てて気を引き締める。

「やはり、何か覚えていることはないですか」彼は少し残念そうだったから、ハシビロコウには引っかかるものがあります、と言ってあげたい気持ちも出てきたが、それをすれば事がややこしくなる予感もあった。

かといってそこで解散、とするのも申し訳なく、もう少し当たり障(さわ)りのない雑談でもしてからのほうがいいだろうか、と社会人感覚が機能し、「池野内議員はどうして、都議会議員になろうと思ったんですか」と別の話題にずらした。おそらく今までに何度も答えてきたことだろうから、それほど迷惑をかけないはず、という読みもあった。

案の定、彼はもともと用意してあった台本を読むかのように話をはじめたが、そこでまず語られた内容に、僕はショックを受けた。

「一番のきっかけは、八年前、金沢のホテルで火事に遭遇したことなんですよ。お世話になった人の法事で金沢に行って」

「その時は議員だったんですか？」

「勉強中という感じでしょうか。ある議員の秘書のような、俗にいう鞄持ちをやっていまして。それで、駅前の古いホテルに宿泊したんですが」

「え」僕は先ほどとは打って変わり、身を乗り出すような形になった。もしかして、と思わずにいられなかった。「それって」

「どうかしましたか」

ホテル名を確認する。「同じです」と僕は言っている。

「同じ？」

「僕もその時、そのホテルにいたんです」声が上ずってしまった。「友人との卒業旅行で」

「え」

「その火事、僕も体験しているんですよ！」

友人二人と出かけた旅だった。レンタカーで千里浜（ちりはま）の海岸を走ったり、豪華な回転寿司（ずし）を堪能（たんのう）したりすることは楽しく、「卒業前の旅行としては大正解だった」と三人でうなずき合っていたのだが、まさかその後に火災が発生するとは思わなかった。

疲れもあったせいか僕たちは熟睡状態だった。はじめに異変に気づいたのは僕だ。匂いだったのか音だったのか、はっとして目覚め、トイレに立ったところで部屋全体が暑く感じられたのだ。

「ちょうど真下の部屋で出火したんです」後で知った時にはぞっとしたのだが、僕たちは六階の六〇五号室に泊まり、出火元は五〇五号室だった。お土産用に買ってあった蠟燭（ろうそく）に、子供が遊んで火をつけたのだという。

「私はその隣、五〇六号室にいました」池野内議員が高揚した声を出した。

「そうだったんですか！」

八年前のあの時、自分の斜め下に位置する部屋で、同じ火災に遭遇した人物と、もちろんあの時は顔すら合わせていなかったのだが、こうして向き合う時が来るとは、何とも妙な感動を覚えた。「袖振り合うも多生の縁」と思わず口を衝いた。「ちょっと意味合い、違うかもしれないですけど」

それからしばらく僕たちは、歴史に残るサッカーの試合を、自分はどの席でどう観戦したのかを語り合うかのように、火事の時のことを二人で話した。

非常ベルがうまく作動しなかったのはホテルの落ち度で、あの火事の後、非難された。法的にも罰せられたに違いないが、とにかく僕が起きた時には、火が回っていた。

僕たちは廊下に飛び出した。煙で視界が塞がれており、ますます焦った。浴衣の袖で口を塞ぐと、確認したばかりの避難経路を頼りに、通路を右へと歩いたのだ。

「私もです。建物の外に設置された非常階段でしたよね」

ドアを開け、外に出た時にはすでに人が列をなしていた。早く降りたい、とその一心だったが、まったく進まない。早く行けよ、降りろよ、と後ろから怒声に近いものが聞こえてきたが、前が行かないのだからどうにもならない。

どうしたのか、とみなが騒いでいる。特売品目当てに並んでいるにもかかわらず、列がちっとも進まず、苛々して怒り出すのに似ていたが、その時は自分の命が関わっていたのだから、怒る人たちも必死だった。必死さと焦燥感が、煙にまざって充満していた。

「池野内さんもあんな古いホテルに宿泊していたんですね。当時は議員じゃなかったからですか？」

「私は今も、ああいうところに宿泊していますよ」

「今もですか」

「もちろん、非常階段はしっかりしているところですけど」

あの時のホテルの非常階段は、途中で行き止まりとなっていた。老朽化が原因の一つではあっただろう。錆びて危ないと言われて久しかったらしいのだが、火事の数日前に、トラックが激突したことが直接の原因だったはずだ。その衝撃で、もともと脆くなっていた非常階段が崩れていたのだ。

つまり、非常階段は三階の踊り場で行き止まりとなった。そこから下は見えるが、飛び降りることもできない。

状況が伝言ゲームのように階段の前方から届いた時には、すでに上階から、「火が回って戻ることもできない」と絶望的な声が聞こえてきた。

「下も駄目、上も駄目、これはもうおしまいだ、と思っちゃいました。いちかばちか、三階から飛び降りるしかないんじゃないか、って」

「はしご車も入ってこられなかったですからね」

「まさか、サイコロに助けられるなんて、思いもしなかったです」

あの時の、車道を挟んで向かい側に立つビル、その一階フロアの様子を思い出す。イベント会場として、展示会や催事が行われるらしかったが、その時は、「サイコロ展」なるものが開催されていた。世界中のさまざまなサイコロが並び、サイコロ型のオブジェが飾られていた。

「消防士さんたちに感謝ですよ」当時も今も、本心からそう思う。

池野内議員も深くうなずいた。「そうなんです。あの状況で、私たちを助けようと、必死にアイディアを練って、動いてくれました。あの時、使っていた電動のこぎりみたいなのも、消防車に常備されているものらしいですね。エンジンカッターとか言うらしく。あの機転の良さには驚きました。だから、感謝と尊敬の気持ちでいっぱいでした。あれをきっかけに私は、政治家への思いを強くしたんですよ。消防隊員の待遇がもっと良くなるような制度を提案することもできるんじゃないか、と。これもまた公私混同なのか、と悩みますが」

話せば話すほど、池野内議員は物腰が柔らかく、威張ったところもせかせかしたところもなく、好感が持てたが、政治家は自らの印象を良くすることに長けているに違いなく、気を引き締めないと、明日にも熱烈支持者の一人として彼のホームページに名前が挙がっているかもしれない。また警戒心がむくむくともたげてくる。

「でもあの時、あの階段に池野内さんもいたなんて」

「たぶん、岸さんは私よりも非常階段の少し上のほうにいたんでしょうね」

たぶん、と答えかけたところ、急に横から見知らぬ男が現われた。コーヒーショップに来ていた客の一人なのだろうが、いつの間にか近づいてきていたのだ。驚き、僕は言葉を飲み込んだ。

「政治家ですよね？」と彼はぶしつけに言う。

池野内議員もさすがにすぐには反応しなかった。むっとした様子もなかったが、その若者の顔をじっと見た。

「うちの真ん前に選挙のポスター貼ってあるんですよ。あなたの」

「悪気はなかったんだけれど」池野内議員は冗談とも本気ともつかない口調で、頭を下げる。少し緊張を緩めたのも分かる。

「俺、どうしてもあれが納得いかないんですよ」彼は真剣で、その眼差しが少々怖く感じた。「前に、俺の高校の校長が自殺したのが」

「校長が？」

いったい唐突に何の話なのか、と僕は困惑する。校長先生の死が、どうしてここで持ち出されなくてはいけないのか。

が、池野内議員は、僕よりも数段、察しが良かった。「もしかすると、インフルエンザの?」と言った。

若者はむすっとうなずいた。

何と、と僕はのけぞりそうになった。あの新型インフルエンザ騒動の最中、修学旅行に行ったことで大変な非難を浴びた高校の生徒なのか。改めて彼をまじまじと見てしまう。一昨年の出来事だったから、今は大学生だろうか。

「うちの校長が、何であんなことにならないといけないのか。だいたい、修学旅行に出発した日は、世間もまだそれほど気にしていなかったんですよ」

彼らが修学旅行でカナダに到着した翌日あたりに、重症患者が出て日本国内で緊張感が高まったのだという。

「好きで感染したわけでもないのに。というか」彼は声を荒らげたくなるのを必死に我慢している。「うちの学校を犯罪者みたいに非難した奴らだって、結局、あの後インフルエンザに罹ったに決まってるんだ」

確かにその通りだろう。あの新型インフルエンザは大流行したものの、規模やウィルスの強さは従来のインフルエンザとさほど変わらない結果となった。もちろん、インフルエンザで亡くなる人は少なくないため、軽視してはいけないのは事実だが、それにしても今から思えば、あれは必要以上の狂騒とも取れた。

「あれはひどかった」僕が言う。

「政治家なら、ああいうのこそ、どうにかしてくださいよ」

それは政治家の仕事なのかどうか。たぶん違うような気がする。と僕は思ったが、かといって、ああいった集団ヒステリーによる不幸、マスコミのスクラムを組んだ過剰な報道を、誰が解決できるのか、被害者を救うことができるのか、といえば、「あの団体のあの人！」とすぐに名指しできるものでもなかった。

「少なくとも」池野内議員は言葉を選びながらなのか、ゆっくりと言った。「感染症のことは、重要課題だと思っています」

「そうじゃなくて」若者の目は血走っている。「そんな優等生みたいな台詞、どうでもいいですよ」

「優等生のつもりはないんです」池野内議員は穏やかに言い返した。「優等生の政治家ほど、何もできません。賛否両論あるくらいのほうが」

「賛否両論とか、言い訳ですよ」若者は吐き捨てる。

「まあ、そう思うかもしれませんが」

「だったら、賛否両論党でも作ればいいんじゃないですか」

　このまま池野内議員につかみかかるのでは、と怖くなったが、彼は結局、大人に対する幻滅をたっぷり込めた溜め息を吐き出すと、気まずさもあるのか足早に立ち去った。

　僕と池野内議員はしばらく無言だった。少しして、「もしかすると」と彼が言う。「もしかすると、修学旅行で感染したのは、彼だったのかもしれませんね」

「ああ」彼の立ち去った方向にもう一度目をやった。

　国外からウィルスを持ち込んだ破壊者、非常識な重罪人、と責められたことに対する怒りは相当だろうし、自分のせいで校長先生が亡くなったという罪悪感もあるに違いない。

「だけど、池野内さんに言われても困りますよね」同情の言葉を投げかけた。

　池野内議員は、「いえ」と神妙な顔をした。「大事な問題ですよ。私みたいな、一都議会議員には荷が重いですが」

　感染症は重要課題、と言ったのは嘘ではないらしく、彼はその後しばらく、現在の予防接種やワクチン開発についての不満を述べた。

「もっと国は率先して、ワクチンや治療薬の開発を支援していくべきなんですよ」

「ですよね」僕の口から出た相槌は軽かったものの、同感ではあった。大きなイベントを誘致したり、無駄な施設を建設するくらいなら、もしくは、コストばかりかかる事業を興すのならば、パンデミック対策に力を入れてくれたほうがいい、と個人的には思う。「そのほうがみんな喜びます」

「喜ばない人もいるかもしれませんが」

「そうなんですか？」僕は池野内議員をまじまじと見た。感染症の薬の開発に不快感を覚える人などいるのか、と。

何だ冗談か、と察しかけたが、彼は真顔で、「少し前に、備蓄された治療薬が失われたことがあるのを知っていますか？」と僕を見た。

「治療薬？」と呟いてからはっとした。「倉庫が燃えたやつですか？」

まさに、先ほど話題にのぼった、高校生の修学旅行が非難囂々となった時のことだ。政府が保管していた治療薬が、倉庫が燃えたことで失われたのだ。

「私や岸さんにとって、火事は身近なものですが」と彼は苦笑した。「あの失火原因は結局分からなかったんですよ」

「ちゃんと調べればいいのに」

僕の言い方が可笑しかったのか、彼は頰をほんの少し緩めた。その後で、また引き締める。「調べてほしくない人がいたんですよ。人たちというか」

「え」

「政治家の中には、海外の資産家と繋がりが深い人がいます。そして、その資産家が、海外の製薬会社に投資をしていることもあります」

　インターネット上の都市伝説じみたデマ話の匂いを感じ、僕は戸惑う。まともな大人、しかも都議会議員が、そのような眉唾話を真面目に語っていいものだろうか。

「国内の治療薬が大量になくなれば、たとえば火災で失われれば、海外のものに頼るしかありません」

「池野内さん、あまりそういう話はしないほうが」

「私みたいな一介の議員の発言に影響力はないですよ」

「はあ」

「政治家が自分の利益に貪欲になることは別に気になりません。恐ろしいのは、国の利益よりも、自分の利益を優先させようとした時です」

「どういう意味ですか」

「あの時は、海外のインフルエンザ治療薬に効果があったので、大きな問題にはなりませんでした。ただ、もし、燃えてしまった国産のものしか効かなかったのだとしたら、大変なことになっていたかもしれません」

「でも、さすがに人命がかかっているような時に、効果のある薬を捨てて、効果のない薬を売ろうとはしないんじゃないですか」

「ＶＨＳとベータの話、ご存じですか？」

「え」

「ビデオデッキが開発されたころのことです。各社、さまざまな規格を開発していて、最終的には、ＶＨＳとベータの二つの規格の争いとなりました」

聞いたことがある。より小さく、画質の良いはずのベータが、最終的にはＶＨＳに負けた、という話だ。性能が優れていても、別の要因によって市場から消える、という譬えで語られていた。「でも、あれって、ベータのほうが録画できる時間が短かったんですよね？」

ＶＨＳは二時間、ベータは一時間となれば、映画を録画したい人たちは当然、ＶＨＳを選ぶだろう。

「ですね。ベータは、二時間録画できるようにすると画質が落ちます。アダルトビデオにベータは消極的だったから、という要因もあるようです」

「それなら、別に」やはりＶＨＳが生き残ったことにも理由があると言える。

「ただ、ベータのほうが残り、開発が進めば、より良いものができた可能性はあります」

「そんなことを言いはじめたら、いくらでも」仮定の話ならどうとでも語ることができる。

「そうですね」池野内議員は笑った。「ただ、良いものだから残るとは限らないのは事実なんです。先ほどの、海外製治療薬に肩入れしていた政治家にしても、いったいどこまで見越して動いたのかは分かりません。闇雲に目先の利益、自分の利害のことだけを考えて、薬をあっさり駄目にした可能性もあります。自分の利益よりも、大勢の、国の利益を優先しよう、と思える政治家が何人いるのか」

「怖いこと言わないでくださいよ」と言ったものの、僕自身、何人いるのだろうか、と考えてしまう。

「自動車メーカーも小説家も、喫茶店経営者も、自分たちの首を絞めるものに対しては、それがいかに世の中を良くするものだとしても、反対しますよ。少なくとも賛成はしません。自分は不利益を被ってもいいからみんなのために、なんて言える人は貴重です」

「だからって燃やしますかね、大事な治療薬を」

「燃やすわけないですよ、と言えないのが怖いところです」池野内議員は申し訳なさそうに言った。

「別の箱に入れておけば良かったですね」ふと僕は口にした。

「何がですか」

「うちの会社であったんです。あのマシュマロの在庫が、別の商品名の段ボールに入っていたせいで、ちゃんと把握できていなかったらしくて。足りない足りないと思っていたら、実は結構、残っていたという」

「どういう意味ですか」

「中身よりも、箱のほうをみんなが信じちゃった、という話です」

池野内議員は白い歯を見せた。「他人の失敗話は楽しいですね」

しばらくして、タイミングを見計らったわけでもないのだろうが、池野内議員がポケットからスマートフォンを取り出した。「仕事の」と言って席から離れ、すぐに戻ってくると、「申し訳ないです。呼び出しです」と頭を下げた。「今日の話だけでは混乱されているでしょうから、次の機会に」

いえもう結構です、とはなかなか言い出せない。

「そういえば私、夢の中で岸さんのビラを目にした、とさっき言いましたよね」

「言ってましたね」

「もう一人、実はもう一人も選んでいたんです。仲間にするような感覚で、別の人を」

「はあ」

「それが誰なのか、最近、分かったんです」

「うちの社員じゃないですよね」これは冗談のつもりだった。

「ええ違います。ただ、やっぱり今回の件がきっかけではありました」

「今回の？」

「うちの妻が迷惑をかけた、あの混入の」彼はまた謝罪の顔になる。

「異物混入事件をきっかけに、知り合った人がいたんですか？」うちの社員以外に？

「会ってはいないんです。テレビで見て」

「テレビで？」

「小沢ヒジリ、という方。有名なんですね」

こんなに熱気のある行列は久しぶりで、正月の福袋以来かな、と言うと横にいる妻が、「福袋の時よりも、今日のこれは、みんな、並んでいる時から嬉しそう」と冷静に答えた。

ショッピングモールの一階、イベント会場だった。くねくねと長い列ができており、その先は把握できない。四階まで吹き抜けとなっており、上に目をやれば、上階の手すりに大勢の人が並んで、こちらを見下ろしている。人だかりに興味を抱いた人でさらなる人だかりができ、それがさらに人を集め、といった具合なのだろう。

「お菓子の宣伝、ありがとうございました、とか言うつもりなの？」

「悩んでいるんだ」お礼を伝えたい気持ちはやまやまだけど、そのために来たと思われるのは不本意だった。「興味はないのに、ビジネス上の理由で来たように思われそうだから」

歓声が沸いた。一つ声が上がると、それに反応して遠吠えを発するかのように、あちこちで連鎖的に嬌声が続く。小沢ヒジリが登場したのだ。万里の長城よろしく伸びる行列が邪魔となり、というよりも僕もその邪魔の一部だったが、前で何が起きているのか把握できない。

司会者と思しき人がマイクで、「小沢ヒジリさんと欧州フジワラさんです」と言う。義経を庇った、あの奥州藤原氏と混同しそうな名前が気にかかるが、小沢ヒジリと同じグループに属するメンバーなのだろうとは想像がつく。

「買っていただいたグッズに入っている整理券を確認してください。たくさんの方に来ていただいているので、お時間が」

アナウンスが流れる中、妻は背伸びをし、前方を覗き込もうとしている。なんだかんだ言って、小沢ヒジリを見たいらしい。

「でもさ、議員ってやっぱり偉そうだよね」ふと思い出したかのように言う。

「どうして？」

妻は池野内議員と会ったこともない。

「情報だけ寄越して、あとはよろしく、みたいに頼んできたわけでしょ」

「別にそういう感じではなかったんだけれど」

先日会った時、別れ際に池野内議員は、小沢ヒジリの握手会イベントの日程を把握しており、それに参加するための整理券を僕に渡し、「もしよろしければ」と言った。

「私はその日、どうしても行けないので、かわりに確認してもらえると嬉しいです」

「もしよろしければ、という言い方はしていた」

「言葉はタダだからね」

「厳しい」

「子供のころ、運動会でね、県会議員が来賓で来てたの。その挨拶があまりに長すぎて、わたしもほかの同級生も日射病みたいので、ばったばった倒れちゃって。なのに気にせずずっと喋っていたんだよ、信じられる？」

「それは、太陽のせいだよ」

「カミュじゃないんだから。太陽じゃなくて、あの議員のせいだよ」

「その一人の議員のおかげで、偏見ができあがってしまったんだね」

「ほんと、とばっちり」と彼女は真顔で言っている。

妻には、「握手会で小沢ヒジリに、金沢の火事のことを知っているかどうか確認してほしい、と池野内議員からは頼まれた」と説明してあった。僕と彼が同じ火事に遭遇していたことが分かった、とは話したが、夢の中のビラがどうこう、だとか、池野内議員が僕の生年月日を知っていて、だとかいう話は、僕自身が受け入れられていないのだから、さすがに言えない。

「池野内さんはどうして、小沢ヒジリが火事のホテルにいたかもしれない、って思ったわけ」

「ネット情報」と僕は曖昧(あいまい)に答えた。「その真偽を確かめたいみたいで」

本当のことを言えば、ネット検索をしてもそのような情報は出てこなかった。小沢ヒジリも火事を体験したのでは、とはあくまでも池野内議員の憶測にすぎない。根拠はといえば、夢のビラで見たから、という胡散臭いものだけだ。夢に出てきた僕とは、「金沢の火事」という共通点があった。であるなら、同じく小沢ヒジリも、と考えたわけだ。三段論法というには頼りない、こじつけにも似た推理だ。

「もし、小沢ヒジリが火事の時にいたとしたら、どうなるわけ？」妻はもっともな質問を口にした。

「応援演説に来てほしいのかも」思いつきを口にする。

「議員ってそういうことしか考えていないのかな」

「どうだろう」

「そんなこと、手伝う必要はないでしょ」

「ただ、小沢ヒジリがあの火事の現場にいたのかどうかは、僕も知りたい」

妻は、親しくもない議員からの依頼、という点には不満げだったが、最終的には、

「まあ、こういう機会も滅多にないし、面白そうではあるね」とうなずいた。「お医者さんからも、少し運動したほうがいいって言われてるし」

僕は、彼女のお腹に目をやる。「胎教にいいのかな。人気グループのメンバーに会うのって」

列が動きはじめると、前方では悲鳴にも似た喜びの声が上がっている。自分たちの出番が近づいてくるにつれ、緊張してきた。特別、ファンだったわけではなかったが、それにしてもテレビ越しにしか見かけることのない有名人に間近で会えることは貴重な体験に思える。

次の次、といったあたりでスタッフに、「こちらで待っていてください」と少し離れた別枠とでも言うべきエリアに誘導される。ネクストバッターズサークルみたいだ、と思ったところ、妻も似たようなことを口にした。

いよいよ、と案内されると、そこに二人の長身の男が立っている。小沢ヒジリは奥だったから、手前が欧州フジワラなのだろう。

「わざわざありがとうございます！」と欧州フジワラが言い、手を出してきた。この大行列を相手にして、疲労も生半可なものではないだろうに、爽やかな笑顔を向けてくれるので、こちらが申し訳なくなってしまう。

僕は握手をするなり、「頑張ってください」と口にしたが、その時は本心からそう思った。

「頑張ります」という返事がまた、きらきらと輝く。

数歩進み、今度は小沢ヒジリの前に立つ。向き合うと、自分より二回りも体が大きく感じた。胸板が厚く、腕も太い。が、顔は子供のようで、髪の毛は柔らかく、触れば美しい音色を奏でるのでは、と思えるほどだった。

「はい、進んでください」スタッフが声をかけてきた。

小沢ヒジリが白い歯を見せ、手を出してくれた。

さっさと握手をして、立ち去らなくてはいけない。流れは僕にも理解できていたし、迷惑をかけるつもりもなかった。

僕の躊躇を察したのか、妻がさっと先に行き、「あの、うちの夫、お菓子メーカーの広報に勤めているんですけど」と言った。彼女も緊張しているのか、恥ずかしさで言いよどむ様子だった。「美味しいと言ってもらえて、嬉しかったです」

小沢ヒジリは、「ああ！」と大きく目を見開く。「あの会社の！　好きですから」

異物混入のことを知っているのか知らないのか分からないが、屈託のない笑顔は、こちらの気持ちをほっとさせてくれる。

握手をした。

小沢ヒジリはプロフェッショナルな笑みを浮かべてくれた。流れ作業を流れ作業と思わせないのはやはりプロの力としか言いようがないが、不快感はまったくない。言うべきか言わないべきか悩んだ。このまま通り過ぎても問題はない。怒られることも、咎(とが)められることもない。池野内議員に義理もないし、彼も、ああだこうだと言ってくる人ではないだろう。

ただ、もやもやした思いは残る。怪しげな箱を渡され、中身を確認すべきかどうか。その悩みと近い。蓋(ふた)を開けなければ危険はないが、のちのちになって、いったい何が入っていたのかしら、と髪を掻(か)き毟(むし)り、いや、掻き毟るのは大袈裟(おおげさ)かもしれないけれど、後悔する可能性はある。

さあどうしよう。選択の時、判断の時。いや、よく考えれば、どうなったところで別段、僕の人生に大打撃を与えるたぐいのものではない。

急に肩から力が抜けた。

握手をする手に力を込めながら、「あの」と僕は言っている。

「はい？」

「あの、八年前、金沢のホテルで火事に遭遇しませんでしたか」

小沢ヒジリの表情がほんの一瞬ではあるが、固まった。まとっていた皮が一瞬にして剝がれ、真実の彼が現れたかのようだ。

「え？」

想像とは異なる感触に、僕はにわかに興奮を覚える。「いえ、実は僕もそこにいたものですから」

「あ！」小沢ヒジリは奇遇に興奮するかのように声を発したが、すぐに怪訝さも浮かべた。どうして知っているの？ と言いたげだった。

詳しく話している時間はなかったが、ここまで来たら逃げるべきではない。「あと、これに見覚えないですか？」と手に持ったスマートフォンの画面を向けた。事前に表示していた、ハシビロコウの写真が映っている。

不審な動きをしていると思われたのだろう、実際に不審な動きではあったのだが、どこからかスタッフがやってきて、こんなにいかつい男たちがどこで待機していたのだろう、左右から挟まれる形となった。「写真撮影はお断りさせていただいています」

写真を撮るのではなく、見てもらっているだけなのですが、と言いたかったものの、そういう問題ではない。妻も特に言い返すことなく、すみませんでした、と適度な軽やかさで頭を下げ、その場から出ていく。

出口付近で、屈強なスタッフから解放されたあたりでちらっと振り返ると、次のファンと握手する小沢ヒジリがこちらを、一瞬ではあるが、見た。変な客だ、と警戒したのか、もしくは、何か引っかかるものがあったのか。

「それでその池野内議員の指示によれば、この後、どうしろって?」ショッピングモール内のフードコートで、ハンバーガーに嚙みついた後、妻が言う。最近はお腹の子供のことを気にかけ、ジャンクフードのたぐいは遠ざけていたが、久しぶりにこれくらいなら、と食べることになった。美味しい美味しい、と彼女は満足げだ。

まわりは子連れの客たちが多く、ざわついている。人の声が、食器がこすれるような音として響いている。

「指示というか。とりあえず、小沢ヒジリに火事のことを確認してみてください、としか言われていなかったんだ」

「見切り発車もいいところだね。そんなので議員が務まるのかな」

「だから、議員に対しての偏見がひどすぎるよ」僕は笑う。「それに、躊躇する僕を無理やり引っ張ってきたのは、君のほうだ」

確かに、と妻は認める。「でも、あの反応はちょっとあるよね」

「ある？」

「心当たりが」「火事について？」「ハシビロコウも」

そうだっただろうか。自分で言うのも何だけれど、僕たちの行動は結構怪しかった。警戒して、ああいう態度になった可能性はある。

家に帰ると池野内議員の名刺を取り出し、そこに書かれたアドレスにメールを送信した。

小沢ヒジリさんのイベントに行ってきました。火事のことを伝えてみました。「あ！」と思い出したような反応を見せてくれましたが、それだけでした。お役に立てず申し訳ありません。

なかなか新鮮で、貴重な体験だったが、これにておしまい。そういう気持ちだった。

異物混入事件、正確には、異物混入捏造事件は、その後も当社に少なからず変化をもたらした。
マシュマロに画鋲が！　のインパクトが強かったため、実際にはそうじゃなかった

と報道された後も、それを信じた人がいた。一方でニュースに取り上げられることで、知名度が上がったのも事実だ。悪評も評判のうちとはこういうことなのだろうか。おまけに、その悪評は誤っていたのだから、判官びいきの日本人からすれば、応援したくなる要素もあったのかもしれない。

プラスマイナスで言えばかなりプラスで、小沢ヒジリのテレビ発言直後の大ヒット状態から比べれば下がるものの、それでも十分なヒットと呼べるレベルで依然として売れている。商品ラインナップの中では、あだ花的なものだから定番化するかどうかは未知数だが、それにしても、当初の期待値からすれば上出来も上出来だった。

上役たちが、「まずい」「売れるわけがない」「自分の経歴に傷がつく」と関わることを拒否していた中、宣伝担当として頑張った例の係長にとっては痛快な大逆転だったはずだが、今朝、出勤してトイレに行く時に、自動販売機の置かれた休憩所にいる彼女の顔は暗かった。

「どうかしたんですか？」

はっとした係長が僕を見て、「ああ、岸君」と言う。

片言の台詞を読み上げるようだったので僕は、「アアキシクン」と真似した。「社長賞がしょぼすぎて、がっくりきてるんですか？」

業績に貢献した社員には、不定期ながら社長賞が与えられる。本当はもう少し長い名称の賞だが、社長が唯一、独断で決められる権利であることから、社長賞を決めるから社長と呼ばれているというジョークもあるくらいで、社員は、「社長賞」としか呼ばない。

先日、マシュマロの新商品の開発と宣伝担当者にその社長賞が授与されたばかりだった。

「ああ、社長賞」係長がふっと笑う。

「アアシャチョウショウ」僕は繰り返してから、「あれって何をもらえるんですか?」と訊ねた。「副賞あるんですよね」

「言ったら、会社にいられなくなるから」

「そんなにすごいものなんですか?」社長賞の副賞が何であるかは知られていない。受賞者はその内容を口外するべからず、という念書を交わしている、という噂すらあった。

係長は優しく表情を緩め、「まあ、思わせぶりにしたほうが、みんな欲しくなると考えたのかもしれない」と言う。

「確かに、気になりますね」

「実際は大したものじゃないよ」彼女が声をひそめた。「自費出版の本」

「何ですかそれ」聞いていいのだろうか。

「うちの創業主いるでしょ。その、自伝というか」

「いらない」僕はすぐさま言っている。社長賞の副賞が、創業主の自伝とはがっかりもいいところだ。「高値で売れるんですかね」

「口止めされているんじゃなくて、言うほどのものでもないから、というのが真相かも。岸君もぜひ社長賞を」

遠慮しておきます、と僕はかぶりを振る。「で、本当にそのせいで暗い顔だったんですか」

まさか、と係長が言う。「他人が暗い顔をしていると、声をかけちゃうなんて、お節介なんです。帝王切開で生まれてきましたし」

お節介と切開の駄洒落(だじゃれ)? 彼女が苦笑する。「悩んでいたのは、苗字(みょうじ)のこと」

「苗字のこと?」

「栩木(とちぎ)でしょ。初めて会う人はほとんど読めないの。とちいたの栩です、と言ったって分からないし。栃木県の栃木だったら良かったのに、って悩んじゃって」彼女は言った後で、「まあそれは冗談で」と力なく息を吐く。「うちの子の不登校案件が気になっちゃってね」

以前、話を聞いた時は、「学校に行きたくない、と主張している」という話だったから、さらに状況が悪化しているのかもしれない。

いじめとかあるんですか、とさらに質問を重ねるほど、僕も図々しくはなかった。

「しかも会社では、今まで協力してくれなかった部長たちが急に張り切り出しちゃって、そのことも気持ちが滅入る要因」こちらは冗談として口にしている。

つい最近、あの新商品の宣伝グループが急に再編成され、広報部長をはじめとする幾人かが入った。外から見れば、明らかに手柄を横取りするためだ。部長といえば、例の、「画鋲なんてね、入るわけがないんですよ。あるわけないんです」の名台詞を愛社精神の顕れだと自らアピールし、下の者たちからは冷ややかに思われながらも、上からは評価されているようだったから、本人からすれば勢いづくタイミングだったのだろう。これで将来、社長の椅子に座る道筋が見えた！　と言わんばかりに元気だった。

「今度、スカイミックスを接待するって張り切っているんだけれどね」

スカイミックスとは、小沢ヒジリ属するグループの事務所だ。

「公式にＣＭを、改めてお願いするんですか？」

「いい風が吹いているうちに、動いてはみようと」

「今まで栩木係長が動いている時は見て見ぬふりだったのに。というよりも、いい風、吹いてるんですか？」

「岸君、お願いなんだけれど」係長が拝むように、両手を合わせた。「それ、わたしがサイン出したら、大声で言ってあげて」

任せておいてください、と笑いながらその場を離れ、途中で振り返ると、係長は溜め息を吐いて、またうなだれている。

やけに元気のいい挨拶が聞こえてきたので、目をやれば、部長が快活な挨拶を口にしながら広報部に入っていくところだった。朝だというのに、暖機運転なしでエンジンをフル回転させるような様子には呆れを通り越して感心してしまう。

その日の午後、定例の広報部内の会議では、例のマシュマロ系新商品の追加宣伝施策が議題に上がった。平たく言えば、小沢ヒジリをどうやって口説こうか、という話だ。

今までの経緯や現状を取りまとめた資料の説明を栩木係長が終える。

「ここまでで、栩木さんも限界だったんだよな」部長の言い方は、栩木係長の力不足だと決めつけているようにも聞こえる。聞こえるどころか、そのつもりだったのかもしれない。

栩木係長がスカイミックスと丁寧に交渉していたからこそ、テレビで小沢ヒジリも発言してくれたのかもしれませんよ。

僕は内心で、異議あり！　の声を上げているがもちろん、実際には言えない。

「栩木さんが気合い入っていたから、私としても任せてはいたのだけれど」部長の鼻が膨らんで見える。

左前方に座る栩木係長を見れば、下を向いている。たぶん、苦笑いか失笑を隠すためなのだろうが、まわりから見れば、力不足に恥じ入っているように見えるのではないか。

これからは自分や課長たちが現場に出て力を発揮するから、近いうちにみんなは朗報に接することができると思う。

そのようなことを部長は言った。ここで彼の言う「課長たち」は主に、「私と仲のいい取り巻きたち」と翻訳することができ、「現場」とは「接待」と言い換えるほうが具体的だろう。

発想が古いですよ。過剰接待で仕事の交渉をするやり方は、効果なしとまでは言いませんが、相手によっては嫌悪感を与えます。

僕はやはり、内心で反論している。

栩木係長が手を挙げた。物腰の柔らかい態度で、遠慮がちだった。

「基本的には部長のおっしゃる通りだとは思うのですが、スカイミックスの田中社長は合理的で、効率を重視するので、昔ながらの接待などにはマイナスイメージを持っているようです」

部長の顔があからさまに曇る。「けれど、そう言う栩木さんのやり方で結果が出なかったということは、むしろ、逆なのでは?」

「わたし自身はもちろん力不足でしたが、ただ、田中社長のインタビュー等を読みますと、やはり接待がプラスに働くようには」

「まあまあ、大丈夫だから」部長は引き攣った笑いを浮かべながら、威厳を保とうとしている。「インタビューではそうは言っても、人間、もてなされて嫌な気分にはならないものなんだから。ここからは私たちに任せて」

それから一気に、自分の優勢を際立たせたかったのか、「そういえば、この間、栩木さんのところで提案してきたグッズがあるよね」と別の話を持ち出した。「ミサイルの」

「ロケットですね」栩木係長がやんわりと訂正する。

ここ数年、国内外でいくつかのロケットが打ち上げに成功して話題になっており、しかもうちの定番商品の中に、ロケットの形状に似たチョコレート菓子があったため、販促用グッズを製作する案が出ていたのだ。

「あのね、画鋲の異物混入で問題になった後に、先の尖ったグッズを提案するってのはどうなんだろう」部長は鬼の首を取ったかのように言った。

尖っているとはいえ、画鋲とロケットでは、共通点を見出すのが難しいほど、形状は違う。難癖にしか思えなかったが、栩木係長はそれ以上強くは意見を言わなかった。脱力感を覚えたのかもしれない。

牧場課長が例の、「おお牧場はみどり」の聞こえてくるような穏やかさで、彼女の意見も参考にすべきでは、と述べたが、軽く受け流される。

部長はその後、過去に自分が主導してうまくいった契約や取引について語り、バブル時期の過剰接待の、さほど目新しくもない、豪遊話をしてご満悦だった。

会議が終わり、みなが退屈な授業から解放されるような様子で席を立ち、ばらばらと出口へ向かう際、部長が、「栩木さん、もっと肩から力を抜いていいんだから」と普段通りの大きな声を発した。「おうちのこともあるだろうし。一児の母として」

後半の台詞に他意はなかっただろうが、家庭での問題に心を砕いている栩木係長からすれば、胸を刺された感覚があったに違いない。

仕事で、一児の母だからどうこう、とはあまりに関係がない。

「部長は、何児の父なんでしたっけ」

誰が言った？

僕だった。心の中で留(とど)めておくことができず、つい、口走っていたらしい。

口答えされたと思ったのだろう、目を三角にした部長が、強張(こわば)った顔で見てきた。

下手に狼狽(ろうばい)してはまずいだろうから、感情の栓に蓋をし、平静を装(よそお)い、今何時でしたっけ、とつまらない駄洒落でお茶を濁そうとしたが、濁らない。

帰り際、栩木係長と会ったため、「ひどいものですね」と労(ねぎら)った。

「まあ、最終的に会社のためになればね」

「納得はいかないですけど」

「短期的にはつらくても、大局的にはいい結果になれば」

「何ですかそれ」社長賞でもらったありがたいお言葉？

「わたしの父がよく言ってたのよ。『短期的には非難されても、大局的には、大勢の人を救うことができればそれでいい』って」

「お父さん、何やってた人なんですか」

栩木係長は頬をほころばせた。「官僚で、大型間接税の導入を進めていたの」

どこまで本当なのか、と僕はぎこちなく笑うことしかできなかった。

テレビに映っているのは、朝の情報番組内の天気予報のコーナーだった。若い気象予報士が指揮棒のようなものを持ち、日本列島の表示されている画面を、軽く叩いている。

少しすると、宮城県の埋立地、サンファンランドに東欧のサーカス団がやってくる、というニュースです、と画面が切り替わる。

「サーカスって子供のころ、行ったことがあるけれど」妻が言う。「今も昔も内容は変わらないものなのかな」

無意識にお腹を撫でているのは、将来、子供を連れてサーカスに行く場面を想像しているからだろうか。

ツキノワグマやトラなどの獣を使ったショーが人気、と紹介されていた。

「猛獣を使うのは怖そうだね」

「このご時世、動物虐待と怒られるかもしれないし」妻は、僕が考えていない部分まで気にかけていた。

こちらの心配を打ち消すかのように、画面では、グレーの髪を炎の形のように逆立てた男が英語で自信満々に語っている。字幕によれば、「私がいれば、ツキノワグマもトラもみんな言うことを聞くからね。安心してほしい」というメッセージらしかった。その後の映像では、グレーヘアの男が動物たちと親しそうに、まさに友達の如く触れ合っている。

職場での部長と栩木係長のことがふいに思い出され、人間同士のほうがよほどぎくしゃくしている、と考えてしまう。

出社するとメールが来ていた。送信元に池野内征爾とあり、胃がきゅっと縮まるのが分かる。悪いことをしたわけでもないのに、申し訳ない気持ちになる。

今日、お会いできないでしょうか、といった文面が丁寧に書かれている。仕事が終わった後に時間があれば、と。

そんなことを急に言われても、こちらも暇じゃないんですから。

そう返したいところだが、実際はさほど忙しくもなかった。最近、「働き方改革」という、労働時間短縮の呪文のためか、なるべく定時に帰ることが推奨されてはいる。いくら推奨されたところで、無理なものは無理、といった側面はあるが、それでも今

日ならば予定は入っていないため、定時には帰れるだろう。ついでに、小沢
では十九時に前回お会いしたコーヒーショップで、と返信をする。ついでに、小沢ヒジリさんのことでしたら、あのイベントの後から特に進展はないですよ、とも書き添えた。

池野内議員は十分も待たずして、メールを送ってきた。

お忙しいところ時間を割いていただき感謝します。十九時に先日のコーヒーショップで、ということで承知いたしました。小沢ヒジリさんのことも含め、情報交換をさせていただければ。

腰は低い。低すぎる。慇懃無礼、という言葉が頭に浮かぶ。一回、しゃがんで腰を低くするのは、その後、跳びあがるためではないか。そんなことを邪推したくもなる。

午前中に作成した資料を課長に渡し、昼食を食べた後は、先月行った関西出張の経費処理に時間を割いた。

「岸さん、聞きました？」

呼びかけられ、横を見れば同じ広報部の後輩が中腰で立っていた。小声でひそひそと喋ってくる。

「部長たち、やっちゃったらしいですよ」

「やっちゃった？」

「スカイミックスの社長を接待したらしいんですけど、あからさまに相手をよいしょして、しかも、うちの広告に協力してくれたらメリットがあることを、ぐいぐいアピールしたらしくて」

「昔のやり方」

「戦国時代くらいの」

確かに、戦国時代にも通用したかもしれない。

「スカイミックスの社長は、そういうのに嫌悪感を抱いているって、栩木係長がアドバイスしていたんだけど」

「あらら」

「あらら？」

「栩木係長、完全、尻拭(しりぬぐ)いですよ。どうやら、そのスカイミックスとぎくしゃくしちゃった関係を修復するミッション、栩木係長が担当することになったんですよ」

「え、いつ」

「今です」北側に顎(あご)を向けた。

打ち合わせ室があって、役職者たちが定例会議をしている時間だった。後輩の席が、そのすぐ近くであるため、「耳を澄ませば、会議の内容が聞こえる」のだという。自分たちのミスによる失点を部下に押し付けるとは、なかなかの駄目上司ぶりではないか。むしろ感心する。

打ち合わせ室のドアが開き、課長やら係長たちがばらばらと出てきた。栩木係長の姿を探してしまう。

小走りで席に戻った栩木係長は、心なしか赤い顔をしていた。抱えてきた資料類を机に置いたと思うと、すぐにフロアから出て行く。

僕であれば、天を仰ぎ叫びたいところだろう。

やめておいたほうがいいと進言したにもかかわらず、それを無視された上に尻拭いを命じられる。じゃあどうすれば良かったのか。

視線を打ち合わせ室に戻せば、当の部長が、別の課長と談笑しながら外に出てきた。自分の風邪を誰かにうつして、すっかり快復したかのようだ。ご全快を心からお祝い申し上げますとともに、今後のご健康をお祈りいたします。電報の文面を送りたくなる。

十八時になり、帰る際に栩木係長の席の横を通った。くたびれた表情だったものの、必死の形相でパソコンの画面を睨(にら)んでおり、話しかけにくかった。テーブルの横に置かれたスマートフォンが着信しているが、マナーモードになっているためか、彼女は気づいていない。

スマートフォンの画面には小学校名が表示されており、子供に関する連絡のように思えた。「あの」と声をかけようとした。ほとんど同時に栩木係長も着信に気づき、はっとしてスマートフォンをつかむと、そのまま廊下へと飛び出していった。

「仕事量とか責任とか、どうして偏るんでしょうね」僕は向き合った池野内議員に対して、洩らしていた。わざわざ話すことではないと思いつつ、胸の中のもやもやを吐き出さずにはいられなかったのだ。人の忠告を無視して寒い日に薄着で出歩いて勝手に風邪をひいた部長と、それを無理やり感染させられた栩木係長、といった構図について話した。

「仕事ができる人に仕事が集まるのは、残念ながら当然のことなんですよね。仕事ができない人の仕事は減ります。どちらも同じ報酬がもらえるとすれば、これは問題です」池野内議員は言う。「憎まれっ子世にはばかる、という言葉が昔からありますし、図々しい人間はやっぱり、得してるのかもしれません」

「納得いかないですけどね」

「本来は、そうやってたくさんの仕事をこなせる人には、多くの報酬を与えるべきなんでしょうね。現実の会社では、なかなかそうはなりません」

確かに、と僕もうなずく。仕事が早く、他人のものまで処理する社員は、都合よく扱き使われるだけで、給料が上がることもない。必然的に誰も彼もが、楽したほうが得、と思いはじめる。さぼった者勝ちの法則は、長い目で見れば共倒れだが、僕たちはたいがいのことは短い目でしか見られない。

それから僕は、小沢ヒジリに握手をしてもらった時のことを話した。メールで説明した内容と変わり映えなかったはずだが、池野内議員は、初めて聞くかのように相槌を打ってくれる。

「お役に立てませんでした。すみません」

「でも、少し反応は示してくれたんですね」

「ハシビロコウの画像を見てはっとしたのか、それともスマートフォンの写真を強引に見せる、という行為にぎょっとしたのかは分からないですけど」

「なるほど」

「あの今日はいったい何の話を」

「ああ、そうでした。夢です」

「また夢」

「岸さん、昨晩、夢を見ませんでしたか？　私が前に話したような。それこそハシビロコウと」

「あ、いえ」

「私は見たんです、昨晩」

「ハシビロコウの？」

　起きてすぐにメモを書いたんです、と彼は言う。夢日記を記す都議会議員とは、都政を任せるのに躊躇してしまいそうだ。「この間、無数のビラが吊られた場所があるという話をしましたよね」

「賞金首というか」

「ええ、やはりあったんです。岸さんのものが。顔写真と八桁の数字があるのも確認しました。あちらで、岸さんと会っているんです」

　あちらで会っている、と言われましても。

「ですので、岸さんの夢の中でも何か起きていたのではないかと思いまして。私がこれだけはっきりと覚えているくらいですから。それで話を聞きたくて」

「夢で逢えたら、って曲ありますよね」

「どうですか？　昨晩の夢、覚えていることはありませんか」

真剣に語る池野内議員を見ていると、できるだけ同調する返事をしたくなるが、嘘をつくのも下手なものだから、「この間も言いましたが、昔から夢のことってあまり覚えていないんですよ」と答えるしかない。嘘ではなかった。昔から、朝起きると見ていた夢のことをまったく思い出せないのだ。

「そうですか」池野内議員はさほど落胆した様子はなかった。「何か繋がりがあると思いませんか？　岸さんと私は」

「気持ち悪いこと言わないでくださいよ」

「先日話した火事の件もあります」

「ああ、そうです、それ」確かにそれは気になる。

「ほかにも共通点があるかもしれません」

「僕と池野内さんとに？」人間で男、という以外に似た点はないように思えた。「たぶん、池野内さんはずっと順風満帆、スマートに生きてきたんじゃないですか？　僕は平々凡々の」

「いや、そんなことはないですよ。スマートに生きてこられる人間なんているわけないじゃないですか。たとえば私は、小学生のころに同級生から嫌がらせを受けていました。まあ、いじめです。私は頭が良くて、感情よりも理屈を重視する子供だったので、周囲から嫌がられてまして」

そんな風に分析ができる時点で可愛げがないですからね、という言葉を呑み込む。

一方で、「同じです」と呟いていた。

「同じ?」

「ええ、僕も小学生のころ、いじめに遭っていたんです」

「それは」

「理不尽な嫌がらせを」今となってはぼんやりとした光景としか思い出せないが、教科書を隠されたり、従いたくない命令を出されたり、身に覚えのない罪を着せられたりした。親にも相談できず、「いじめ」という概念もよく理解できていなかった。「やめてほしい、ともなかなかうまく言えず、それとなく親に、転校できないか、相談したこともあるんですよ」

「そんなにでしたか」

「逃げたくて」

「結局、どうなったんですか?」

「ある時、『もうやめろ!』って大声で叫んで、相手の顔に頭突きをしたら」

「収まったんですか？」

「やり返されましたけど」僕は笑う。「だけど、それを続けていたらいつの間にか、なくなってましたね、いじめ」

　相手も面倒臭くなったのかもしれない。

「これは貴重な共通点ですよね。私も岸さんも小学生の時にいじめに遭い、乗り越えていたなんて。ほかには、思春期に大きな出来事はありませんでしたか」

「思春期に」言いながらも頭に浮かんだことがあり、「親が」と口にした。

　すると池野内議員は、「私もです」と力強く、これはもう運命を確信したかのように首肯した。「父が脳卒中で倒れました」

　自宅の部屋で倒れたのだという。発見が遅れ、病院に運ばれた時には意識がなく、医師からも、「仮に命が助かっても後遺症は残る」と断言されたらしい。

「だけど、父の意識は戻ったんです。あれは本当にほっとしました」

「それは何よりですね」

「岸さんのお父さんの意識は？」

「いえ、うちは違います。両親がそれぞれ浮気をして、大変だったという話で」

　お父上の脳卒中と同列に並べるのも失礼に感じた。「結局、離婚しましたし」

ややこしくさせてしまいそうで、今はまた復縁している、とは言えなかった。

「いえ、子供にとっては大事件ですよ」池野内議員はすらすらと、台本でもあるが如く喋ってくる。

「これは、共通点ではなかったですね」僕は言う。

「いえ、共通点と言えなくもないですよ。子供のころの親に関する悩み、とくるならば」

「そんな風にくくっていったら、ほとんどの人が共通点を持つことになりますよ」

「確かにそれはそうなのですが」

池野内議員がどうして僕と話をしたくなったのか不思議でならない。「ハシビロコウの夢を見たというだけで、そこまで気になるんですか」

「岸さんだけじゃなく、小沢ヒジリさんも出てきました。やはり、私が二人を選んでいたんです」

「選んだ？　ほかの人にも会ったんですか？」

「いえ。そこにはいろんな人のビラがありましたから、ほかにもいるのだと。ただ、私は、岸さんと小沢ヒジリさんしかはっきりと確認できなくて」

「どういうことなんでしょうね」

「組み合わせが決まっているんでしょうか」

「組み合わせ」僕はその言葉を口にしつつ、やはり運命について語られているかのようで、警戒したくなる。

「その夢の中のヒジリさんと思（おぼ）しき人にも、八桁（けた）の数字が？」

「ええ。彼の場合は誕生日が公開されていますからね、すぐに分かりました」

誕生日を調べた後で、八桁の数字が夢に反映されただけでは？　「三人で政党でも作るつもりだったんですかね」精一杯の皮肉のつもりだった。

「それはいいですね」池野内議員が笑う。

「野心があるのかないのか」茶化すわけではなく、僕はそう言っている。

「野心はありますよ」彼は即答した。「権力がほしいです」

「ずいぶんストレートな」地位や名誉、権力といった、男性ホルモン的、攻撃的な志向とは無縁に見えたが、議員に立候補する人物なら、野望や野心はあってしかるべきなのだろう。

「権力がなければ何もできません」

　池野内議員の言葉を聞き、僕が内心で続けた言葉は、「接待も受けられないでしょうし、癒着の旨（うま）みも味わえませんからね」という短絡的な発想に基づく邪推じみていたから、彼がさらに、「たくさんの人を救う必要がある時に、権力がないと何もできませんから」と真っ当なことを続けるものだから、自分を恥じ入りたくなった。

「たとえば、大勢を救うためには一部の人たちに我慢をしてもらわなくてはいけないこととかありますよね」

「あるでしょうね」

栩木係長のお父さんの話を思い出した。短期的にはつらくても、大局的にはいい結果になれば、と言っていたというが、まさに池野内議員が話したのは、同じことだろう。

「そういった場合に決断するのが政治家だと思うんですよ。自分が憎まれても、恨まれても、大勢の人間、国の未来のために決断するのが」

「消費税を導入したり？」

「それが本当に国のために必要ならば」

どこまで本気で言っているのだろう、と疑いたくなるほどまっすぐな、青臭いとも通じる発言だった。僕は、「議員は愛人とか作って、政治資金で遊びに行ってる人ばかりかと思っていました」とひどい偏見を曝（さら）け出した。

「愛人はいますよ」

「え」あまりにも平然と答えられたため、驚く。

「あちこち、四十七都道府県に一人ずつ」と彼は笑った。「さまざまな愛人が。自家用ジェットやヘリを持った富豪から、売れない声楽家、料理研究家」

池野内議員は歯を見せる。どこまでが冗談なのか判別がつかない。

うちの会社に、「お菓子に画鋲が入っていた！」と苦情電話をかけてきた彼の奥さんのことを、声しか分からないが、その迫力を思い出した。

見透かしたように池野内議員は肩をすくめる。「うちの妻はすごいですよ。私宛ての手紙だろうが、メールだろうが、全部チェックしてます。愛人がいるんじゃないか、って」

「いるんですよね？」

「あの妻と一緒にいるうちに、隠す技術も鍛えられました」

「別れたほうがいいですよ」僕は本心から言ったが、彼は冗談と受け止めたようだ。

「面白いニュースとかあるの？」会議室のテーブルの隅でスマートフォンの画面を見

ている僕は、突然そう声をかけられて、授業中の早弁がばれたような気分になった。

すみません、と飛び上がって謝りかけた。

「まだ会議始まっていないんだから」栩木係長は言う。

会議開始予定は十三時だったが、部長が来ていない。

「でも、悪いね。代理で」

「いえ大丈夫です」会議の議事録は、各部署持ち回りで取ることになっている。いつも議事録をまとめる若手が休暇中のため、僕が代わりに出席することになった。自分で立候補したのだ。暇なわけではなかったものの、会議は例のスカイミックス事案についてのものだったから、興味があった。

「何か進展あるんですか?」と栩木係長を見れば、この数日でさらに困憊(こんぱい)しているのが分かる。目のまわりに影ができており、頬もこけていた。「というより、どうにもならないですよね。部長たちが関係悪くしちゃったんだから。いい加減、諦(あきら)めればいいんですよ。別に、小沢ヒジリにこだわる必要もないです」

「だよね」力なく栩木係長は言う。「ただ、自分たちの失敗で撤退するのは避けたいんだろうね」

「ああ」社長への道筋が、その経路が、急に危うくなってしまう。

「あくまでも、部下の不手際でうまくいきませんでした、というほうが」

「それ、無理がありますよ」

「わたしも意地になっちゃうからいけないんだけど」

「意地になってるんですか？」

「部長たちの失敗を肩代わりするだけなんて、つらいから」

そこで会議室のドアが開き、部長が入ってきた。見るからに不機嫌そうで、書類を抱えてのしのしと前方に向かうと大きな音を立てて座る。

人はどうしても他者の顔色を窺う。愛想のない人やむすっとした相手には警戒し、接し方が慎重になる。

ずるいもんだよな。

そう思うことがある。周囲に気を遣わずに横暴な態度を取っているほうが、人から大事にされ、少し笑えば、みながほっとしたかのように喜んでくれる。

もともと穏やかに接する人間は、僕をはじめ多くはこちら側だと思うのだけれど、ほかの人には軽く扱われがちだ。妻からは、被害妄想だ、と指摘されたものの、その思いは拭えない。

むすっとしているほうが得なのだ。

現に今、部長は遅刻してきたのだから、もっと腰を低くし、申し訳なさそうにすべきであるのに、不愉快な、難しい表情だけで非難を跳ねのけている。むしろ、みなに気を遣わせている。

「じゃあ、今の状況、報告してくれる？」むっとしたまま、部長が言った。

はい、と立ち上がったのが栩木係長だ。疲れ切った顔つきながら、「スカイミックスには先週、一度、お話を伺ってきました」と話しはじめる。

「それで？」

何がそれで、だよ。僕は笑いそうになるのをこらえた。あなたたちの失態のフォローをするために、行ったんだから。

「うちのために時間を割きたくないようだったんですが、どうにか田中社長に会えまして」

「それで？」

たぶん栩木係長は平身低頭、誠意をもって、部長たちの失礼を詫びたに違いないが、その通りに言うわけにもいかないのだろう。「こちらからの提案資料をお渡しして、興味がありましたらご連絡をいただくことに」

部長が資料をぱらぱらと、明らかに読んでいない速度でめくる。それから、「まあ、もともとこれは栩木係長の案件だったからな」と言う。「ぜひ結果を出してほしい」

何人かが、栩木係長のほうを見る。視線には同情が浮かんでいる。

「分かりました」栩木係長は言い、腰を下ろした。

が、すぐに立ち上がり、まわりを驚かせた。

「でも、これはちょっとあんまりではないでしょうか」

会議室全体がしんとした。

切れちゃった。我慢の糸が。立ち上がった栩木係長を見ているしかない。

「わたしははっきりと、田中社長には旧来の接待は逆効果だとお伝えしました。それを部長たちが」

「私たちがどうしたって？」怒ったような言い方は、動物の威嚇の声に似ている。

台無しにしました。無茶苦茶にしました。そういった表現をそのまま口に出すのをためらっているのか、少し間があってから、「田中社長を不快にさせました」と続けた。「その後を引き継ぐのが、わたしなんですから」

「もともと、栩木係長の担当だったんだ」

「そうですが」

いくら自分に非があっても、相手の言葉尻を捕らえて、相手にも失点があると思わせるやり口だ。

「こう言っては何だけれど、栩木係長のやり方ではいつまで経(た)っても、成果なんてあがらなかったんだ。そうだろ？　今だって、どういう状況かといえば、向こうからの連絡待ち、それだけだ」

「ですが」

「ですが、じゃないよ。プレゼン資料を渡して、名刺を置いてくれば、向こうから連絡が来る？　そんな簡単な話ではないだろ」

たぶん部長は、スカイミックスへの接待攻撃失敗の無念さ、屈辱をどこかで発散したかったのかもしれない。弁明スイッチが押されたかのように、活(い)き活(い)きと喋りはじめていた。

「小沢ヒジリのほうからうちの会社にやってきて、『栩木係長の名刺を見て、来ました』なんて言うか？　『コマーシャルの件、興味があるんです』なんてことがあると思っているのか？」

栩木係長は反射的に言い返そうと口を開いたが、子供の口喧嘩じみた展開になることを望んでいないからか、唇をぎゅっと閉じると座った。

会議室の空気は冷え冷えとし、出席者の多くが俯(うつむ)いた。

善後策を話し合うための場で、どうしてこんなに下や過去を見てばかりの状況になるのか。議事録を取るのも嫌になり、「部長、パワハラ発言。詳細は割愛。会議の雰囲気最悪になる」とだけ書き留めたくなった。

栩木係長の様子が気になりちらっと窺えば、自分の作った資料をじっと見つめている。悔しさの涙が落ちるのを我慢しているのかもしれない。

「それでは、スカイミックスなしでの広告についても検討しておく必要があるので」議事進行を務める課長が、唐突に自らの使命を思い出したかのように言った。

「そうだな、そのほうがいい」部長が腕組みをする。

会議室のドアがノックされ、広報部の女性が入ってきたのはその時だった。

「会議中だぞ」課長がぶっきらぼうに応じる。

「申し訳ありません。ただ、急ぎの用件かと思いまして」彼女が頭を下げる。

誰かに不幸があったのだろうか。

真っ先に頭に浮かんだのはそれだった。彼女の顔はそれくらい真剣で、深刻に見えたからだ。

口から出たのは、想像してもいない内容だった。

「受付に、小沢ヒジリさんがいらしているようです」

僕たちはみな黙ったまま、大きなクエスチョンマークを頭の上に掲げていた。

「栩木係長に話があるそうです。名刺を見て、やってきたって言ってます」

場所は駅前の時々利用する個室居酒屋で、頼んだのはいつも注文する料理だが、目の前にいるのはあの小沢ヒジリなのだから、現実味がない。二人で向き合っている。普段からそうしているのか、野球帽を深くかぶり、眼鏡をかけ、俯いて入ってきたから、店のスタッフもまさかそれが一世風靡中のダンスグループの人気メンバーとは思いもしなかったはずだ。
「すみません、できるだけ早く話をしておきたかったんで」と彼は、急に会社に押し掛けてきたことを詫びた。
先ほどの社内は軽いパニック状態だった。
急に、一人で訪問してきた小沢ヒジリに驚き、動揺し、何をどうすればいいのか、と部長をはじめみながおろおろする中、栩木係長だけが比較的落ち着いており、「空いている部屋ありますか?　そこに案内してください。あまり騒ぎにならないように」と指示を出した。

小沢ヒジリは、栩木係長と話がしたいと言ったらしいが、当然ながら、部長も同席すると言い張った。

「岸さんに会いたかったんですよ。どうやってコンタクトを取ったらいいか考えていたんですが」

例の握手会の時、あのお菓子のお礼とともに、僕がそのメーカーの社員だということを、確か妻が口にしたはずだ。

「そうしたら先日うちの社長の机に、さっきの栩木さんという方の名刺が置かれていて」

見れば、あの製菓メーカーの広報と肩書にある。

「社長にそれとなく聞くと、俺をコマーシャルに、とアプローチしてきてる会社だって言うじゃないですか」

「しつこくてすみません」

小沢ヒジリは笑った。「そういうのは珍しいことじゃないので。利用価値があると思われるだけまだ」

「利用というよりは」利用でないのなら何なのか、別の表現が浮かばなかった。

「なのでまずは係長さんに会って、社内に該当する人がいないか、訊いてみようと思ったんです。会社を通して場を設けて、なんてことをしてたら時間がかかるし」

「でも、突然来なくても」

美しく並んだ歯が光る。「事前に連絡したら、そっちからうちの事務所に問い合わせが来るだろうし、ややこしくなるんですよ。絶対止められますし」

「でしょうね」

「結果的にはやっぱり正解でした。岸さんに会えましたから」

小沢ヒジリは、栩木係長と一緒にいる僕を見てすぐに、「あの時の！」と気づいた。

個室のドアが開き、男性店員が料理を運んできた。皿を置く際に僕と小沢ヒジリの顔をちらっと見たものの、特別な反応はなく去っていく。

「本題なんですけど」小沢ヒジリは突き出しに箸をつけ、口に入れた。「これ美味しいですね」

「それが本題？」軽々しく指摘してしまうと、彼は手を左右に振った。

「いえ。火事とあの鳥の話」

「心当たりがあったんですか」あの握手会の場では、「あ！」と言ったもののその後で何か喋ってくる様子もなかった。

「あまりにも驚いちゃって」小沢ヒジリは言った。「だって、火事のことは大っぴらに話したことないんですよ」

「え、ということは、あの火事の時、ホテルに」僕は身を乗り出した。

「いましたよ。デビューする前で、ダンスの小さな大会があったんです」

「金沢で？」

「ええ。初めて行ったんですけど、いいところですよね」彼は言うと、兼六園のことや食事の美味しさを語った後で、「あと、個人的に昔から気になっている場所があって」と恥ずかしそうに笑った。

「どこですか」

「法船寺というところの」と言ったところで、僕も笑い、「猫！」と友達に呼びかけるような言い方をしてしまった。

「岸さんも？」

「昔ばなしで聞いたことがあって」お寺に住み着いた大きな鼠に困っていたところ、猫二匹が退治してくれる話だ。過激さや刺激はない、オーソドックスな説話だったが、大鼠と戦うことで命を落とした猫たちのことが、なぜか気になった。

「僕、行きましたよ、法船寺」寺を救った猫が弔われているらしい義猫塚が、ひっそりとあったのを覚えている。どうやら親に連れられて幼少の頃にも行ったことがあるようなのだが、記憶がなかった。

「ダンスの大会前に俺も寄りました」小沢ヒジリが微笑む。「で、夜ですよ。あれはびっくりしました。寝耳に水どころか、寝てたら火事」

「何号室か覚えてますか」

「隣ですよ」

「五〇四号室?」

「はい」彼は大きく息を吐く。「まさか火事に遭遇するとは」

「小沢さんも非常階段から逃げたんですか?」

「岸さんも?　あれは衝撃的でした。三階から下が」

「なくて」僕は顔をしかめる。助かった今だから笑って話せるが、かなり絶望的な状況ではあった。「はしご車も入ってこられないなんて」

「あそこに、岸さんいたんですか」

「たぶん僕のほうが上の段にいたのかもしれません」

「本当に?　びっくり。まあ、あの後の展開もびっくりだったけど」

「そうですね。サイコロで」

「あんなことよく思いつきましたよね、消防士さんたち。巨大サイコロを使って」

　火事の起きたホテルの向かい側で開催期間中だったサイコロ展の会場には、一辺六、七メートルほどの立方体が、巨大サイコロとして飾られていた。展示会の空間を賑やかにするための大型飾りに過ぎなかったのだろうが、どうやって室内に入れたのか分からないほど大きかった。小沢ヒジリが洩らしたように、よくもそれを役立てることを思いついたものだ、と感嘆せずにはいられない。

「あれから俺、ちょっとダンスに真剣になったんです。人生、いつ何があるか分からないから」

「そこが、すごい人とそうじゃない人の差のような」僕は冗談交じりに言う。池野内議員もあの火事を受けて、政治的な使命感が芽生えたと話していた。何てことだ。僕の内面では、そういった前向きな意識改革は起きなかった。

　スマートフォンを取り出し、握手会の時同様、彼の前に出した。ハシビロコウの画像がある。

「それそれ！」声を上げる小沢ヒジリは急に子供のような表情になり、それが可愛らしいものだから、僕は吸い込まれそうになる。「それなんです。見覚えがあって。ずっと頭に引っかかっていたんですよ。昔から、どこかで見たぞ、って」

「ハシビロコウですよね」

「どうして、俺にそれを見せようと思ったんですか。何で、その鳥が気になっているのを知っていたんですか」

　また料理が運ばれてきて、僕はビールをもう一杯注文する。

「実は、火事の話だけだったら、岸さんに会いに来ようとはしなかったと思うんです。もちろん火事のことはどこにも出していないから驚きはしたけれど」

「どうして、火事のこと話していないんですか？」あの火事は、その救出方法の珍しさからニュースで取り上げられ、注目された。「興味深いエピソードになりそうですけど」

「そういうのは嫌なんですよ。あのホテルだって火事で大変だったろうし、それを関係ない俺が話のタネにしちゃうのは」

「僕なんて、自慢みたいにしてよく話しちゃっていますけど」僕は頭を搔く。

「俺も知り合いとかには話していますよ。ただ仕事のほうで話すのは躊躇しちゃうというか。だからはじめは、岸さんが俺の友達とかから火事のことを聞いたのかなと思ったんですけど」

「なるほど」

「だけどあの鳥のことは絶対誰も知らないから。それに、俺の中では、火事の記憶とあの鳥の記憶が結構、一緒になっていて」

「どういうことですか」

「火事に遭遇する前、あの日かその前かに、あの鳥を見かけた覚えがあるんですよ。どこでか分からないんですけど、むすっとして目がつぶらな鳥で、何か指示されたような」

「指示？　ハシビロコウが喋ったんですか？」真顔でする質問ではなかったかもしれない。

「指差したんだったかなあ。でもほんと、記憶にぼんやり残っていて。火事の予兆で、鳥の幻でも見たのかな、と思っていたんですよね」

「予兆？」

「地震雲みたいなのあるじゃないですか。火事ハシビロコウ。だから、その二つを岸さんが僕にぶつけてきたので、驚いてしまって。いったいどういうことなんですか。あの鳥、意味があるんですか？」

「実は僕も、別の人から聞いた話なんです」

はじめにこのことを話すべきだった、と僕は、池野内議員について喋ることにする。

異物混入事件がきっかけで知り合った都議会議員で、小沢さんがあの金沢での火事に遭遇しているかもしれない、と想像したのも彼なんですよ、と。「先日のショッピングモールでのイベントに行ったのは、池野内さんに頼まれたからなんです」

「議員さんがわざわざ」小沢ヒジリは少し驚いていた。

「池野内さんの夢には出てくるらしいんですよ、ハシビロコウが」

「夢か」小沢ヒジリは、なるほど、と手で鼓でも打つかのようだった。「俺も夢で見たってこと?」

「もしかすると」

「夢占い的に、ハシビロコウは火事を意味するとか?」目をきらきらさせて、前のめりになってくるため、僕はそのまぶしさに顔を歪めかけた。こんなところを誰かに見られたらまずいのではないか、ファンが激怒し僕を袋叩きにするのではないか、とぞっとする。「誰の夢にも出てくるんですか」

　自分自身が納得していないものを他人に納得してもらうことはできない。広報部で最初に教わる基本の一つだ。

「いや、誰もが見るわけではないかと」こんなに怪しげな話でごめんなさい、と謝りたかった。

「選ばれた者だけですかね」と言う小沢ヒジリは誇らしげで、その少年のような態度は微笑ましかった。「火事を予知する、鳥の夢、ですか」

「関係はよく分かりません」自分から接触しておいて、回答のほとんどが、「分かりません」で、相槌を打ったところで、「なるほど」なのだから我ながらひどいものだ。小沢ヒジリもよく怒らないな、と感心してしまう。

せめて知っていることは話しておくべきだ。池野内議員から聞いた夢に関する情報を一通り話すことにした。

胡散臭い話で申し訳ないです、到底信じられないですよね、眉唾ですが、と予防線の上に予防線を張るようなまどろこしい説明になってしまったが、小沢ヒジリは興味深そうにうなずきながら聞いてくれた。さまざまなメディアと付き合ってきた経験から、与太話のあしらい方が上手いだけなのかもしれない。

「ええと、そのビラって」

「よくは分からないんですけど、池野内さんは夢の中で、そういうエリアに立ち寄ったらしいんです。ビラがずらっと並んでいて、そこから選んだって」

「岸さんと俺を？　夢の中ですよね？　選ぶとどうなるんですか」

それも分からない。「そのビラみたいなものに顔写真や生年月日が記されているらしくて、僕のことにもそれで気づいたそうです」

「俺のことも？」

「小沢さんの生年月日は、調べればすぐに分かりますし」

「それで、本当に、その議員さんと岸さんもあの金沢の火事ホテルに泊まっていたんですか」

「信じがたいとは思いますが」

「いや、ありえないわけではないですから」

「僕は上の階で、池野内さんは出火した部屋の隣、小沢さんの部屋の逆隣りだったそうです。思えば、出火したそんな近くの部屋にいて、無事だったというのはすごいことですよね」

「消防士たちも驚いていましたから。それもあって、ダンスを真面目にやりはじめたんですけど」

「あの」僕はそこで、池野内議員との間で湧いた話題のことを思い出した。「踏み入ったことを聞いてしまうんですが」

「どうぞどうぞ」

「小沢さんは学校で、いじめられた、とかそういう経験はありませんよね」池野内議員と僕との共通点を思い出していた。それからすぐに、「あ、実は僕はそうだったんです。いじめられていた時期があって」と自分のことを告白する。

「ああ、いじめられては」小沢ヒジリは、こちらに気を遣うかのように言った。「いませんでしたね」

「ですよね」

「ただ、友達もいなかったんで、一人でしたけど」

「そうなんですか?」

はい、と彼はうなずく。「楽しい少年時代ではなかったですよ」

「いじめられてはいなかったけれど?」

「はい」

その後も僕たちは、「ハシビロコウ」「火事」「夢」についての意見交換を行ったが、僕自身が交換するような意見を持ち合わせていなかったこともあり、大半は雑談、僕が小沢ヒジリに恐る恐る、仕事の話を訊いたり、もしくは彼が、当社の商品の裏話を確認してきたり、とそんな具合で時間は過ぎた。

「俺たちいったい何をやっているんでしょうね」

やがて小沢ヒジリがそのようなことを口にした。今日のこの会合に意義がなく、呆(あき)

れているのかと焦った。日々、仕事のスケジュールがぎっしり詰まっているというのに、こんなところで何をやっているのか、と。そう言われたら返す言葉がない。「そうですよね。申し訳ないです」と肩をすぼめてしまう。

「何を謝っているんですか」小沢ヒジリが笑った。「夢の中で、ってことですよ」

「ああ」

「もし、その池野内さんが言うように、夢の中で、俺たちが集まっているとしたら、何のためなのかって」

「何のためでしょう」

「夢の中でチームでも組んでいたりして」

「何のチームなのか」

「文字通りのドリームチーム」

それには少し笑ってしまうが、引き続き話したところで答えが見つかるわけがなく、またしても議題は放り投げられた風船の如く、ふわふわと僕と小沢ヒジリの間あたりで浮かんでいるだけだった。

「それにしても、今日は痛快でした」僕は言う。

「どうしてですか」

「うちの係長が、ほら、小沢さんがうちに来る時に持ってきた名刺の」

「栩木さん」

「そうです。栩木係長はほんと踏んだり蹴ったりの状況だったんですけど」最近のスカイミックス関連のあれやこれや、部長のひどさについて語った。「小沢さんが今日来たから、みんな驚いちゃって。栩木係長の株は上がったと思うし、部長はパニックで」

「あの部長さんは、駄目な人の典型っぽかったですよね」

「分かるんですか」今日、一時間ほど役員室で会っただけだというのに。

「だって、自分を大きく見せたり、こっちを持ち上げたりすることしか言ってなかったですよ」小沢ヒジリが微笑む。「俺、ああいう人苦手なんですよ」

「鋭いです」

「だから、帰り際、次は部長さんがいないほうがいいです、って言っちゃいました」

「その場で？」

「まずかったですかね」輝くような目で見られると緊張してしまうが、「まずくないです」と僕は答える。「むしろ、助かります」

小沢ヒジリは愉快気に笑った。

二十二時半を過ぎたあたりで、店員がラストオーダーを取りに来た。想像以上に長い時間話をしていたことに気づく。

そろそろと切り上げるタイミングで彼が、「少し遠いですけど、今度、宮城でイベントがあるんですよ」と言い出した。「サンファンランドって知ってますか？　北東部の牡鹿(おしか)半島、そこから太平洋側に出たところに、埋立地ができて。人工の島みたいな形の」

「ああ、先日ニュースで」

牡鹿半島から五百メートルほどの橋を渡ったところに作られたのだという。埋立地の外側には高波が来ても被害を受けぬように、と新考案のブロックが設置されており、ようするにその機能の実践的実験の一環として作られた埋立地という説もあるらしい。将来的には住宅地ができるようだが、差し当たり、平地にキャンプ場と簡単なイベントエリアが作られている。

「そこの、こけら落とし的なイベントがあるんです。メインは僕たちのライブで、サーカスも来ているそうですけど。今週末だから急なのですが、よければ」とチケットを四枚、渡してくれた。「収容人数の問題もあるので、その日は抽選で当たったファンクラブ会員だけのイベントで、マスコミも基本的にはシャットアウトした形です」

となるとこのチケットは相当、入手困難のものに違いなく、遠慮することも忘れて受け取ってしまう。

会計は割り勘となったが、店を出たところで女性店員が駆け寄ってきて、小沢ヒジリに握手を求めてきた。感無量なのか、目には涙を溜め、ぜえぜえと呼吸は荒かった。

仕事で仙台に来たことはあったが、その時も日帰りで駅前の取引先のビルへ行っただけだったため、僕からすれば初めての宮城への旅行、もっと言えば初めての東北旅行と言えた。
「ここからシャトルバス出てるんだよね」新幹線を降り、駅の構内を歩いたところで妻が言う。
彼女のお腹に目が行く。妊娠中なのだから遠出はもちろん、野外のイベントになど行くべきではないのでは、と思わずにはいられず、口にも何度か出した。彼女は、「気分転換は必要でしょう」とか、「大人しくじっとしていろ、って言うわけ？」とか、言い返してきた。

まあそこまで言うなら、と僕も受け入れたが、やはり気にはなる。人間とは不思議なもので、つい先日まで、小沢ヒジリはもちろん、その属しているダンスグループに対しても興味を持っていなかったのが、最近の一連の出来事や、小沢ヒジリ本人と二人で居酒屋で時間を過ごしたという特別な気持ち、何よりも彼の特に計算のない、気持ちのいい青年だという印象のためだろうか、僕はもちろん、その話を聞いた妻も、急にファン心が芽生えていた。

シャトルバス乗り場に並ぶ若者たちの会話によると、埋立地のサンファンランドの敷地や、そこに通じる橋の交通の関係から、イベントに参加できる人数には限りがあり、多くて二千人ほどではないか、という話だった。抽選で当たった者は本当に幸運、とのことだ。

妻も同じことを考えたのだろうか、ふいに、「昔、高校生の頃、お昼にわたしが購買に行ったら、いつも買ってるジュースが売り切れてたの」と言った。

「いったい何の話？」

「教室に帰ったら、友達はすでにそのジュース買えてて。わたしが買えなかった話を言ったら、ちゅーちゅー吸いながら、『いやあ、急に美味しくなってきた』って笑ってて」

人が手に入れられなかったものを持っている優越感は、確かに気分がいい。まさにそれが今の僕たちだろう。人間の卑しさを考えずにはいられないが、もしかすると、人が進化するためには、そのような優越心や嫉妬の牽引力が必要だったのでは？　とそんなことに思いを馳せたくなった。

シャトルバスは仙台駅近くのバスプールを出ると有料道路を走り、北東へと向かった。

同じバスに栩木係長が乗っていることに気づいたのは、乗車して一時間が過ぎて石巻市に入り、牡鹿半島のくねくね道を走行している時だ。景色を眺めながらふと横を見たら、通路を挟んで向こう側の座席に、係長を発見したのだ。

あら、と栩木係長も笑っていた。

小沢ヒジリからもらったチケットのうち二枚を栩木係長に渡していたから、今日ここに来ること自体は不思議ではなかったが、同じ車両とは思いもしていなかった。

その隣にいる少年が、ぺこりと挨拶をしてきた。栩木係長の息子さんなのだろう。小学校高学年くらいだろうか。

妻のことを紹介し、その後で係長のことを妻に話す。

「ああ、あの」と妻が明るい表情でうなずく。

会社の出来事を僕から聞いているだけの彼女からすれば、善なる栩木係長と、悪の部長一味、といった印象があるのかもしれない。

栩木係長は妻が妊娠中だと知ると、「あら」と言い、「お腹の中にいる時は、チケット代いらないからお得だよね」と笑った。

「別に生まれた後も、乳児だからタダでしょ」息子さんが冷静に指摘する。

「あのね、赤ちゃん連れてくるの大変なんだから」栩木係長が言った。「お腹の中にいたほうが大人しいんだって。それにもう少しするといよいよ自由が利かなくなるし、今のうち」

「あ、そういえば、あの人、誘わなかったの?」妻が小さい声で訊ねてきた。「国会議員の」

「池野内議員? 都議会議員だけど。もちろん、真っ先に連絡したよ」僕と小沢ヒジリが知り合うことになったのは彼が話をしてくれたからで、その話自体は曖昧模糊とした胡散臭いものだったとはいえ、もらったチケットのことは伝えるべきだと思った。

「池野内さんも来たがっていたんだ。ただ、ちょうど予定があるらしくて、確か福島だったかな、視察とか」

「都議会議員が福島に視察って何なの、いったい」

池野内議員は、「公費を使って旅行です」と笑ったが、それは世間にそう批判されるのを先にかわすための、お決まりの返事のようだった。「その後、仙台の愛人に会いに行きます」とそれもまたお決まりなのか、付け足した。

「愛人さんとの逢瀬がドタキャンになった時のために、チケットを渡すだけ渡しておきましょうか、と言ったんだけど」

「遠慮したんだ？」

「うん。もし時間が空いて、本当に行けそうだったら、どうにかして観に行きますとは言ってた」

「どうにかして？」

「『俺を誰だと思ってるんだ。都議会議員だぞ』と言って無理やり入場するつもりだ、って」

真面目に受け止めたのか妻は、「議員ってそんなに力があるの？」と軽蔑した口調だった。ああやだやだ、と。

山道を通り抜けると牡鹿半島の先、平たくなったエリアに出る。ホエールランドなる看板が見えた。このあたりは捕鯨の港町として栄えていたため、その歴史や資料を展示した施設のようだった。少し前にリニューアルされたらしく、鯨を模した滑らかな形の屋根が美しかった。

　それを横目に、バスは海のほうへと向かう。幅広の車道がそのまま大きな橋に繋(つな)がる。乗っている若者たちが目新しい景色に興奮し、次々と窓越しではありながらもスマートフォンで写真を撮っていた。

　片側二車線の橋はアーチを描き、埋立地のサンファンランドに続いている。橋は余計な支柱や壁が取り除かれたデザインで見晴らしが良く、緩やかな傾斜を登っていくと、橋ではなく、ただ海面の上をゆっくりと飛行していく感覚になった。

　登ったのと同じ角度でまた下り、整備された、人工的な土地に辿(たど)り着く。バスプールに停車し、僕たちは順々に降りた。ようこそサンファンランドへと看板があってもおかしくはなかったが、そういったものがないほうが現代風なのかもしれない。

「栩木さん、その荷物何なんですか」

　外に出たところで、栩木係長の背負うリュックサックがやけに大きいことに気づいた。登山用じゃないですか、と。

「仕事熱心だからわたし」

「パソコンでも持ってきたんですか？」

　話しているうちに列ができ、イベント会場の入り口へ向かって、歩き出す。

楽しみだねえ、と妻が栩木係長の息子に話しかけた。小六で、瑛士（えいじ）君というらしい。

「誰のファン？」

グループは七人構成で、全員が個性的でそれぞれにファンがたくさんいる。と最近知った。

瑛士君は、栩木係長をちらっと窺った後で、「小沢ヒジリ」と言った。

「お母さん、本物に会っちゃったからね」栩木係長が誇らしげに胸を張る。

「僕もですよ」

「あ、そういえばわたしも」確かに妻も、あの握手会で小沢ヒジリ本人と対面していたのだった。

「何だみんな会ってるじゃないか」素朴な感想を僕は漏らす。

「会っていない人のほうが貴重だったりして」栩木係長が言うのが、可笑（おか）しかった。

華やかな門があり、そこでチケットと交換にリストバンドをもらい、手首に巻いた。

会場は大きく三つのエリアに分かれていた。一つは、大きなカラフルなテントの置かれた場所で、サーカスの名前とクマのイラストが書かれている。東欧の、歴史は若いものの、現代的なショーをやることで有名な、とはネットの記事に書かれていた説明そのままだが、そのショーの会場なのだろう。テントの奥には、大きな車、キャンピングカーやコンテナを載せたトレーラーなどが止まっていた。サーカスのスタッフや動物のためのものだろうか。その横には、芝生が広がっている。いくつかコテージもあり、キャンプエリアであることが想像できた。

「あそこに泊まっている人もいるのかな」妻が言う。

「今日はこのイベントがあるからキャンプ禁止だったはず。人が多くて混乱するだろうし」

遠くのキャンプエリアを見れば、ロープのようなものが張られ、使用禁止がアピールされているのが分かる。

もう一つのスペースが、今日のイベント会場となる場所だった。ステージが置かれ、その前に座席が並んでいる。二千人限定だからか、広々とした敷地の割にはこぢんまりして見えた。すでに半数以上が着席し、公演がはじまるのを待っている。

飲食物やグッズを販売する出店と、簡易トイレがずらっと並んでいた。

食べ物を買いに行こう、と僕と妻が移動をはじめた時、瑛士君が空を見上げ、「あの雲、黒いなあ」と呟（つぶや）いた。

視線をそちらに向ければ、青く透き通るような快晴の空の、ずいぶん遠くに墨汁で塗ったかのような、黒々とした滲（にじ）みがあった。雲なのだろうが、健康な体を蝕（むしば）もうと企む悪性腫瘍にも似た、禍々しさがあった。

公演は日が落ちる前にはじまった。サンファンランドから橋を渡り、仙台中心部まで戻る時間を考えたのか、終演時間を早めに設定している。

激しくも、躍動感に満ちた音楽が突然鳴り響き、さまざまな色のレーザー光線が空中を掻き回し、僕たちを一瞬にして、現実の地平から引っ張り上げてくれた。

息を呑み、言葉が出てこない中、気づけばステージ上に七人の影が浮かび上がり、悲鳴にも似た甲高い歓声が閃光の如く炸裂すると、今度はシルエットから男性の姿に変わり、その男たちが踊りはじめる。

あとはもうノンストップで走る列車に乗ったような感覚で、こちらが考える間もなく、次々とショーが進んだ。歌声が美しい和音を作り出し、陶然とさせられたかと思えば、きびきびと跳ね回るダンスが、僕たちの体を内側から叩いてくる。重力や常識から自由になれる、と誘惑するかのようだった。

観客は最初から総立ちで、僕もいつの間にか自然に、体を揺すり、自己流ながら踊っていた。妊婦であるところの妻が激しく動き出したら、さすがにストップをかけるつもりだったが、彼女もそのあたりは自重しているのか、ゆりかごが揺れる程度の、穏やかなステップを踏むだけでいてくれた。

ステージ上の彼らは、気障なコメントを叫ぶでもなく、観客を煽るような乱暴さも見せず、ひたすら僕たちと同じ目線で楽しむような態度だったものだから、それもまた気持ち良かった。

いったん舞台から小沢ヒジリたちが消え、僕たちが手を叩き、アンコールを求めて音や声を出している時、サーカスのテントの方向から、動物の遠吠えじみた声が美しく響いたのは、のちに起きる出来事の予兆のようなものだったのかもしれない。もちろん、その時の僕たちは、ただその動物の声を楽しむだけで、妻も空を見上げて、「あっちも興奮しているのかな」と声を出しただけだった。

オオカミや犬の声だろうか。誰かが、象？　と言うのも聞こえた。

「雲、動きが速いね」やはり同様に首を傾け、空を眺めていたのだろう、瑛士君が洩らした。

言われてみれば、先ほどまでは混じりけなしの夜の色が覆っていたのが、今は、薄い雲が棚引くように広がり、月を撫でながら流れている。

ステージ上の照明がかっと目を見開き、観客から高い声が、打ち上げ花火よろしく沸き上がり、またショーが再開した。

バスドラの規則的な音が僕たちを下から突き上げる。地面を小気味良く叩かれ、その反動で体が跳躍するようだ。

カラフルな、レーザービームのようなライトが下から空へと放たれ、それらが絡み合うように回転しつづける。

夢中でステージを見つめていたところ、はっと気づいた時には、あっけなく終わった。ステージ上の彼らが挨拶をし、今度こそ本当におしまいですよ、と言わんばかりに業務的な放送が流れ出す。

その場にいる誰もが、名残惜しそうにしながらも爽快感を滲ませていた。

「どうだった？」栩木係長が訊ねると、瑛士君は特に返事はしなかったが、目が明らかに輝いている。

「恰好良かったなあ」僕は言い、「これで明日、会社がなければ完璧なんだけどな」と冗談交じりに洩らすと、栩木係長も、同感、とばかりにうなずいてくれた。日帰りで東京に戻り、明日の朝にまた通常通りの出勤とは、なかなか大変だ。心なしか、僕のまわりの何人かも、赤の他人ながら、首を縦に揺すってくれたようにも見えた。この場で、「明日、会社がなければなあ党」を結成したら、それなりの党員を集められたかもしれない。

帰りのバスを待つ列に並ぶことになった。係員の数は多くないようだったが、バス乗車場と、そこへ向かうための通路が工夫されているらしく、心配していたよりもスムーズに列ができ、進んだ。

そのまま順番にバスに乗り、来た道を揺られながら仙台駅まで引き返し、帰りの新幹線に乗れば、今回のイベントは無事におしまい、となる。

けれど、そうならなかった。

仙台駅で、予約していた新幹線に乗ることはできなかった。それ以前に、バスに乗れなかった。

順を追って説明すれば、まず最初に起きたのは生理現象だ。瑛士君が急に用を足したくなった。こればっかりは仕方がない。

もう少しでバス乗り場に着きそうなところではあったが、ここから仙台駅までの距離と時間を考えたら、トイレに行かずにバスに乗るのは相当な我慢を強いられる可能性がある。

「じゃあ、岸君、ここで。わたしは瑛士をトイレに連れて行くから」

栩木係長がそう言って、列から離れて引き返そうとした。お疲れ様でした、と僕も、普段退社する時の感覚で答えかけたが、その時に妻が「実はわたしも」と言った。すると僕も、欠伸が感染するかのように急に、尿意を感じはじめた。

僕も、と手を挙げ、結局、四人で列から離脱し、Uターンをすることになる。

「なんだかごめんね」と栩木係長は謝罪したが、別段、瑛士君のせいではないのだから、と僕たちは笑った。

「バス、全部行っちゃってるってことはないかな」瑛士君が途中で心配した。

「さすがにそれはないと信じたい」

最後のバスが発車する際には、置いていかれる客がいないかどうか、念入りに確認するのではないだろうか。

「もし、置いていかれたら、あのキャンプエリアで夜を明かそう」と妻が冗談を口にする。

仮設トイレのコーナーまで行き、もう一度バス乗り場から続く行列に戻ると、列はずいぶん短くなっていた。

「一番最後になっちゃった」と瑛士君が申し訳なさそうに、ぼそっと言った。

だから君が悪いわけではないし、むしろ君が言い出してくれたから助かったのだ。僕と妻は説明し、「残りものには福があるからね」と決め台詞(ぜりふ)よろしく新鮮味のない言葉を発した。

「最終バスにどんな福があるのか」栩木係長が優しく笑った。

事態の雲行きが怪しくなったのは、文字通り、雲行きが怪しくなったからだ。

バス停車場が前方に見えたあたりで、急に電気が落ちたかのように、暗くなった。バスは順調に発車していたから、人はだいぶ減っており、残っているのはもともとの三分の一か、四分の一程度になっていたが、その全員が、はっと空を仰いだ。

雲がちょうど真上に、渦を巻くように集まっている。さっきまではあんなに遠くにあったのに、と驚くほどだ。夜の暗さの中でも、黒々としているのが分かるほどの黒色だ。

「やな雲」栩木係長が言った。

とはいえバスは次々と出発しており、乗ってしまえばあとは仙台まで車内で過ごせるのだから、雨が降ろうが槍(やり)が降ろうが一安心、と思っていた。

甘かった。

雨が降りはじめたのは、あと二台ほどバスが行ったら自分たちの番、というあたりだ。手のひらにまず、滴が落ちたのを感じた。雨ではないだろう、と祈る思いで、その感触をなかったことにしたが、「気づいていないとは言わせないぞ」とむきになるかの如く、どんどん雨脚が強くなった。

透明のシャワーヘッドが現れ、放水を始めたのかと思った。僕たちの体はあっという間にずぶ濡れになる。自分はまだしも、身重の妻のことはさすがに気になるが、どうにもできない。何度か、「大丈夫？」と訊ね、彼女は、「全然平気」と答えるが、だからといって本当に平気かどうかは誰にも分からないのだ。

雨雲は通り過ぎるそぶりがなく、まるで先ほどのアンコール待ちでその場を離れなかった観客の様子を真似したのか、ずっと頭上に留まっていた。そればかりか、膨らみはじめ、気づいた時には稲光を放ち、凄まじい轟音を響かせた。

早くバスに乗ったほうがいい、と列の動きが速くなる。誘導する係員も、コンクリートを叩く雨音に負けじと必死に大きな声を出している。

あと二台、次の次のバスが来れば乗車できる、となった時だ。

巨大な両手で夜空をつかみ、力強く引き裂いたかのようだった。光り、亀裂が走る。稲光だ。

声も出せないうちに、空から大量の盥が落ちてきたと感じるほどの大きな音が鳴り、僕は体を硬直させた。突如の轟音と閃光は、触れずとも人間を静止させる。

体中が濡れた状態ながら、僕たちは顔を見合わせ、思わずふっと笑ってしまったのは、予期せぬ荒天をまだ面白がれる余裕があったからだろう。

バスが出発できなくなるとは想像していなかった。

なかなか列が進まなくなり、バスの停まるあたりに大勢の人間が集まっていた。スタッフや責任者と思しき者たちが、レインコート姿で話し合っている。

「どうしたんだろうね」妻が言った。

これはこれでいい思い出になる、と瑛士君に気休めを発しようとした矢先、アナウンスがどこからか聞こえた。

先ほどの落雷で橋が壊れたため、バスで渡ることができなくなりました、という。

「雷で橋が？　結構、頑丈そうな橋だったけれど」栩木係長が言ったが、実際、その通りで、機械仕掛けで橋桁が昇降する立派なものだった。落雷でぽっきり折れたり割れたりするような、木製のものではなかったはずだ。

どうやら、落雷により機械を制御する装置が動かなくなったのだと、少しして分かる。電気がショートしたのだろうか。機械には機械の弱さがあったらしい。

バスが無理ならタクシーを使うしかないか、と僕はとっさに的外れなことを思ってしまう。混乱していたのだろう。

周囲の人たちがスマートフォンを眺めては、動揺を口にしはじめた。電波が入らなくなっているのだ。この埋立地に設置された小型基地局が、先ほどの落雷の影響で使えなくなった、と係員が説明を加えた。

雨が少しずつ上がりはじめたのは、まさに不幸中の幸いだった。欲を言えば、橋が打撃を受ける前、もう十五分ほど早く上がってくれていればと思わずにはいられないが、雷が落ちたことで暗雲の気が済んだ、とも考えられる。

「大変申し訳ありません」あちらこちらでスタッフが拡声器を使い、叫んでいる。サンファンランド側に取り残された者たち、つまり僕たちは列を崩し、もはやバスが動かないのだから並ぶ必要はなく、駐車場スペースに集まり説明を聞くことになった。

僕たち同様、スタッフたちはみなずぶ濡れで、この突然の荒天は彼らの責任とは思えないにもかかわらず、被害者態度は取らずに、どうにか最善を尽くしたいという思いが伝わってきた。

もちろん、その場にいる人間にとっては、落雷により埋立地に取り残される経験は初めてのことだったろうから、不安があるのは当然で、どうなるのだ、どうすればいい、いつ帰れるのだ、と訴える者もいたのだが、それでもスタッフを責め立てるようなものではなかった。

キャンプエリアを開放するので、今日の夜はそこで過ごしてほしい。

運営側が決めた方針はそれだった。

食事に関しては、出店で販売していたものの材料や、商品在庫を無料で提供する、満足できる量は難しいがそれで凌(しの)いでほしい、とも言った。

「小さいお子さんや高齢者から優先的にコテージを割り振りますが、数が足りないため、残りの人たちは芝生で野宿、もしくは残ったバスを使ってください」「スタッフの人数は限りがありますが、交代で見回りをし、トラブルが起きないように警戒したいと思います」

これは大変なことになった、とようやく僕は深刻さに気づいた。栩木係長も、妻とお腹にいる子供のことを気にかけてくれる。

「まあ、雨は止(や)んでくれたし、今のところ寒くもないし」妻は前向きな言葉を繰り返した。

気温が低くなく、むしろ暑いほどなのは事実だ。「たぶん、明日には船とかで戻れるよ」

「そうだけど、心配だ」僕はまた、彼女のお腹に視線をやる。

「一泊キャンプするなんて、むしろ楽しいイベントだよ」妻は言った。

　ほかの多くの人たちも同様の気持ちだったのだろうか、次第に状況を楽しむ気配が漂いはじめていた。コテージの割り振りや、かろうじて用意できたテントの分配についても、大きな揉め事は起きなかった。妻と栩木係長は雨で落ちたメイクがどうこう、と嘆いてはいたものの、裏を返せば、悩みはその程度だったとも言える。

　瑛士君はさすがに元気がなかったが、それも、東京からの移動距離やショーを立ちっぱなしで観ていた疲れが溜まったせいなのだろう。二十時を過ぎたばかりとはいえ、明らかに眠そうだった。

　客の多くは若者で、彼らは体力と祭り好き精神が充実しているからか、「面倒だから、みんなでそこで眠るので大丈夫です」「むしろ野宿をしたいです」と主張したらしい。瑛士君のような小学生は少なく、おまけに僕の妻は妊婦だったこともあって、優先的にコテージを勧められた。

　荷物を抱えながら、スタッフに示されたコテージへと移動する。落雷により、電波送受信用の基地局など電気系統がいくつか故障したものの、すべての電気が壊れたわけではないらしい。ぽつぽつと立つ街路灯めいた照明は生きており、暗闇に覆われたわけではなく、そのことも、僕たちに余裕を持たせてくれた。

スタッフが配ってくれたタオルが吸水性に優れ、びしょ濡れだった体や服の不快感をかなり緩和してくれたことも良かった。

木で組まれたコテージにはベッドの木枠が二つ並び、さらに大人三人ほどがぎりぎり床に寝られるくらいの広さがあった。床も木材だから眠りやすくはないものの、瑛上君はもとより栩木係長もすぐに寝息を立てた。

なんだか盛沢山の一日だなあ、と妻に言ったが返事はなく、そっと窺(うかが)えば彼女も寝ている。

スマートフォンは相変わらず繋がらない。インターネットに接続できないとこれほど心もとなく、かつ、やることがないものか、と僕は小さく驚きつつ、これはこれで貴重な体験だと思った。

そこからが騒動のメインだとは予想もしておらず、僕も意識が床の方向にぐいっと引っ張られていく。

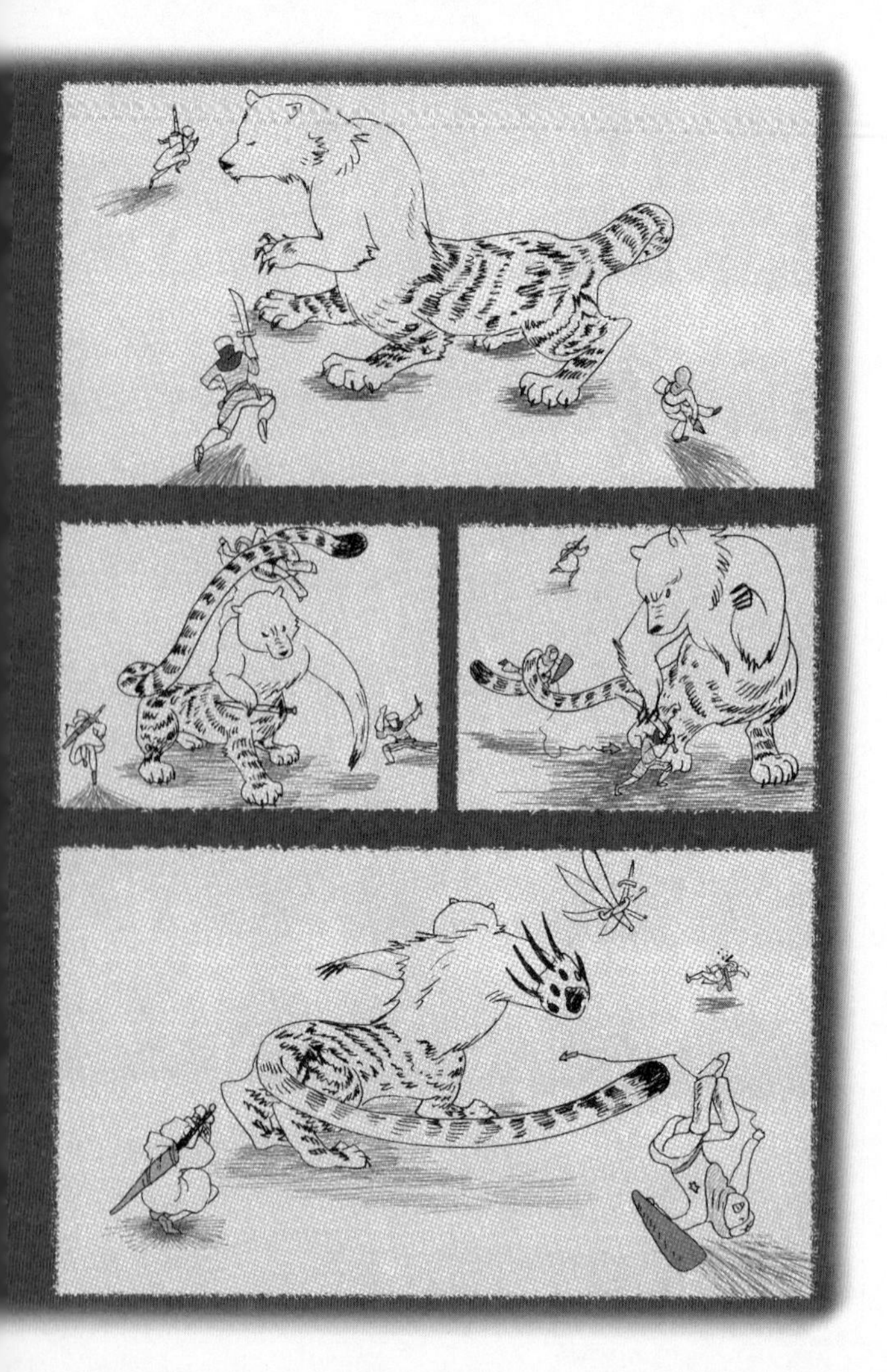

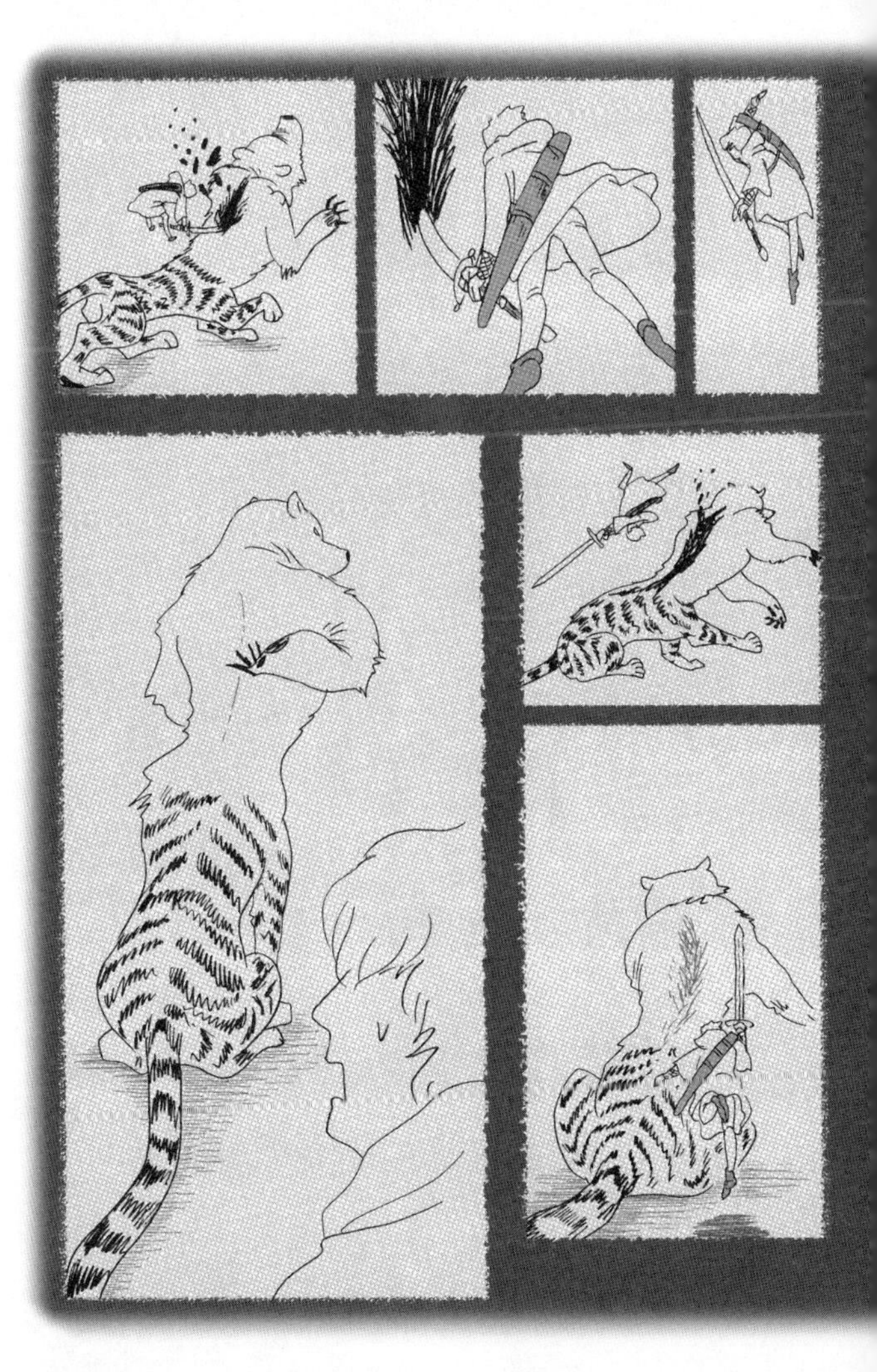

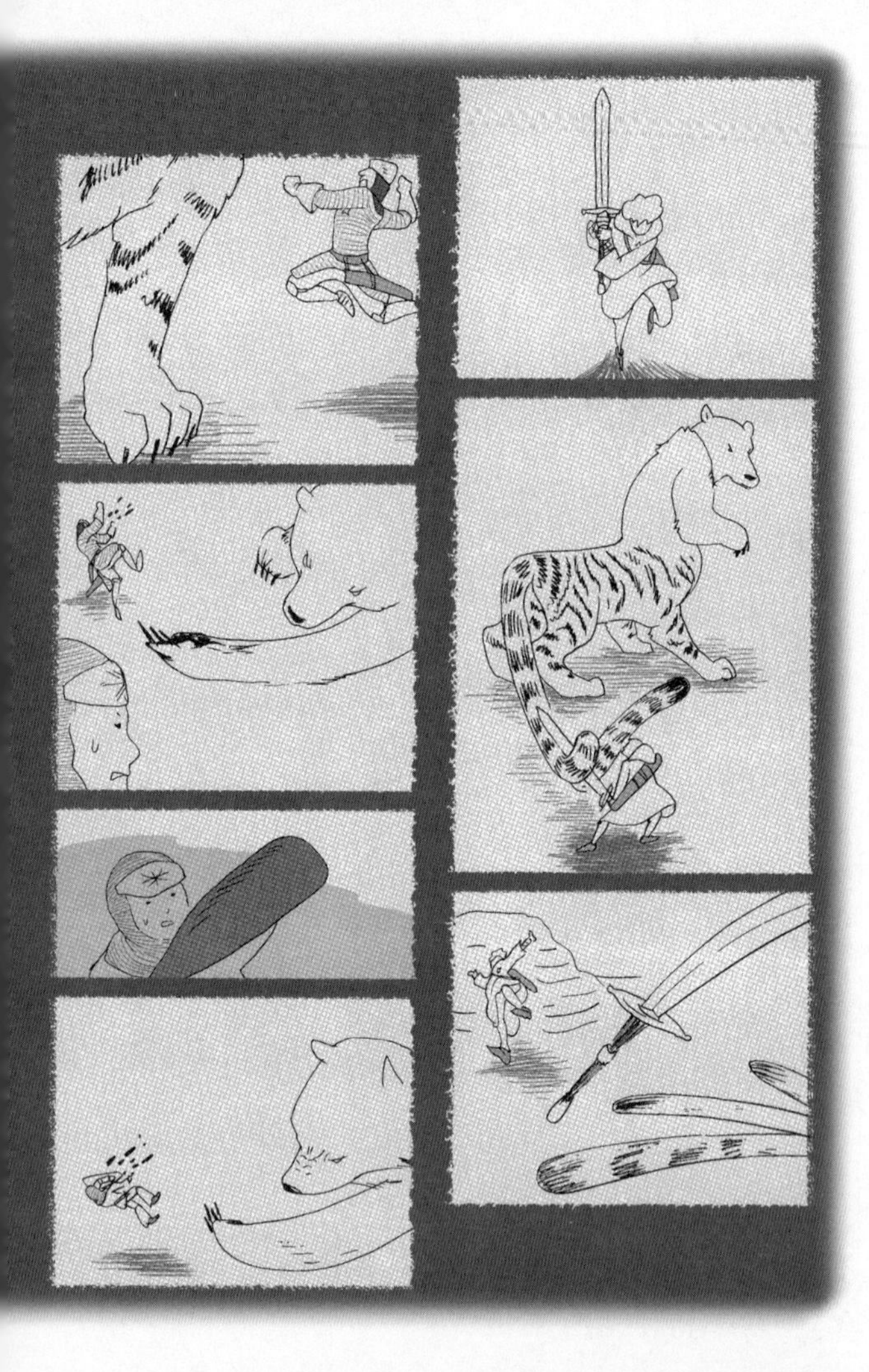

目が覚めたのは、外で若者たちと思しき声が聞こえてきたからだった。さほどうるさくはないが、遠くから、甲高い歓声がちらほら沸いている。

起き上がり、スマートフォンで時間を確かめると朝の五時だ。床にそのまま寝たせいで背中に痛みはあるが、頭は意外にさっぱりしていた。

妻のところに行き、体調の変化はないかを確かめた。

その後でコテージから外に出れば、昨晩の黒雲はすっかり消え、空は薄い水色で、波立たぬ湖のような静けさをまとっている。キャンプエリアには人が幾人もいるのだろうが、靄（もや）がかかっており、遠くまでは把握できない。靄ではなく霧だろうか。ずいぶん濃い。

声だけがあちこちから上がっている。

いったんコテージ内に戻ると、栩木係長も体を起こしていた。

「天気、どう？」

「雨は止んでます。ただ、霧がひどいです」

「何の声？」

「分からないんですけど、若者たちが朝からはしゃいでいるんですかね」

「元気があるなあ」栩木係長が笑う。

　コテージのドアが叩かれたのがその時だった。様子を窺うかのような小さなノックで、スタッフが巡回に来たのだろうか、と思いドアを開ければ、そこに思いもしない人物が立っていたため、一瞬、状況が呑み込めなかった。

「あ、岸さん」目を丸くし、小沢ヒジリが立っていたのだ。

「あれ、どうして」僕は動揺しながら、返事をする。

「岸さん、ここに取り残されたんですか」

「ええ、あ、はい」としどろもどろになってしまう。

「あら」栩木係長も驚き、寄ってきた。

「小沢さんも、ここに置いていかれたんですか？」

「そうなんですよ。公演が終わってすぐにバスで出る予定だったんですけど、着替えで僕がもたもたしている間に、メンバーは先に帰っちゃっていて」

「本当ですか」昨日のあの見事な公演を思い出し、ステージ上で輝いていた人物と今、自分が親しく会話しているということがうまく把握できない。

「悪ふざけのつもりだったんだと思います。だって、まさか橋が渡れなくなるなんて」

「想像もしていないですもんね」僕はうなずく。「どこで寝たんですか」

「このキャンプエリアです。テント借りたんで。みなさん疲れているでしょうし、邪魔にならないように、こっそり」

確かに、ここに小沢ヒジリがいるぞ、と騒ぎになったら、若者たちは疲労も何のその、盛り上がってお祭りを再開させたに違いなかった。

「朝になってスタッフのところに行ったら、これ見つけて。せっかくだから、配ろうと思ったんですよ」

小沢ヒジリが箱を抱えていることに気づいた。大きめの段ボールで、横には当社のロゴが入っている。

「それは」

「うちの事務所が、スタッフの休憩用に大量に購入していたようです。僕がお菓子好きだということもあって」そう言うと彼は、あのマシュマロ包みのお菓子を、僕たちに四つ渡してきた。「自分たちの会社の商品をもらっても複雑かもしれないですけど」

受け取りながら栩木係長が笑った。「サンタクロースみたいですね」

「お菓子を配るので、ハロウィンとも合体しているような」

なるほど、朝から小沢ヒジリがお菓子を配り始めたため、外が賑やかだったのだ。

この突発的なトラブルに、彼なりのサービス精神だったのかもしれない。

もぞもぞと瑛士君が起きてきたのがその時だった。昨晩の出来事を忘れているのか、この場が自宅でないことに少し混乱している様子もあった。寝ぼけているのだろう。

「あれ？」と小沢ヒジリを見ても、ぼうっとしている。

「メリーハロウィン」小沢ヒジリはおどけて言いながらお菓子を手渡した。瑛士君はようやく、「わ、ヒジリ？」と驚きの声を上げた。

「橋、直るのかな」僕は訊ねた。

「どうなんだろう。電気系統のトラブルだからすぐに復旧するような気もするけれど。ただ、それより困るのが」

「何ですか」

「霧です。ちょっとひどいですよね、これ。たぶんヘリコプターとか船もやばいんじゃないですか」

ああ、そうか、と僕もはっとさせられる。朝になれば、たとえ橋がなくとも船が来てくれる、と思っているところはあった。霧では確かに、安全面から簡単には行動できないに違いない。

「霧がなかったら、テレビ局がヘリコプターで涎を垂らして飛んできているところだけど、プロペラの音すらしないですからね」

小沢ヒジリを見送る形で、僕たちはコテージの外に出た。これで全員、小沢ヒジリに会えた、と瑛士君が言った。

少し離れた場所から、悲鳴が聞こえた。

喜びの一切こもらない、恐怖と驚きだけが凝縮された叫び声は、寝起きでぼんやりとしているキャンプ場全体に、平手打ちを見舞うようだった。
瑛士君がすっと栩木係長のもとに体を寄せた。
小沢ヒジリと顔を見合わせる。
ちょっと見てくる、と妻に言い残した記憶も定かではなかった。気づけば、悲鳴が聞こえた方向を目指して駆けていた。正確には、ためらうことなく走る小沢ヒジリの後を必死に追っていた。霧のカーテンがあたりにかかっていたため、遠くまでは把握できない。

キャンプエリアの炊事場を通り過ぎ、少し奥へ行ったあたりだった。
七、八人の人だかりができていた。小沢ヒジリが、「どうしたんですか」と声をかける。振り返った人たちが、小沢ヒジリの登場にはっとしつつも、顔に張り付いた怯(おび)えの表情は和らがなかった。
それくらい、恐ろしい状況なのか。

そっと覗(のぞ)き込み、理由が分かった。

うつ伏せで倒れた男性がいて、その背中がTシャツごと、斜めに大きく切り裂かれていたのだ。肉がえぐれ、血が流れている。

「今来たら、倒れていて」ショートヘアの黄色のTシャツを着た女性が、血の気の引いた顔で言った。悲鳴を上げたのは彼女のようだった。

まわりに集まった人たちも、倒れた男性を茫然(ぼうぜん)と眺めるだけだった。

小沢ヒジリはさっと腰をかがめ、男性の頭に自分の顔を近づけた。「まだ息をしています」

「え」

「そうなんですか」

みなが驚きの声を上げた。出血のひどさ以上に、背中の引き裂かれた様子から手遅れだと勝手に思い込んでいたのだ。意識はないが、息はある。

とりあえずここじゃない場所に運ぼう、となった。どこへ？　僕たちのコテージ、と初めは思ったものの、瑛士君のことを考えると躊躇してしまう。彼がびっくりしないだろうか。

「ステージの楽屋は」小沢ヒジリは方角を確かめるように首を伸ばし、霧の先に目をやった。「だいぶ遠いけれど。おぶっていけば」

傷を負った男性は少し大柄だったが、小沢ヒジリは迷わずぐっと持ち上げ、背負うようにした。

男の口から呻き声が漏れ出た。「ちょっと行ってきます」と小沢ヒジリは言うと、ステージ上で見せる軽やかさを再現するかのように、地面を跳ねるのにも似た素早さで、駆けて行った。

遠吠えにも似た動物の鳴き声が聞こえたのはその時だった。

残った僕とほかの数人の視線が交錯する。先ほどの男性の傷痕が目に焼き付いている。

動物の爪、しかもかなり大きく鋭利な爪で、襲われたのだと言われれば納得できる怪我だった。むしろ、それ以外の理由によるものとは思いにくいほどだ。

「クマ？」誰かが言った。「だけどここ、森林とかないですよね。埋立地ですし」

答えはみんなすでに分かっていた。

はるばる東欧からやってきたサーカス団が、ここに常駐しているのだ。

サーカスの動物が抜け出したのではないか。

その思いは、その場にいた全員の頭に去来したに違いなかったが、受け止めたくなかったのだろう、誰も言葉にしなかった。

ただ、すぐに現実が突き付けられる。

白い霧の向こうから、レインコートのような厚手の服を着た者が数人、にゅっと現れたのだ。いきなりの登場にまずぎょっとし、次に外国人であることにはっとし、さらには、後ろにいる一人が猟銃のようなものを携えていることに息を呑んだ。

「大変申し訳ありません」前に立つ、小柄な西洋人が日本語で言った。「屋内に行ってください。隠れてください。静かにしてください」知っている限りの日本語を、必死に発しているかのようだ。

「どうしたんですか」と訊ねた時には、おおよそ何が起きているのか、僕も把握し始めていた。「檻でも壊れたんですか？」

日本語の分かる男がうなずいた。「昨晩の雨の重さで、物置が壊れました。それが崩れて、檻にぶつかりました」

丁寧な日本語で話されると、重大な問題ではないように聞こえるから不思議なものだ。

檻から出た二頭のツキノワグマは、雨と雷に興奮し、暴れ出した。そして別の檻に激突し、ひっくり返してしまう。

「それで、トラも逃げましたね」

その日本語は、ひどく暢気に聞こえる。「トラも！」

横から急に襲われるような恐怖で、鳥肌が立った。早く屋内に、とほかの者たちはゆっくりとその場から立ち去る。

「あの、動物の係の人は？」先日、サーカスを紹介するテレビ番組に出ていた、グレーヘアを逆立てた、「私がいれば、ツキノワグマもトラもみんな言うことを聞くからね」の男性だ。彼がいれば、どうにかなるのではないか。というよりも、こんな事態になったということはすなわち、彼の身に何かあったのでは、と僕は想像した。

予想は当たった。

「ドクター・グレイは、蹴られて意識を失ったままです」

ドクターの呼び名が、実際に医者だからなのか、それとも綽名のようなものなのかは分からない。とにかく、猛獣使いがいなくなった後の猛獣のことを考えなくてはいけない。

僕は今すぐに、妻の待つコテージに引き返したかったが、つい先ほどこの場に、背中をえぐられて血だらけのまま倒れていた男性がいたことを説明した。「今、ステージ裏の楽屋のほうに運んで行ってます」と。

男が訳してほかの者たちに話す。全員が顔をしかめた。驚きは少ないから、同じような怪我を負った人間がほかにもいるのかもしれない。

猟銃を持った男が、体を引き締めるのが分かった。

果たして銃一丁でどうにかなるものなのか。それすら分からない。

コテージに戻ると同時に、妻をはじめ栩木親子に、「大変だ」と事情を話そうとしたが、自分で思った以上に、怯えと緊張が体を揺すっていたのか、言葉が何度もひっくり返った。

「何なの、落ち着いて」「岸君どうしたの」

「クマ」と言葉は出たが、その後に続けられない。「クマ、クマ、あとトラ」とどうにか言えたが、ふざけているようにしか聞こえない。

「クマが逃げた。トラも」

ようやくそう言えた。

瑛士君が心配そうな顔つきで、僕の背中をさすってくれた。息を整え、ちゃんと状況説明をしてください、とお願いしてくるかのようだ。

雷で檻が壊れ、ツキノワグマが二頭逃げ出した。さらに、トラも。さっき聞こえてきた悲鳴は、背中から襲われた人が倒れていたからで、まず間違いなく、クマかトラに襲われたのだろう。

「やられた人も、生きてはいる」不安がらせたくないため、そう付け加えるのも忘れなかった。「小沢ヒジリさんが背負って、安全な場所に」

安全な場所？　と自問してしまう。ツキノワグマやトラが歩き回る中、どこが安全だというのか。もしそんな場所があるのなら、即刻みなで移動すべきだ。

銃声がどこかで鳴った。

悲鳴は上げなかったが、僕たちはみな、その音が聞こえたと思しき方角の、コテージ内の壁に顔を向けた。

動物の鳴き声らしきものは聞こえない。

「どうすればいいの？」妻は、僕に相談したかったのではないだろうが言った。

「この中にいるしかないかも」コテージはそれなりに頑丈だ。出入口は一つしかないから、逃げ場が限られるというデメリットはあるものの、外にいるよりは安心できる。妻も栩木係長も異論はないのだろう。腰を下ろすと、縮こまるようにして外を気にかけている。

自分の鼓動がうるさい。

落ち着かないと、と自分に言い聞かせているほどに早鐘を打つ。

クマがどれほど大きいのか、そして強いのか、知識としては知っているが間近で見たことはない。

ただ先ほど倒れていた男性の背中の傷は生々しく、はっきりと頭に残っていた。遠慮も慈悲もない、猛獣の攻撃がいかに恐ろしいかを、あの傷が表現していた。

「サーカスの動物って、躾けられているんじゃないの？」妻の声は震えている。

「パニック状態なのかも。雨や雷で興奮して。しかも、肝心要の、躾け係、猛獣使いの担当者自身が倒れちゃったらしい」慌てたスタッフが乱暴な手を使おうとし、余計に興奮させた可能性もある。

コテージは木で組まれているが、小さな窓はあり、そこから外界の様子がチェックできるのは助かった。

しんとしている。

野宿をしていた若者たちはどこかに避難できたのだろうか。

栩木係長がスマートフォンを取り出していた。まだ使えないらしく、残念そうに息を吐いている。「岸君、これってどうなったら解決するんだろうね」

「どういう意味ですか」僕は壁に押し当てるようにしていた顔を離し、振り返る。

「仕事の時もいつもそうでしょ。問題や課題があったら、まず、それが収束する状況を洗い出す。それから、その状況に辿り着くための道筋を挙げていくでしょ。今のこれの場合は」

「一番、平和なのは」妻が答えた。「動物たちが正気に戻って、檻の中に戻ってくれることですかね」

猛獣たちにとっての「正気」とは、人間に飼い慣らされる前の、自由と野性のルールに従うだけの状態を指すのかもしれない、と僕は考えてしまう。そこまで正気に戻られると、さすがに困る。

「助けに誰かが来てくれれば」瑛士君が言った。「船とかで」

「それが一番現実的かもしれない」僕は同意する。「クマやトラを避けて、船に乗れれば」

　ただそれも、小沢ヒジリが言っていたように、霧の問題がある。見通しが悪ければ、安全性から救助船がすぐに出られない可能性もある。

「そうじゃなかったら、みんなで協力して、動物を捕獲するか」

「危ないけれど、ただ待っているだけよりはよさそう」

「逃げ出した動物は三頭？」栩木係長の質問に僕は、「たぶん」としか言えない。詳細を教えてもらったわけではない。「ツキノワグマが二頭に、トラが一頭」

「ツキノワグマって走るのめちゃくちゃ速いんでしょ？」瑛士君はテレビでその情報を得たらしい。「走って逃げたらだめだ、って言ってた」

　助けが来るのに時間がかかるとなると、不安材料は増える。食糧はどうなるのか。僕たちの神経はもつのか。もう一晩、恐怖に耐えられるのか。いや、一晩で済むのかどうか。

「あ、声がするよ？」瑛士君が最初に気づいた。「放送みたい」

はっとして、縋（すが）るようにすぐにコテージから飛び出したい気持ちに駆られた。電車の駅で流れるアナウンスよろしく、「船が到着しました」と連絡が入ったのだと思ったからだ。

すぐに、「安全な場所を探して、そこから出ないでください」という言葉が聞こえ、がっくりくる。

昨日のイベントの責任者なのだろう、使命感のこもった真剣な口調だ。

電源が一部復旧し、放送ができるようになったこと、随時情報を伝えるので聞き逃さないようにしてほしいこと、動物が脱走して徘徊(はいかい)しているので外を出歩かないことを、繰り返し伝えている。

指示があると安心するものだな、と僕は思った。新情報があるわけでも、事態を打開する提案が発表されたわけでもないが、誰かの言葉に従っていれば助かるのかもしれない、と思うと気持ちが楽になった。もちろん錯覚に近い。アナウンスしている彼にしたところで、どうしたらいいのか分かっているわけがないのだ。経験豊富なイベンターであっても、「橋が壊れて隔離された埋立地で、猛獣が脱走した」際の経験はなかなかないはずだ。マニュアルもないだろう。

「船の手配を検討していますが、航行の安全が確認できず、見通しが立っていません」とも言った。

「連絡はついているってことかな」栩木係長が言った。

船の手配云々(うんぬん)といった話からは、そう思える。「有線の電話回線が生きてるのかもしれないですね」

「心強いような、そうでもないような」妻が苦笑交じりに言った。

サーカスの猛獣が脱走し、少なくとも一人は重傷を負っている、といった情報は、外部にも伝えられているのかもしれない。ただ、猟銃や猟友会のメンバーをこちらに送る手段がないのだろう。

しんとした時間がそこから続いた。

瑛士君と栩木係長はコテージの壁部分に寄り掛かり、目を閉じている。眠っているというよりは時が経つのを、無事を祈りながら待っているのだ。妻は僕と並んで、立ったまま外を見ていた。言葉を発せず、僕たちの呼吸音だけが聞こえた。

左右の方向、十数メートル離れた場所に別のコテージが二つ見える。きっとこちらと同様に、息をひそめているのだろう。

まずいな、と思ったのは、隣の妻がそわそわしはじめたからだ。

「赤ちゃん、大丈夫?」

お腹の子に異変を感じたのだろうか、と僕は蒼褪める思いで訊ねた。

彼女は首を横に振る。それは大丈夫、と言い切った。

それなら、緊張と恐怖が体に溜まりすぎて、苛立ちとなって現れ出したのだろうか、と想像した。

少しして、別の理由に気づいた。トイレだ。昨晩、バスに乗るのが遅れたのもトイレに行ったからだったが、これぱかりはどうにもならない。

キャンプエリアにも簡易トイレは設置されている。先ほど外に出た時に見えたが、三十メートルほど東へ歩いたあたりだ。

「今のうちに行っておこう」

「わたし一人で、ぱっと行って帰ってくるから」

「僕も行く」トイレに入っている間、外で周囲を見ておいたほうがいい。彼女を一人で行かせるわけにはいかない。「可能なら、僕も用を足したいし」

コテージが点在する芝生を、妻と縦に並んで進む。音を立てた途端、ツキノワグマが目を光らせ突進してくるような恐怖が、足首を引っ掻いてくる。ゆっくり静かに行くか、素早く乱暴に走るかのどちらがいいのか悩んだが、結果的には、その中間、必死に音を抑えながら足早に移動することを選んでいた。

霧が少し晴れてきているのではないか。そう思いたいだけかもしれないが、朝一番の時に比べて、霧の度合いが薄くなっているように感じた。

ぼんやりと、景色が浮かび上がりはじめている。

ただ、朝の濃霧を知らない妻は、「霧、すごいね、これは」とぼそっと洩らした。

「何してるの?」と僕の手を見る。

拾った長い木の枝を地面に引き摺るようにし、線を引いていた。「霧だから、帰る方向が分からなくなったら困る。これで、跡をつけているんだ」

「頭いいんだね」彼女と出会ってから、初めて尊敬されたような気分になった。

簡易トイレの場所まで辿り着いたところで一息つく。

妻が先にトイレに入り、出てくるまでの間、僕はぐるぐると首を、体を、勤勉な灯台よろしくゆっくりと回転させ、周囲を見渡した。人影もなければ、動物の気配もない。気配を感じた時にはすでに遅いのではないか。そう思うと、胃のあたりから力が抜け、座り込みそうになる。

いや、と僕は踏ん張る。もし動物に見つかったら、やるべきことは一つだけだ。そう思うと少し楽にはなった。悩む必要はない。

この場から離れ、走り、囮になる。それだけだ。妻とお腹の子供に近づかれることだけは避けなくてはいけない。

問題は、それができるのかどうか。

あまりにも静かなものだから、目を閉じ、風の温度を肌で味わいたくなるような気分にもなった。

トイレの裏手に照明用の柱があり、そこに鳥が止まっているのが見える。飛べるのはいいな、と現実逃避的に考えてしまう自分に呆(あき)れた。

あ、あの鳥。

ずいぶん高い位置にいるからよく見えなかったが、例のあの、革靴を口に持つ、ハシビロコウの姿に見えて、ぎょっとした。動物園でもなく、こんなところにいるはずがない。

頭(かぶり)を振り、もう一度視線をやると鳥の姿はなかった。

つい最近、あの鳥を見た。

いつだ。夢の中、と池野内議員が口にする姿が浮かぶ。

大丈夫そう？

囁(ささや)き声で妻が言ってくる。トイレから出てきたのだ。

僕はすぐさまトイレに入り、可能な限りの素早さで用を足した。来た道を戻ることにする。妻も後ろからついてくる。

棒で地面に引っ掻いてきた線は期待以上に役立った。足元の跡を辿っていけばいいのだ。これがなかったら、見当違いの方向に歩き出していた可能性があった。

コテージに早く辿り着きたい。

もちろん、コテージが安全地帯とは思えなかったが、広々としたこの場所に無防備状態でいるのは恐ろしかった。

途中で妻を先に行かせる。彼女は片手をお腹に当てていた。大丈夫だからね、と子供に伝えているのかもしれない。

「あそこだっけ?」前を行く妻が立ち止まり、振り返ると前方のコテージを指差した。二つ見えるうちの右手側でいいのか、という確認だ。

僕はうなずく。

霧がずいぶん薄くなっていた。離れた場所のコテージが先ほどまでよりもはっきり見えるようだった。これは朗報だ。霧が晴れ、コテージ内で時間が経過するのを待っていれば、助けが来てくれるのではないか。

けれど妻は進もうとしなかった。

どうしたの。行こう。

囁いた後で、彼女の視線が僕を越えて、後方に向いているのが分かった。手をお腹の上に置いている。

どうしたの？

もう一度、訊ねようとしたがやめた。僕にも状況が想像できた。どうして彼女が目を見開き、頬をひくつかせているのか、考えられる事態は一つしかない。

ゆっくりと僕も首をひねり、背後を見る。

数十メートルほど先だ。

霧がほとんど消えている。

黒い獣がいた。ゆっくりと歩き回りながらも、こちらを気にかけている。

激しい動きも、荒々しい身振りもなく、ただそこにいるだけだというのに、僕は足が竦(すく)んでいた。まばたきをしている間に食いつかれるような、万事休すの思いが内心を埋め尽くしている。

ゆっくり、少しずつ。

妻はクマのほうに向きなおると、そのまま後退をはじめた。

僕も同様に、後ろへと進む。

距離はある。

ただ、クマが走りはじめたら、これくらいの距離はあってないようなものだろう。すぐに追いつかれ、頭がえぐられる。その場面が目に浮かぶ。

コテージの位置を時折確かめながら、一歩ずつ下がっていく。静かにゆっくり、一歩ずつ、と僕は呟く。妻に向かって念じると同時に、自分へ言い聞かせる。

クマはこちらを見ている。明らかに僕と妻を認識してはいるだろう。重要なのは、どの程度の興奮状態なのか、どの程度、話が通じるのか。

実際の時間は数分にも満たなかったが、永遠にも感じられた。足を一回動かすたびに、目の前にクマが覆いかぶさってくる恐怖を覚える。

妻がコテージに辿り着き、駆け込むように中に逃げ込んだ。自分はまだ外にいたが、心底ほっとする部分はあった。

「早く入って」

後ろから妻の声がする。

もちろんそのつもりだ、と僕は開かれた木製ドアの中に駆け込むところだった。が、足を止めた。

体の向きを変えたところ、別のコテージが目に入ったのだ。

そこには若い男女が立っている。今、出てきたばかりだったのだろう。先ほどまではその姿はなかったはずだ。

僕たち同様、トイレに行こうとしたのかもしれない。

クマがいる、と伝えるために手をばたばたと振ったが、気づいてもらえない。二人はコテージから離れ、黒い獣のいる方向に進んでしまう。そして、ツキノワグマを発見した。僕が送る、静かに、の合図も虚しく、その男女は大きな悲鳴を上げていた。

顎ひげを生やした男性はクマがいる方向を指差し、硬直している。女性のほうは足を絡ませながらも、一目散に自分のコテージへと駆けた。

男性も続こうとしたが、背中を見せたことがスタートの合図になったのか、ツキノワグマが突如として走り出した。黒い獣が飛び跳ねながら、駆けていくのが見え、僕は動けない。

「早く」と妻が呼んでくれるが、全身が固まってしまった。

音も聞こえないほどに素早く、ツキノワグマが男性の前まで来ていた。男性はひっくり返り、仰向け状態で、手を後ろについている。

その瞬間、巨大な生き物が見えた。

生き物の口に矢を突き刺す光景が頭を過ぎったのだ。

虎と熊がいっしょくたになったかのような、巨大な生き物に矢を投げている。

なぜそんな場面が思い浮んだのか分からなかったが、その直後、僕はコテージに入ることよりも、その場に残ることを選んでいた。自分たちのコテージから離れ、その移動した場所で、文字通り、地団駄を踏んだ。音を出すためだ。

ツキノワグマがこちらに顔を向けた。

その瞬間、胃がきゅっと縮こまった。体毛という体毛がぞわぞわっと逆立ち、さあ死んだもう死んだおしまいだ、と心が騒いでいる。

ツキノワグマは想像以上に巨大で、すでに僕を標的と見定めたのか、体を正対させている。唸(うな)り声が聞こえてきているのか、それとも勝手にその響きを想像しているのか、とにかく低い震動を感じる。

足元に棒が落ちていた。長さ五十センチほどの、太い木の枝だ。考えるより先につかみ上げると、重みがあった。これで殴ることができるだろうか、と思った瞬間、ツキノワグマをより怒らせた感覚に襲われた。

じりじりと僕は後ろに下がる。

コテージに逃げる、という選択肢はない。妻たちを危険には晒せないからだ。誰も巻き添えにせずに、どうやってツキノワグマを無事に撃退すればいいのか。

頭が回らない。

どう考えても絶体絶命だ。

コテージ内から妻と栩木係長の声が聞こえたようにも感じたが、頭には届かない。

後ずさりしながら、ツキノワグマから距離を取る。

先ほど倒れた、顎ひげの男性が這(は)うようにしてコテージに到着した。中にいる人たちが引っ張り込む。みんな、姿は見えないが僕を心配してくれている。みなの緊張交じりの眼差(まなざ)しの感触があった。

ツキノワグマが走りはじめたら、どちらに避けるべきなのか。一番まずいのは、立ち竦むことだ。

気持ちで負けてはいけない。

とはいえ、ツキノワグマと気持ちでどう戦えばいいというのか。

呆れの笑みが浮かんでしまい、一瞬、気が緩んだのだろうか。クマとの距離が先ほどよりも近づいていたことになかなか気づかなかった。

さっきよりも大きい。気のせいかな、と思ったのは気のせいだと思いたかったからだ。

ツキノワグマが距離を詰めていたのだ。

後ろに下がろうとしたところで踵(かかと)が土の削れた部分にひっかかった。尻(しり)もちをつくまでがずいぶん長い時間に感じられた。宙に浮き、絶望感をたっぷり味わいながら、倒れる。

その隙を逃さず、ツキノワグマが突進してくるのが分かった。

目を閉じかけたが、その瞬間、クマが横に転がった。左手から勢いよくぶつかってくるものがあったのだ。

小沢ヒジリだとすぐには判断できなかった。後方転回、俗に言うバク転をしながら近づき、その回転のままツキノワグマを蹴ったようだ。走るのではなく、回転しながらだったために、クマも混乱したのかもしれない。

ツキノワグマは体を起こすと、怯むように数歩退き、それから反撃体勢になる。

小沢ヒジリも向き合っていた。

僕とツキノワグマ、そして小沢ヒジリが正三角形を描くように、等距離にいる。

「大丈夫ですか」小沢ヒジリは、ツキノワグマを見たまま言った。

「ありがとうございます」声が出たが、かすれている。「小沢さんのほうこそ」

「怒らせちゃいました」軽口めいた言い方だったが、声は緊張で満ちていた。

明らかにツキノワグマは興奮状態で、唸り声こそ上げていないものの、突然、転がるようにやってきた小沢ヒジリを警戒しつつ、威嚇している。

またしても長い時間が過ぎたように感じたが、実際には一瞬のことだったはずだ。ツキノワグマが体を起こし、前脚の両方を万歳の形に持ち上げる。僕たちよりもはるかに大きく見えた。

敵うわけがない。

さすがに小沢ヒジリも硬直している。

ばさばさと音がしたのはその時だ。左側から物が放られた気配がある。見れば、コテージから飛び出した栩木係長が、紙袋を投げたところだ。例の、当社のお菓子だ。紙袋の中から飛び出し、散らばって地面に落ちた。ツキノワグマは音に驚いたのか、紙袋の方向を見ると、栩木係長がコテージへ逃げ込もうとする姿に反応したのか、一気に走り出した。

危ない。

そう感じる余裕もなかった。ただ、声は聞こえた。

頼む、今！

誰かが叫んでいる。誰だ？　誰がどこで？

似た場面をどこかで体験したのか。

自分がやった動きをなぞるような感覚で、それがどの時の動作なのかは分かっていなかったにもかかわらず、体が勝手に動いた。

太い木の枝をつかんだ右手を後ろに掲げ、足を踏ん張ると槍(やり)投げよろしく、とはいえ槍投げをしたこともなかったが、思い切り、ツキノワグマに向かって放った。

栩木係長の背中に、伸ばしたクマの手がかかる直前だった。木が頭に激突し、クマがその場に倒れた。

しんとあたりが静まる。

僕は放心状態で、誰も彼もが動きを止め、時間も静止したかのようだった。

ツキノワグマはなかなか動かない。当たり所が悪かった、というべきか、良かった、というべきなのか。

何分もそうしていたように感じる。

「死んじゃったんでしょうか」やがて僕は、小沢ヒジリに言った。ようやく声が出た。

ツキノワグマは怖かったものの、命を奪ってしまったのだとすると、罪の意識がある。

「どうですかね。倒れているだけかも」

「今のうちに縛るとか」

小沢ヒジリは、「ですね」と言い、ロープや綱がないかとまわりを確認する。僕も同じように周囲を見渡したが、そこでまた体が固まった。

時間が巻き戻ったのかと思った。

ツキノワグマが、数十メートル離れた場所からこちらをじっと見つめていたのだ。さっき倒れたはずなのに、と目を疑う。

脱走したもう一頭だと気づいた時には、「これにて一巻の終わり」の心持ちとなったが、さらに小沢ヒジリがこちらを見た後で、「まいりましたね。挟まれました」と顔を歪めるものだから、足元が冷たい手でつかまれたような感覚になり、血の気が引いた。

体を少し傾け、ゆっくりと背後に目をやれば、そこには黄色と黒の混ざりあった毛が見える。トラだ。

ツキノワグマとトラに睨まれ、僕は自分の内臓が嚙み千切られる場面しか思い浮かばない。

多勢に無勢とは違う。

人数差からすれば、明らかに僕たちのほうが有利だろうが、ツキノワグマとトラから漂う、容赦も法律も無関係の、縛られることのない獰猛な気配は、どう足掻いてもこちらは勝てない、と伝えてくる。

落ちているお菓子の袋に目をやる。

コテージに目をやれば、ドアの横で妻が心配そうに見ていた。どうして戻ってこないのか、と手を振っている。

僕はかぶりを振る。手でバツ印を作る。

妻は、「え？」という顔つきになり、一回、コテージ内に引っ込んだ。コテージ内には別の角度にしか窓がなかったものだから、壁の、組まれた木の隙間から周囲を確認しているのかもしれない。

前からツキノワグマがゆっくりと近づいてくる。小沢ヒジリがそれに合わせて、後退する。僕のすぐ近くに来た。

「前門の虎、のリアルバージョンですね」と暢気なことを口にしているが、実際には少しでも、自分を落ち着かせたかったのだろう。

「トラは後ろですけど」僕も言っていた。

ツキノワグマとトラが何を考えているのかは分からない。彼ら、彼女らにしたところで、別に僕たちに怒っているわけではないのだ。興奮し、行儀が悪くなっている、つまりパニック状態にあるだけだ。

ついに追い詰めたぞ、と思っているわけでもないだろう。

話せば分かる、とまでは言わないが、そっとしておけば危害を加えることもなく、通り過ぎていくかもしれない。敵対しているわけではなかった。

　妻とそのお腹の中の子供のことを考えてしまう。何としても無事にこの場を乗り切りたい。その強い思いは、妻の出産を見届けられないのではないか、という恐怖の裏返しでもある。

「岸さん、ちょっと思い出しました」横に立つ小沢ヒジリがぼそっと言った。

「え」

「夢です。昨日の夜に見た夢だと思うんですけど、岸さんとやっぱりこうして並んでいたんですよ」

「夢で？」

「巨大な生き物と対峙していた気がします。もっと近くに、すぐそこにいて。俺は持っていた武器を落として」

「武器？」

「馬鹿でかい剣ですよ。こうやって構えて」

　脳裏にふっと荒れ地が浮かんだ。赤い地面と、乾燥した空気が広がっている。熊と虎が混ざったような巨大な生き物が前にいた。消防自動車よりも大きな体をし、全貌が把握できない。恐ろしい目がこちらをじっと睨んでくる。体毛が優雅に揺れ、太陽のゆらぎにも見えた。

隣にいるのは赤色の装束を着た男で、大きな剣を構えている。はっと見れば、僕も同様の、銀に近い鎧(よろい)姿だ。土でずいぶん汚れている。

突然、その巨大熊が頭を、突進してくる車よろしく、ものすごい勢いでぶつけてきた。僕は横に跳ぶようにし、避けた。鎧姿のまま転がる。

体を必死に起こそうとしたが、そこを巨大熊が狙(ねら)っていた。頭を振ったかと思うと、また突進してくる。蹴られた地面の土が、あられのように飛び散った。

地面がえぐられ、飛び散った土が、僕の頭に降りかかってくる。

横に転がり、攻撃を避けていた。

巨大熊はもう一度、突進の姿勢を見せた。次も避けられるのかどうか。

避けたところでこれは永遠に繰り返される。武器を、落ちた武器を拾わなくては駄目だ。

赤装束の男も、相手の隙を探している。

いつ攻撃してくるのか。瞬(まばた)きも危険だ。

頭上で、ぴかっと閃光(せんこう)が放射されたのがその時だ。

僕は空を見上げる。

直後、その場は赤土に広がる荒れ地などではなく、先ほどまで僕がいたキャンプ場に戻っていた。

芝生と土の色、離れた場所にコテージが見える。

光はどこに行った？　あれは違う、ここの場面ではない。自分の中で、別の自分が答える。

ここの場面ではない？　ではどこの、だ。

その時、上空で轟音（ごうおん）が鳴った。

何が起きているのかすぐには把握できず、音と、強風に体を押さえつけられている。

小沢ヒジリも同様なのか、腕をかざし、風に耐えている。

そして、前方にいたツキノワグマの姿が消えていた。後ろのトラを確認する余裕はないが、おそらくは逃げているに違いない。

やってきたヘリコプターの、回転するプロペラとエンジンの音、風力に、頭の中がひたすら掻き混ぜられている。助かったのだとはなかなか気づけない。

「岸君、何を緊張しているの」牧場課長が、横に来て笑った。

僕はその会場の前方、横に並んだテーブルに視線をやってから、「いやあ、やっぱり記者会見って怖いですよ」と答えた。

「また、部長が失言するかもしれないしね」

牧場課長はのどかな口調で言うが、無邪気に笑ってもいられない。可能性としては十分ありえる。

「大丈夫だよ、今日はみんな、責めるために来ているわけじゃないから」

サンファンランドの出来事は、あれは「事故」なのか「事件」なのか「事変」なのか、呼び方に困るのだが、とにかくみなの話題となっていた。

「誰か悪人がいるともっと盛り上がったかもしれないね」

「課長、怖いこと言わないでくださいよ」

悪人のはっきりしないトラブルではあった。まず、雷雨はどうにもならない天災だ。橋の損壊、機械の電気故障に関しても、工事の不備やゼネコンの談合などが原因であれば叩かれたかもしれないが、それもなかった。ツキノワグマ二頭とトラ一頭も責められる筋合いはない。彼らは彼らで混乱し、あたふたとしていただけだ。船に乗ってやってきた猟師さんたちにより、麻酔銃で撃たれ、保護された。サーカス団はもちろん批判されてはいた。ただ、防犯カメラの映像に、躾け係のドクター・グレイが、動物たちの脱走を食い止めるために身を犠牲にして頑張っている様子が映っていたこともあり、それでも怒る人は世の中にいるのは事実とはいえ、大半の人たちは怒るに怒れない、といった雰囲気だった。

別段、悪人を責めるだけがニュースではない。その反対に、頑張った人を持ち上げる場合もある。

その筆頭が小沢ヒジリだった。実際、彼の活躍で僕はツキノワグマから逃げられたのだし、キャンプ場にいるみなは、彼の存在に勇気づけられた。

さらに僕、だ。僕も褒められた。ただひたすら必死だっただけ、怖くて震えて立っていただけなのだが、それでも、外に出て動物たちを食い止めようとしていた、と周囲の目からは見えていたらしい。

さらにいえば、弊社の商品も活躍したことになっていた。これもまた、栩木係長が投げてくれただけだが、確かに、ピンチを救ってくれた要素ではある。

今日の記者会見には、僕も出るように、とはじめは言われた。異物混入事件の時のことがあるから、命令されたからには出席しなくてはならない、と思ってしまったが、今回の場合は謝罪関係でもなく、僕は一般人であることから、どうにか勘弁してほしい、とお願いすることができた。なぜか部長が、「俺が代わりに説明をしてくる」と手を挙げると、「それでいい」となった。

広報部長は、「自社の宣伝をするチャンス」と考えていたようだが、「露骨にやると逆に反感を買う」と牧場課長をはじめ、多方面から、もはや釘を打つ場所が見当たらないほどに釘を刺されていた。

「それなら、うちの創業主の話をしよう」と広報部長は張り切っていたが、それもみなでやめるように説得した。

戦後、小さな駄菓子屋だったのを、大きな製菓メーカーへと育てた創業主は、幸運に恵まれていたエピソードも豊富で、社内ではそれなりの有名人、プチ偉人といったところだが、世間の人の好奇心を満たすとは思えなかった。

創業主の祈願である、大型ディスプレイが本社ビルに設置されていたら、それで大々的に放送できたのに、と部長は言っていたが、ディスプレイがなくてよかった。

幸いなことに、世間やマスコミの興味は、まずは小沢ヒジリ、次に、あの時、ヘリコプターで駆けつけ、僕たちの窮地を救ってくれた池野内議員に向いていた。

何しろ、池野内議員はその日、宮城県内の愛人宅にいたところ、サンファンランドのニュースを知り、朝になって、濃霧のため空路も海路も無理とみなが待機している中、無理やりにヘリコプターを出発させたのだ。しかも、そのヘリコプターは愛人であるところの女性の所有していたものだというのだから、どこからどう食らいついたらいいのかと悩むほど、訊きたいことが盛沢山だった。

愛人は小学校の同級生で、現在は宮城県在住らしい。愛人のことを公表していいのか、もう議員生命はおしまいだろう、と他人事ながら心配だったのだが、意外に、世論の当たりは厳しくないのが興味深かった。

池野内議員がさばさばとした対応で、愛人のことをあっけらかんと認めながらも、サンファンランドで大変な目に遭っている人たちのためには、自分のことは二の次で、とにかくヘリコプターを飛ばして駆けつけたかった、と話す様子が、「いいことをしたのだ」とみなに印象付けたのかもしれない。

売名、票稼ぎ、と非難する向きもあったが、ヘリコプターを所有する愛人の存在を明らかにするほうがダメージが大きく、メリットとデメリットの計算をするならば、何もしないほうが賢明で、つまり池野内議員は狡猾で計算高い野心ではなく、愚直な人助けの心を優先させた、と見ることはできた。実際、世間の半分は、池野内議員をさほど責めなかった。

みなさん騙されていますよ、と僕は言いたくなったものの、一方で彼が以前、「自分の利益よりも、大勢の利益を優先しよう、と思える政治家が何人いるのか」と語っていたことも思い出した。もしかすると彼はそれを自ら実践したのだろうか。

　さらには、池野内夫人自身が、あっけらかんとしていたのも影響したかもしれない。あの夫人は、「わたしが怒っていないのに、ほかの人が代わりにどうして怒るのよ」とコメントしていたものだから、多くの人は、池野内議員の愛人問題を叱(しか)る気にもなれなかった。

　会見がはじまり、記者たちの矢継ぎ早の質問、撮影のフラッシュ、さまざまなものがその場を飛び交った。

　視線を動かすと、栩木係長の姿も見えた。会場隅に立っている。先日話を聞いたところ、息子の瑛士君は今回の出来事の当事者だったがゆえに、何しろ、小沢ヒジリとツキノワグマとトラを一緒に目撃したのだから、クラスメイトから一目を置かれ、それをきっかけに学校に通うようになったという。

　小沢ヒジリのきらきらした外見と爽(さわ)やかさ、池野内議員の生真面目(きまじめ)さと、告白した不貞行為の興味深さ、場違いな当社の広報部長のちぐはぐな態度、それらがいいバランスで釣り合っていたのだろうか、会見の場はかなり和やかだった。

　手に持っていたスマートフォンにメールが着信した。サンファンランドから帰ってきてからというもの、ニュースで僕のことが報道されたからだろう、友人や行きつけのバーのマスター、研修時にお世話になったコンビニエンスストアの店長などから、次々と連絡が来た。もちろん、親からも電話があった。いったい何という事件に巻き込まれたんだ、今すぐ駆けつけたいけれど、お父さんがまた腰をやっちゃって、と嘆いていた。こちらはもうトラブルが済んだから大丈夫、父を助けてあげてほしい、と僕は返事をした。

今届いたのは、例の学生時代の友人、一緒に金沢で火事に遭遇した同級生からだった。僕の状態を気にかけながらも、危機を乗り越えたことへの称賛を述べ、「今度会った時に話を聞かせてくれ」とある。

いったいどこからどこまで話すべきなのだろう、と僕はぼんやり考える。サンファンランドで起きたハプニング、恐ろしい出来事の顛末なら喋れるのかもしれないが、それに関わること、たとえば、「夢」のことまでは言えないだろう。妻にも話せていないのだ。

サンファンランドでの出来事の後、チェックを受けた石巻市内の病院で、池野内議員と小沢ヒジリとこっそり話をする時間があった。

深夜の院内、ほとんど電気が落ちたフロアの端の休憩所で、だ。

「昨晩、私はお二人と一緒に、巨大な生き物と戦っていました」池野内議員が言った。

小沢ヒジリが強くうなずいた。「覚えてます。大きい熊ですかね、あれ。虎も混ざっていたような」

巨大な生き物の姿が頭に浮かび上がる。ツキノワグマを前にした時、脳裏を過ぎったものだ。夢のことは思い出せないものの、その光景を自分が見たのは事実だったため、僕も笑い飛ばせなかった。

池野内議員が遠くから放り投げた光る球のおかげで、巨大な生き物が怯み、僕は武器を拾うことができたのだ。

あれは？　あれは何だったのだ。

夢の話です、と池野内議員はまたしても断定口調で言う。

「金沢のホテルの、あの火事の夜も、夢の中で、私たちは一緒に戦っていたんだと思います。あの時はオオトカゲ、火を吐くオオトカゲでした」

夢日記を残していたからだろうか、池野内議員は言い切った。

自分がビラの中から、小沢さんと岸さんを選んだんです。私たち三人で戦ったんですよ。

第三章　炎とサイコロ

黒鎧の男は、石積みのトンネルのような通路を歩いている。がしゃがしゃと重い音が響くが、足の動きは軽い。石と石の隙間から日差しが入り、筋をいくつも作っていたせいか、視界はそれほど暗くない。人とぎりぎりすれ違えるくらいの幅があったが、その時歩いているのは彼だけだった。

広いエリアに出た。円型のテーブルや椅子が並んでいる。奥の一角に紙が吊り下げられていた。人の姿が写っている。さまざまな人のものが、延々と並んでいた。ビラには数字も記されている。

黒鎧の男は、その顔写真を順番に眺めていく。

男の顔もあれば、女の顔もあるが、いずれもぼんやりとしたもので、はっきりと把握できない。目を近づけたり、遠ざけたりしても把握できなかった。が、そのうちの一枚は、顔が確認できた。若い男の顔で、さほど悩まずそれを引き抜いた。途端に、その写真が消える。少し離れた場所にあった一枚も明瞭（めいりょう）に見えたため、上辺の角をつまむと、ぴっと外した。

それが合図で、僕は目覚めた。ベッドから起き上がり、その端に腰をかけた恰好（かっこう）でしばらくぼんやりする。

どんな夢を見ていたのか。思い出そうとしたが、手掛かりさえ見つからず、すぐに諦（あきら）め、立ち上がった。

いつもの小屋だ。立ち上がり、その後で、おや、と思う。いつもはここで地図を手にしているのだ。

探すがどこにもない。

地図がなくてどうすればいいのか。今日は何をすればいいのか。何もしなくてもいいのか。

思えば、僕はいつも起きるたびに、町の外に出かけ、巨大な猛獣たちを倒す日々を送っている。

何もない日があってもいいはずだろう。とはいえ、ここでずっと眠っているわけにもいかない。今まで何日も眠っていた。

部屋の隅の箱を開ける。中には、鎧一式が入っており、僕はそれらを取り出し、体に装着していく。

持っていく武器は決まっていた。スローイングアロー、と呼ばれている、矢に紐がついたものだ。

いったい何の準備なのか、と自分に疑問を覚えながらも作業をやめられない。身体が勝手に動くかのようだ。

小屋を出て、少し行けばおなじみの円形広場に着いた。

このあたりはいつもと同じ光景で、噴水近くに例の鳥、ハシビロコウが、彫像のように存在しているのも普段通りだった。

地図を持っていけば、そこで進むべき方向をさっと指差して、指ではなく羽で示してくれるのだが、今は地図がない。いつもと少し違う。

ハシビロコウの前に、見知らぬ男が立っていた。

黒の鎧を身に着け、短剣を所持している。腰のベルト部分には球をぶら下げている。

「あともう一人来るから待っていてくれ」

そう言われる。

もともとその予定を知っていたのを忘れていたのか、それとも今、状況を察したのか、とにかく僕は、ああそうだった、と理解している。もう一人、同行者がいるのだ。

視線をもう少し外にやれば、遠くに人影らしきものが見えた。輪郭がぼんやりしている。蜃気楼じみているから遠くに見えるだけで、実は近くに立っているのだろうか。こちらと無関係ゆえに、うっすらとしか姿が現れていないかのようだ。

「地図」僕は、黒鎧の男の手元を指差した。くるっと丸められたそれは、いつも僕が小屋で持つ地図と同じだ。「いつもは僕も持っているんだけれど」

「今回は同行する仲間を選ぶようになっているらしい」

「なっている？」

「どんなことでも、そういう風にできている。そうなるようになっている。そうだろ？」

「そうなるように？」

「自分以外の誰かが、自分を操作している。そう感じることがないか」

「どうでしょう」と僕は答えることしかできなかった。運命に操られている、だとかそういった意味なのか。

「一人では手に余る相手に違いない」彼は地図をくいくいと持ち上げた。「だから、仲間を連れていけるのでは」

やがて、もう一人、赤装束を着た男が現れた。鎧よりは身軽に見えた。汚れはもちろん、過去の戦いの痕跡（こんせき）じみた傷がいくつもあったが、破損した様子はない。そして何より、大きな剣を背負っていた。自分の体をゆうにはみ出す大剣だ。

黒鎧の男が持っていた紙を広げる。そこに描かれているのは地図だ。ハシビロコウに見せると、羽がひらっと動き、南西の方角を指した。

黒鎧の男が進みはじめる。その後に赤装束の男が、大剣の重みを感じさせない軽やかさでついていった。僕もその後に続くのだが、ハシビロコウを横目でちらと窺（うかが）うと、あの大きな嘴（くちばし）の端が釣り上がり、ほくそ笑むように見えた。はっとし、振り返った時にはいつもの無表情に戻っている。

小さな岩が砕けた。タイミングがずれていたら危なかった。先ほどまで僕がいたと

ころだ。

何が突撃したのかすぐには分からず、粉砕された岩屑がぱらぱらと宙を舞うのを眺めているだけだ。

危ない、と声が聞こえた。赤装束の男が指差しながら叫んでいる。とっさに地面を蹴る。足元が砕かれた。直撃は避けられたが、風に押されるかのような圧力を受け、宙でバランスを崩す。僕は地面に落ちながら、転がる。

必死に起き上がり、オオトカゲに視線を戻した。

四つん這いで腹を土にくっつけた恰好の、土色の生き物は、冷徹な瞳をこちらに向けている。

乾ききった岩地をまとったかのような体をしていた。鰐に似た口の中で、舌が蠢いている。

あれだ。

あの舌が豪速球よろしく飛び出してきて、岩を砕いているのだ。

舌がびくんと動くのが見えた。飛んでくるぞ。跳躍の準備をしたが、狙われたのは黒鎧の男のいる場所だった。

片手で剣を構えていた黒鎧の男は、避けるのが遅れて足場に打撃を受け、その場にひっくり返った。

赤装束の男が地面を蹴った。オオトカゲが舌を出した瞬間を、その隙を狙ったのだろう。大股(おおまた)で、ぴょんぴょんと岩場を飛び跳ね、背中の巨大な剣を両手で振りかぶっていた。あの大きなものを軽々と扱うことに、驚く。

オオトカゲの尻尾(しっぽ)が鞭(むち)のように飛び掛かってきて、赤装束の男にくるくると巻きついた。

見ている場合ではない。僕も地面を蹴る。駆けながらスローイングアローを、つかんだ矢を構える。

オオトカゲの体の色が赤くなりはじめていたことに気づくのは、かなり接近してからだった。

はじめは夕陽が、その土色の外皮にかかって赤く染めはじめているのだろう、と安易に考えていた。赤い日差しが跳ね返って美しいとすら感じていたかもしれない。

相手の頭に矢を投げて突き刺そうと、左足で大きな岩を踏み、跳び上がった。

宙に浮かび、オオトカゲを見下ろす。

舌が飛んでくることは覚悟の上だった。それよりも早く、矢を打ちこむために目一杯、右腕を振り上げる。

眼下に見えるオオトカゲの尻尾が、その背後の池まで伸びていることに気づいたのはその後だ。

池には真っ赤な蓮が浮かんでいる。水自体が赤色で、揺らめいている。

「あの池の中、炎の水だったんだな」

どこからか声がする。未来に開催される反省会での発言が、遡って、聞こえてきたのだとは分かった。

「尻尾がポンプになって、吸い込んでいたんだ」

実際、尻尾は小刻みに震動し、池の赤い水を汲んでいるように見えた。

まずい、と思った時にはオオトカゲの口がぱかっと開き、僕は盾を構え、前方に向けた。

舌ではなく、炎が噴出してきたため、僕はその火に巻かれながら吹き飛ぶ。

竜巻に似たつむじ風に巻き取られ、くるくると回転しながら、オオトカゲの体に吸い込まれていく。

ビジネス

ビジネスホテル

自分がビラの中から、小沢さんと岸さんを選んだんです。私たち三人で戦ったんですよ。

サンファンランドから運ばれた病院の、フロアの端にある休憩所で、池野内議員はそう言った。「夢の中での戦いは、私たちの現実と関係しています。金沢のホテルの、あの火事の夜も、夢の中で、私たちは一緒に戦っていたんですよ」とも。

「やはりそれも夢日記につけていたんですか?」僕は訊ねずにはいられない。

池野内議員はこくりとうなずいた後で、「大きなトカゲです。口から炎を吐き出すトカゲ」と言った。

困ったな。池野内議員の主張は突拍子もなく、しかも断定するかのようだから、まともに相手をしないほうがいいように思えた。けれど僕自身も、ツキノワグマと向き合った際、緊急の絶体絶命の場面で、自分が装備と武器を用いて巨大な生き物と争っている様子を、幻というにはずいぶんとくっきりとした手応えとともに、思い浮かべたのも事実だった。

こちらのその迷いを鋭く見抜いたかのように、池野内議員が、「何か、思い出しましたか?」と身を乗り出してくる。

完全に同意することにも抵抗があり、「いえ、うっすらと何か」と曖昧に応じるのが精一杯だったが、小沢ヒジリは、「俺は見ましたよ」とはっきりと言った。

「見た?」

「ツキノワグマとトラに挟まれた時、大きな熊の化け物みたいなのが見えた」

どこかここことは違う場所で、巨大な生き物を相手にしている感覚が、体のどこかに、頭のどこかにと言うべきだろうか、残っている。それは事実だ。投げる矢のような武器を構えたり、装束姿の男が大きな剣を背負ったりしている様子は明らかに、非現実的な、漫画的なものであるにもかかわらず、なぜか身近で、現実の思い出に感じられた。

「夢の中での戦いは、私たちの現実と関係しています」池野内議員はまた言った。

「関係している?」

「どういうこと?」僕と同様、小沢ヒジリも訝しむ声を洩らした。

「簡単に言ってしまえば、夢の中であの生き物に勝つと、現実で直面している問題が解決するんですよ」

池野内議員はすでに、それが事実と決定したかのように言い切る。

「勝つと、解決？」

「問題って何でしたっけ」小沢ヒジリも訊ねる。授業についていけないのは僕だけではないらしく、ほっとする。

「現実で起きた問題、事件と言っていいかもしれませんね」池野内議員は、劣等生にも苛立つことなく、丁寧に話し続けた。「たとえば、今日のサンファンランドのこと」

落雷により橋が壊れ、トラとクマに囲まれた。

「あの状況を救ってくれたのは、池野内さんじゃないですか」夢がどうこう、ではない。

「そうではありますが、私がたまたま仙台にいて」

不倫相手と会うために。

「その彼女がヘリコプターを使ってくれたのは、夢で大きな熊のような生き物を倒したからですよ」

そう思うのならご自由に、と突き放したいところもあったが、僕も小沢ヒジリも無関係ではないのだからそうもいかない。彼は布教熱心な信仰者よろしく、僕たちに自説を受け入れさせたくて仕方がないように見えた。断定口調が何より、こちらを不安にさせる。

「いつぞやの、岸さんの会社の事件も同じです。あの時も私は夢を見ていたんです。夢を記録したメモによれば、間違いないです」

「異物混入のことですか？」

「実際には、うちの妻の自作自演、嘘だったので異物は混入していなかったわけですが。あれも、岸さんが夢の中で戦いに勝ったことで状況が変わったんです。夢の中で、何らかの敵と岸さんは戦ったんですよ。さっき自分でも言っていたじゃないですか。戦った記憶を取り戻した、と」

　そこまで断定した言い方はしていなかったような、と僕は戸惑う。

「その戦いで勝ったから、岸さんの会社の異物混入は大事にならずに済んだんです」

　そんなことがあるわけがないですよ、どうしちゃったんですか、と続けたいところをぐっとこらえた。代わりに「あの異物混入は、池野内さんにとっては大変なことになったじゃないですか」と指摘した。異物混入が奥さんの虚偽だと分かり、謝罪会見を開き、ダメージを負った。「もし夢の中で勝っていたなら、池野内さんにとっては」

「私は負けたからですよ」池野内議員は淡々と答える。

「僕は勝ったのに？」

「その時は、一緒に戦ってはいなかったんです。あの時の相手は」池野内議員は手帳のようなものを開いた。目を落とし、「巨大な猿でした」と言う。あれが夢の内容を記入したものなのだろうか。「巨大な猿とは、一人で戦っていました」

「待ってください。さっきは一緒に戦っていた、って」

「その時々によるんだと思います。今回の大きな熊の時は、お二人と一緒に敵を倒しました。いわば団体競技です。ただ、異物混入の時の猿は」

「個人競技？」

「私は負けて、だからああいうことに」

なるほど、と言いかけたものの、うまく理解できないところもあった。もしあの時、池野内議員も戦いに勝っていたら、どうなっていたのか。異物混入は、池野内議員の奥さんの仕業ではなかったことになるのか。いや、異物混入騒ぎはその前から起きていたのだから、原因が遡って変わるとは思いにくい。池野内議員の奥さんの嘘がばれずに済む展開になっていたのだろうか。だとすると、もしそこで僕が戦いに負けていたなら、うちの会社は信用を回復することもできず、泥沼状態になっていた可能性もあったのか？

「やっぱり、よく分かりませんよ」と正直に訴えた。「夢の中のことが、現実と繋がるなんて」

「ぐっすり眠れると、翌日、体がよく動く、みたいなことはあるけれど」小沢ヒジリは冗談を口にした。「そういう意味じゃないですよね」

「お二人とも、戦った記憶はあるんですよね？」池野内議員が確認してくる。

僕の場合は、そこまで明確ではなかった。単に、大きな生き物と戦った光景が頭の中に見えた、というだけだ。

「私たちが最初に会ったのは、八年前の火事の時です。同じホテルに宿泊していました。そして、おそらく夢の中でも集って」

「夢で」小沢ヒジリも納得はしていないのだろうが、復唱した。

「あの時は巨大なトカゲでした」

大きなトカゲ、そう思った時に、僕は目の前が赤く光るのを感じた。赤く、高熱の光が放射された場面だ。光ではなく、炎だ。トカゲの口が開いたと思った瞬間、炎が噴き出してきた。

頭を振る。この場面はいったい何なのか。

「トカゲの尻尾が」僕は言っている。オオトカゲの長い尻尾が赤い池まで伸び、水を吸い上げていた。その光景が、焚かれたフラッシュの光の如く、一瞬だが目に浮かんだ。

小沢ヒジリがこちらを一瞥した。呆れているのではなく、少しはっとしている。彼もその場面に記憶があるのだろうか。

池野内議員の顔が明るくなった。「そうです。オオトカゲを、私たちが倒したんですよ」

池野内さん、あまりそういうことは口にしないほうが、と僕は言いかけた。次の選挙に悪影響があるでしょう。

「八年前の金沢、あのホテルの火事で助かったのは、消防士たちの機転のおかげでしたよ」小沢ヒジリが言う。

三階までしか降りられない非常階段、逃げ遅れた宿泊客は宙ぶらりんで取り残された状況だった。館内の火のまわりが速く、僕たちは非常階段の列から動くことができない。消防自動車が到着したものの、はしご車が進入できず、焦燥のざわめきが上がった。周囲を煙と熱が覆いはじめる中、どうしたらいいのか、どうなるのか、とおろおろするほかなかった。

もう駄目かも、と思ったところを消防士たちが救ってくれたのだ。

「助かったのは、オオトカゲに勝ったからです」池野内議員は迷いがなかった。うちの神様の教えは絶対です、と主張する信者に見える。「子供のころ、私が学校でいじめられていた話はしましたよね。あれもきっと私が、夢の中で」

「勝ったってことですか？」

「狼のような生き物でした。それが最初の記憶です。私は狼と戦い、勝ち、いじめを克服しました。岸さんも同じ体験があったと言っていたじゃないですか」

「僕も夢の中で狼に勝ったから？　とてもそうとは思えないですよ」

　いじめられている状況を打開したのは自分の頑張り、自分が出した結果だったはずだ。

　僕の不服、不本意な思いを察したのか池野内議員は、「夢で勝ったのも、岸さんですよ」と言った。

　いやさすがに、あっちは僕ではないですよ。そう答えたかった。あっちとはどこだ。そして、あっちは誰なのか、といえば、答えは見つからない。

「さらに言えば、私の父が脳卒中で倒れて回復したのも」

「僕の両親は不仲になって、結局、離婚しました」その後で復縁したけれど。

「勝ったか負けたか、の違いですよ」

「僕の人生で起きるトラブルの全部に、夢の中の戦いが関係しているんですか？　そんなことってありますか」

「全部が関係しているとは思いにくいですよね」

「しょっちゅう戦わなくちゃいけない」小沢ヒジリが笑う。

けれどそれだって、僕が覚えていないだけで、「しょっちゅう戦っている」可能性は否定できないのだ。

「世界中の誰もがそうなんですか？　あ、もし池野内さんの言っていることが正しかったとして、あくまでも仮定の話で」僕は言い訳じみた、くどい前置きを重ねた上で続ける。「僕も、僕の妻も、ほかのみんなも、夢で戦って、現実の世界の問題を変えていっているんですか？」

「どうなんでしょう。そのあたりは私も分かっては」

「ＦＡＱページに載っていないですかね」小沢ヒジリが軽口を叩く。「選ばれた人たちだけだったら、俺たちはその選ばれた人ってことですよね。それは、優越感があるな」

「でも、今回のサンファンランドのことも、キャンプ場に取り残された人はたくさんいました。そのみんなの運命を、僕たち三人が決めたなんてことがありますか？」

「ほかの人も夢の中で戦っていたのかもしれません。私たちとは違う夢の中で」

「あちこちで試合は開催されているってこと？」

「可能性としては。だから、私たちが負けても、ほかの人たちの頑張りによっては助かったかもしれません。その逆も考えられます」

　しばらく僕たちは黙ったままだった。自動販売機で購入した飲み物を、示し合わせたように啜るだけの時間が過ぎる。

「夢の中で勝てば」池野内議員が駄目押しのスローガンを発表するかのように、言った。「現実が良い方向に変わるんですよ」

「夢の中で勝てば」僕はその言葉を繰り返している。他力本願ではないか。

「寝ている間に、妖精が靴を作ってくれるみたいで楽かも」小沢ヒジリが笑う。

　自分の力ではどうにもならない現実も、別の要因により好転する、と思うと少し心強かったが、それを手放しに信じることもできない。

　池野内議員の言っていることは、難解ではなかった。けれど、あまりに非現実的な上に、抽象的で非科学的なために、信じるにも反対するにも手応えを得られない。

　窓の外を見れば、空は夜の暗さで覆われ、薄雲がわずかに確認できた。もう眠らなくては、と思うと同時に、そこでまた夢を見るのだろうか、と思わずにはいられない。

「だけど、どうしてこの三人なんですかね」小沢ヒジリが口にする。

　それは僕も感じた疑問だ。

　夢の中の勝敗が現実の問題に影響を与えます、という池野内議員説を信じたわけではないが、仮に百歩譲ってそうだったとして、どうして僕と小沢ヒジリと池野内議員の三人がチームを組んだのか。

「夢の中で、私が選んだんですよ」池野内議員は淡々と答える。「仲間を選ぶ場所で、お二人のビラのようなものを」

「どうして僕と小沢ヒジリさんを選んだんですか」

「お二人のビラだけがはっきりと見えたからです。ほかのビラはぼんやりとしていました」

パソコンを操作している際に、対象外のメニューボタンはグレーで表示され、使用不可となっていることがある。それを思い出した。選べるメニューがもともと僕と小沢ヒジリしかなかった、そう選ぶように決められていたのだろうか?

「たとえば、こういうことでは?」池野内議員が目を大きく見開く。「世の中には夢の中で戦うことになっている人がいて、それは全人類というわけではなく、限られた人たちなんですが」

「優越感」小沢ヒジリが嚙み締めるように呟く。

「あの金沢の火事の時、あのホテルの宿泊客の中では、私たち三人だけだった、と」

「夢で戦う係が?」

「ええ。大きなトラブルが起きた時、もしそこに戦う係がいれば、夢の中で戦いがはじまり、もし勝てば」

「本当は大事故が起きるけど、関係者の中に夢戦士さんたちがいるから、チャンスタイムが発生します！　みたいな感じ？」小沢ヒジリが笑う。

明らかにふざけて話したにもかかわらず、池野内議員は満足げで、「まさに」と深々とうなずいた。

正しいとも間違っているとも判断がつかないものだから、僕たちはまたそこで黙る。

「あの巨大な熊は」小沢ヒジリがぼそっとこぼした。「トラックみたいに大きかった」

僕の頭を過（よ）ぎった場面、突進してくる熊の様子と一致している。体毛が美しく、揺れていた。

池野内議員の話は受け入れがたかったが、僕たちが同じような夢を見ている、そのことは否定できない。集団幻覚、夢の共有のようなものなのだろうか。

「俺、剣で裂いたんですよ。両手で担（かつ）ぐ、丸太のような大剣で。ただ、うまくいかずに俺はやられちゃったような気がします。負けた記憶というか。池野内さんの説によれば、負けたら事態は好転しないんですよね。おかしいじゃないですか」

自説がおかしい、と指摘されたことで池野内議員は一瞬、我に返るような、興奮が冷めた顔つきになったが、「そのあたりはまだ、私が理解できていないだけでしょう」と言った。

議員に抱くイメージや先入観に比べて、池野内議員は穏やかで威張らず、柔軟な人物に感じていたが、この件に関する頑(かたく)なさを目(ま)の当たりにすると、僕は、強引にみなを誘導する指導者の怖さを感じた。もちろん悪いことではないのだろう。政治家を志す者には、その強引さと、自信が必要不可欠のはずだ。

話は結局そこで終わってしまい、僕は自分の病室へと戻った。池野内議員の話を思い出しながら、一笑に付したい気持ちだったもののどうしてもそうはできず、八年前の火事のことを考えてしまっている。

大学時代の友人二人との、男三人での金沢旅行の夜だ。

レンタカーで千里浜の海岸を走り、兼六園に行き、それから僕の希望で法船寺に立ち寄った。

江戸時代、大きな鼠(ねずみ)を退治した猫で有名な寺だ。

「おまえ、そんなに猫が好きだったっけ？」と友人に言われた。

猫は好きでも嫌いでもないが、と僕は話した。

恐ろしい大鼠に怯える和尚、その和尚のもとに猫がやってくる。鼠を倒してくれると期待したものの、まったくそのそぶりがない。

「すると和尚の夢に、猫が現れて言うんだ。『あの鼠は俺の手に負えない。仲間が必要だ』とか何とか。それで、能登にいる猫を連れて戻ってくる」

「まさに猫の手を借りに」

「で、実際、猫が別の猫を連れてきたんだ。和尚の夢は正夢だった」

「力を合わせて大鼠を倒したのか」

「倒した。ただ、激しい戦いだったのか、猫は命を落としたらしい」和尚は猫たちを弔い、毎日拝んだという。

「恩を忘れない和尚が偉い」友人が感心すると、「確かに」と僕も同意した。

そしてその日の夜にホテルで火事に遭遇した。

目が覚める直前まで、僕は夢を見ていた。すっかり忘れていたが、今は思い出している。赤土の大地が広がる中でオオトカゲと向き合い、投げ矢とも呼べる武器を構えていた。

火事に気づいたのは匂いでも熱でもなく、音だった。おそらくホテルのどこか、木材のようなものが焼けていた音だったに違いない。

いずれ止むと思っていたにもかかわらず、ちりちりぱちぱちという音は鳴り続き、さらにはだんだん大きくなりはじめたものだから、目が覚めた。部屋が驚くほどに暑かった。

自宅ではなく、金沢のホテルだと気づくのに少し時間がかかる。

自分の両手を眺めた。何かを強く握り締めていた感触が残っていた。痛いくらいに力を込めていた記憶があり、自分の手のひらに、その痕跡がないかと触って確かめてしまうが、特に見当たらない。

ひゅっと、物を投げる動作をした。投げては引っ張る、といった動きだ。

そこで外から声が聞こえてきた。酔った宿泊客が通路を歩いているのだろう、と僕は思い、やはりまた眠ろうとした。

火事？

という言葉が聞こえたのかどうか。

頭を釣り針に引っ掛けられたかのように、起き上がった。すぐに隣で、鼾をかき熟睡する友人二人を起こす。起きろ、火事だ。まさかそんな台詞を口にする時が、人生においてやってくるとは想像したこともなく、声は震えた。

寝惚けた友人たちには何を言っても、なかなか伝わらない。こちらが寝惚けていると思われる始末だったが、とにかく彼らを引っ張り上げる。

部屋のドアへ向かい、魚眼レンズから外を確認すると、何も見えない。

深く考えずにドアを開けた。後ろから友人たちも顔を出す。とっさに、浴衣の袖で口を覆った。

通路は、大浴場の湯気がエレベーターに乗ってここまでやってきたのかと思ってしまうほど、煙が充満している。おまけにその煙の中を人がばたばたと行き来している。

咳込んだ。

湯気ではなく、煙なのだ。はっとし、僕は一度、ドアのこちら側に引っ込む。後ろの友人たちとぶつかるが、気にかけている場合でもなかった。ドアに貼られた緊急時の避難経路を確認したかった。

「出て、右にまっすぐ」自らに言い聞かせるように発声する。「突き当たりが非常口」

友人たちが、こくこくとうなずくのも分かる。

状況は把握できなかったが、行くしかない。

浴衣の袖で顔を覆いながら、三人で部屋を出る。右へひたすら、煙で先が見えない中を進んだ。

通路の突き当たり、非常口の表示が目に入る。非常口のドアを開ける。

すでに階段には人がいた。ぎゅうぎゅうの混雑とまではいかないものの、列ができている。浴衣姿が多く、僕たちと同じく袖で口元を覆っている。

このままみなに続き、下まで降りていけば助かる。僕は安堵(あんど)した。

が、列がなかなか動かない。

どうした？　何があった？

口々に言い合うが、分からない。

上のほうから、「何やってんだよ」と迫力のある声が聞こえた。と思えば、下のほうでも、「どうなってるんだ」と誰かが叫んだ。押すな押すな、危ない、といった声もする。確かにここで、パニック状態の押し合いが起きたら大事故に繋がるのは明らかだ。というよりも実はその時すでに、パニックが始まっていたのかもしれない。

「落ち着きましょう！」と階下で誰かが冷静に訴えていた。

その通りだ、落ち着かなくてはいけない。

僕は深呼吸をする。それを見て友人二人も大きく息を吸った。

そのうち下から上へと、声の大きな者が情報を叫んでくれた。

「三階から下の、非常階段が壊れている」「三階からは降りられない」

それを聞いた誰かがさらに上へと状況を伝える。

「三階から下に行けない？」「それってどういう状態だよ」「数日前に車がぶつかったらしい」「非常階段って壊れるものなのか？」

僕たちは早口で言い合う。前後の宿泊客も似たようなことを口にする。

「だったら上に行くか？」「屋上に？」

そう話したのは僕たちだったのか別の人たちだったのか。ただすぐに、上に行くのも無理だと判明する。

屋上へは上がれないようになっているらしい、と今度は上から下へと伝達された。

「中に戻るか？」友人が言い、僕はうなずく。階段で行き場を失っているのも恐ろしい。

先ほど自分たちが出てきたばかりの、非常口のドアを開けた。

が、通路には煙が充満しており、先が見えないどころか少し進んだだけで呼吸が困難になるのは想像できた。

慌てててドアを閉め直す。

「中にも戻れない。階段も駄目だ」「このままここにいないといけないってこと?」

誰かがそう言う。外の非常階段にずっと?

上から下まで階段を眺めると、列を作っているのは、五、六十人ほどか。大きくないホテルとはいえ、宿泊客はもっといるだろうから、おそらく僕たちは逃げ遅れたほうなのだ。

八方塞がり、の言葉が頭に浮かぶ。

「どうする?」友人が言ったが、もちろん僕は答えを持っていない。

視線を上げる。

向かい側には建物があって、そのさらに奥には夜空が広がっている。別に狭い場所に閉じ込められているわけでもなく、ごく普通の街が見えるものだから、どうしてここから逃げることができないのか、この火事現場から離れることなど容易いはずだ、と思わずにはいられない。

その場から動けないのが現実だった。すぐそこに地上があり、道路も見えているにもかかわらず、移動できない。

「三階から飛び降りたらまずいのかな」

「さすがに無傷ではいられないだろう」僕は言う。骨折くらいは覚悟しなくてはならない。むしろ、骨折で済めば御の字か。

下で事故が起きている、と分かったのはそのあたりだ。眼下の道路に車が詰まっているのは把握できていたが、火事のための渋滞だろうと思っていた。が、よく見れば、何台かが傾き、玉突き事故を起こしている。

鼓動が速くなると同時に、頭の中が暗くなりはじめた。焦りと恐怖が体の中を蝕んでくる。

これは夢なのでは？

ふとその思いが頭を過ぎると同時に、土色の不気味な生き物が思い浮かんだ。周囲が急に、赤土の広がる平地になっていた。平たい体形の、巨大な生き物が目の前にいた。僕は地面に転がった何かに手を伸ばす。

サイレンの音が聞こえたのはその時だ。

巨大な生き物の姿は消える。赤土などはどこにもなく、非常階段にいるままだ。消防自動車が近づいてきたのだ。

夜の街の空気を掻き混ぜるような、騒がしい音がする。一大事だ一大事！　と吠えているみたいでもあった。

よし来たぞ。僕たちは沸き立つ。消防自動車が駆けつけてくれたのなら、後は消火活動を見守るだけ、ここで助けに来てくれるのをじっと待っていればいい。

まだ事態は変わっていないにもかかわらず、僕たちは、少なくとも僕は、安堵した。ホテルの内部を炎が舐めまわり、暴れているのだから安心できる状況ではなかったが、それでも消防自動車の到着は心強かった。

消火活動がどのようなものなのか、どういった段取りで行われるのか、時間はどれほどかかるのか、ほとんどのことは知らなかったが、消防隊さえ到着してくれれば後はどうにかなるだろう、と楽観を抱いた。こうしてすぐに短絡的に、もう大丈夫、と安心してしまうのは僕の良くない性格なのかもしれない。

「はしご車が来て、降ろしてくれるはずだ」

が、いくら待っても非常階段の列は一向に動かなかった。まだかまだか、と焦れる思いがみなに伝染し、苛立ちの言動がそこここに現れはじめた。

はしご車が入って来られないらしい。

ほどなく、その情報が運ばれてきた。僕たちのいる非常階段の面している道路は、表通りに比べると細かったがそれでも、緊急車両の一台や二台は通れる幅があった。入って来られないわけがない。

ただ、事故が起きていた。下の玉突き事故のせいで、大通りから進入できないのだという。

「ということはどうなるんだ」友人が僕を見る。

「はしご車が来ない」

「来ないとどうなるんだ」

不毛な確認だった。

僕は慌てて階段の手すりに体を近づけ、下を見た。街路灯と、どこか離れた場所で回る赤色灯のおかげで、眼下の路上の様子は把握できた。

確かに消防自動車が進入してくる様子はない。

嘘だろ、と僕は途方に暮れる。消防自動車が来たにもかかわらず、助からないなんてことがあるのだろうか。

まわりの人たちもざわつき、収まっていた怒声まじりの抗議があちこちから上がりはじめた。

非常口のドアをもう一度見た。うっすらと壁との隙間(すきま)から煙が漏れ出ている。建物内は煙で大変なことになっているのだろう。

「どうにもならなくなったら、三階からでも飛び降りるしかないよな」誰かの声が階段を転げ落ちてくるかのようだ。足元を震わせる。

確かにそうかもしれない。焼け死ぬよりはきっと、いい。

下の状況は詳しく分からない。僕たちが強く押し、強引に飛び降りていくことになったら大事故に繋がるだろう。

道路に人影が現れるのが見えた。非常階段から見下ろす、路上に、だ。

誰かが、「助けて」と手を振ると、ほとんどそこにいる全員が、僕も、それに追随した。消防士だ。消防士が下にやってきて、こちらを見上げている。

何人もやってきた。何か大声で叫んだが、聞こえない。

彼らが車から降りてきたということは、道が塞がれているのは事実なのだろう。

このまま消防士が何もできずに見上げている中、自分たちが炎に焼かれたり、もしくは崩れた建物に潰されたりするのではないか、と怖くなった。

消防士が一斉に動き出した。

少しすると人が少しずつ、階段を降りて行く。

僕は友人たちと顔を見合わせる。三階より下には行けないのではなかったか。逸る気持ちを抑えた。下で何が起きているのかも分からなかったが、とにかく、階段にいる人は減っている。

悲鳴も聞こえた。絶叫するような恐ろしいものではなかったが、驚きのためにとっさに口から洩れたような声だ。

一か八かで、階段から飛び降りているのだろうか。

次々と列が進む。

早くここから逃げたい、地に足を着けたい、と切実に思った。誰かがまた、「落ち着きましょう」と声を上げてくれる。

そうだ、落ち着かないといけない。

次第に聞こえてきたのは、水の音だった。ぱしゃん、じゃばん、と飛沫が上がっている。やっと列の先頭に辿り着き、非常階段の踊り場に立ち、下を見た時、僕は、「ああ」と声を洩らした。ああ、なるほど。

高さはあるが、躊躇している暇はない。度胸を決めて飛び降りる。

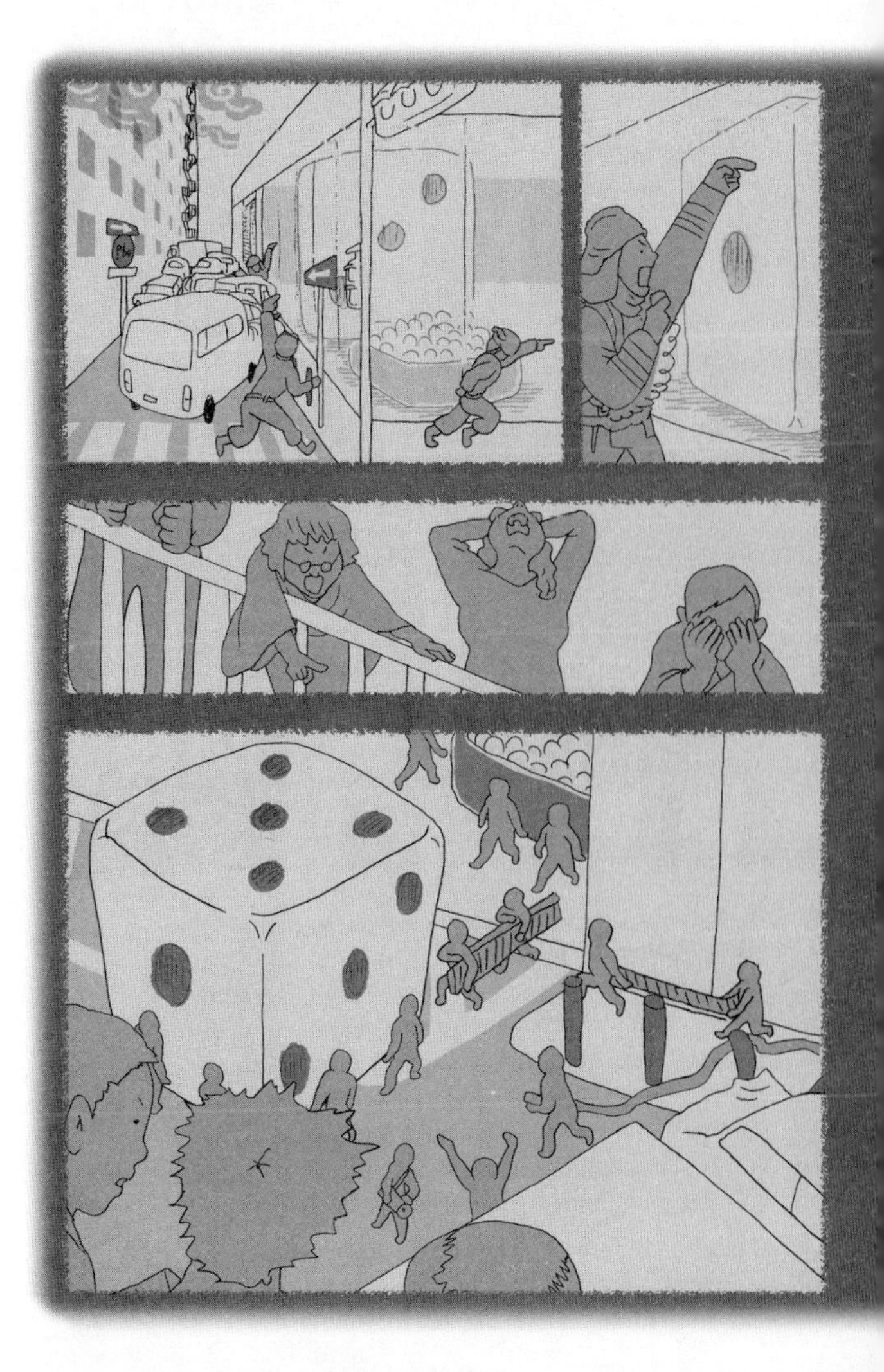

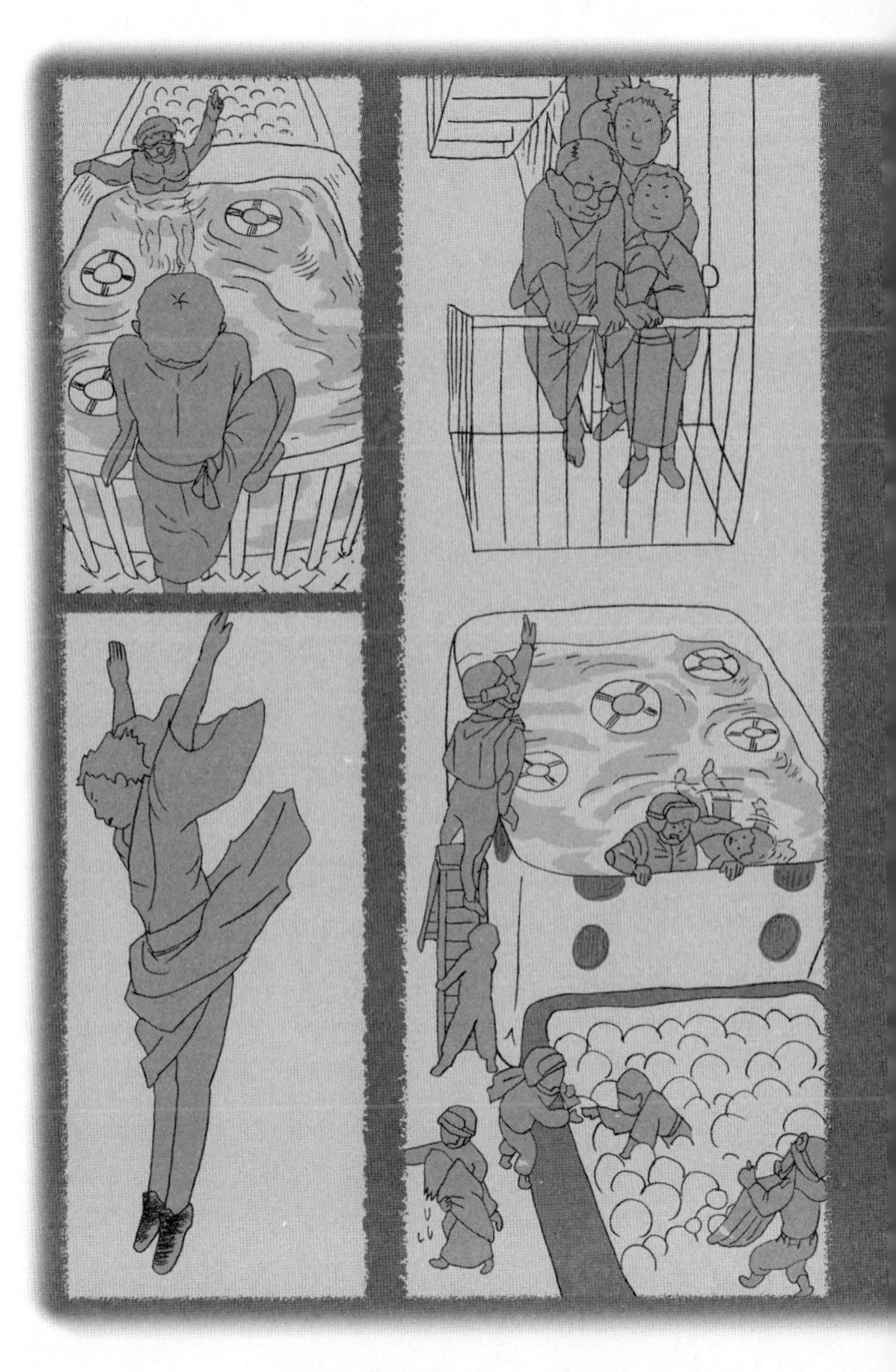

用意してあったベッドに赤ん坊を寝かせる。小さなベッドだと思っていたが、先週生まれたばかりの赤ん坊はまだまだ小さいものだから、広々とした土地にぽつんと取り残してしまったような心もとなさを覚えてしまう。

「梱包材とか詰めたくなるね」と妻が冗談を口にしたが、確かにそういう気持ちになった。

先週から毎日、産院に通い、面会していたものの、こうして出産を終えた妻と赤ん坊が我が家に戻ってくると、自宅が急に神聖な場所に思えた。清廉潔白な者しかここにいてはならないような気分になる。

すぐに赤ん坊が泣き出し、家の中は騒然とする。妻がさっと抱きかかえ、少し揺しながらあやす声をかけた。僕はどうしたらいいのか分からず、赤ん坊をあやす妻を応援するかの如く、まわりを衛星よろしくうろうろするほかなかった。

役立ちたいが、どうすれば役立てるのかも分からない。親から送られてきた子供用の本、カタツムリの活躍する絵本を読むわけでもないのに、めくった。

初めての出産と、昼も夜もなく定期的に母乳をやっている生活で、妻も相当疲れているだろう。目は充血気味で、寝不足が顔に出ている。

リビングのソファーに腰かけ、手際よく母乳を与えはじめた。母乳を飲む赤ん坊の愛らしい横顔をじっくり眺めてしまったが、まるで野次馬のようだと気づき、はっと離れた。

テレビをつけてくれる？　と妻が言う。

仰せの通りに、といった具合にすぐにリモコンを操作した。

ニュース番組が流れていた。スタジオで司会者が、脇に座るコメンテーターと思しき人たちに話しかけていた。

どこかで見たことがある人だ。

映った人物に対してそう感じ、いったいどこで会ったのだっけ、と考えてしまうくらいには、画面に映る池野内議員は纏う雰囲気が変わっていた。

「池野内さんだ」妻がそう言うまで、気づかなかったほどだ。「いつ以来？」

妻に訊ねられて考える。あのサンファンランドでの出来事があって、記者会見の会場で会って以来だから、二ヵ月ほどしか経っていないのではないか。「何か、前より顔が引き締まっているような。あんな皺あったっけ？」

以前から精悍(せいかん)な顔つきには見えた。眉毛(まゆげ)はきりっとし、鼻は高く、目も鋭かったのだが、今は、眉間(みけん)に深い皺ができ、貫禄(かんろく)が増していた。人相が悪くなったとは言わないが、この短期間でこれほど変わるのか、と僕は少し戸惑った。

「離婚したんだよね」妻が言った。

「それはメールで教えてもらった」

「離婚をわざわざ教えてくれるなんて、友達みたいだけど」

「友達だとむしろ、送りにくかったりするのかも。うちはほら、異物混入のあれがあったから、奥さんも知らない仲ではないというか」とは言ったものの、ほとんど知らない仲、のほうが近いのかもしれない。とにかく、サンファンランドのあれやこれやの後、その時にはすでに、池野内議員の愛人が発覚していたこともあるが、すぐに離婚が成立したようだった。もともと一癖あり、感情的な上に攻撃的な夫人だったからか、別れてよかった、疫病神(やくびょうがみ)をようやく追い払った、と周囲からは声が上がっている、と週刊誌の記事で読んだ。

「なんだか池野内さん、最近評判いいんだよね。テレビにこんな風に出て、いろいろ発言したり」

「嫌なの？」

「そういうわけじゃないけど、池野内さんの勢いがすごくて」

「議員にとっては、そういう勢いを作って、乗っかっていくことが大事なんだろうね」

テレビの中では、いったいどういう話の流れなのか、元コメディアンの司会者が、「池野内さん、そろそろ国政に打って出るという噂がありますけど、どうですか」と冗談めかしておだてるような、言葉を投げかけていた。

カメラが、池野内議員の顔に寄った。

「もちろんそのつもりです」彼に迷いはなかった。とはいえ、そこで笑みを浮かべて、視聴者、有権者に親しみを感じさせることも忘れていなかった。

夢の中での戦いは、私たちの現実と関係しています。

夢の中で勝てば、現実が良い方向に変わります。

そう断言し、こちらをまっすぐに見つめる彼の、その熱を帯びた瞳を思い出す。使命感に満ち溢れていた。

マンションのチャイムが鳴った。大きな音で、赤ん坊が慌てふためかないか、泣きはじめないかと気になったが、そうはならなかった。

宅配便の配達だった。僕は印鑑を持って玄関へと駆けた。

段ボールを受け取り、リビングに戻りながら伝票を確認する。

「あ」

「どうしたの？」

「これ、出産祝い。小沢ヒジリさんからだ」少し前に、こちらの住所を聞かれて教えたのを思い出した。綺麗に貼られたテープを剝がす。

中から出てきたのは、乳児用の服だった。今はまだ着られないが、派手な色合いが可愛らしい。一枚一枚、ソファーに座る妻に向かって広げていく。

「小沢ヒジリが選んでくれたなんて、ちょっとすごいね」

「さすがおしゃれな」僕は言ったが、トラのイラストが描かれたものや、クマがプリントされたものが出てくると、苦笑せざるを得なかった。「嫌な思い出が浮かび上がる」

妻も噴き出していた。

箱の底には、メモ用紙のようなものが入っていた。「あれ以来、夢のことは何もない。岸さんはどうですか？」とあった。妻にばれないように、くしゃっと丸めてポケットに入れた。

夢のこと、とは例の、夢の中で生き物と戦う話にほかならないだろう。気になっていたのは僕も同様だった。あの深夜の病院で、池野内議員の話を聞いた後、自分なりに夢の内容には注意を向けるようになっていた。話を聞いたがゆえに、生き物と戦う夢を見る羽目になるのでは、と思うところはあったが、けれど、見なかった。夢を見たこと自体を忘れている可能性はあったが、記憶には残っていない。

テレビに視線を向ける。

喋(しゃべ)り続ける池野内議員は活(い)き活(い)きとしており、じっと見入ってしまう。内容が聞き取れず、リモコンの音量調節のボタンを押そうとしたが、そこで赤ん坊が泣きはじめたのでそれどころではなくなり、テレビを消した。

ぷしゅん、と画面が暗くなる直前、池野内議員の発した「夢を」という言葉だけが聞こえた。国民が夢を持てる国に、とでも言ったのかもしれないが、仄(ほの)かに光る灯りのように、「夢を」の音だけがしばらく浮かんでいた。

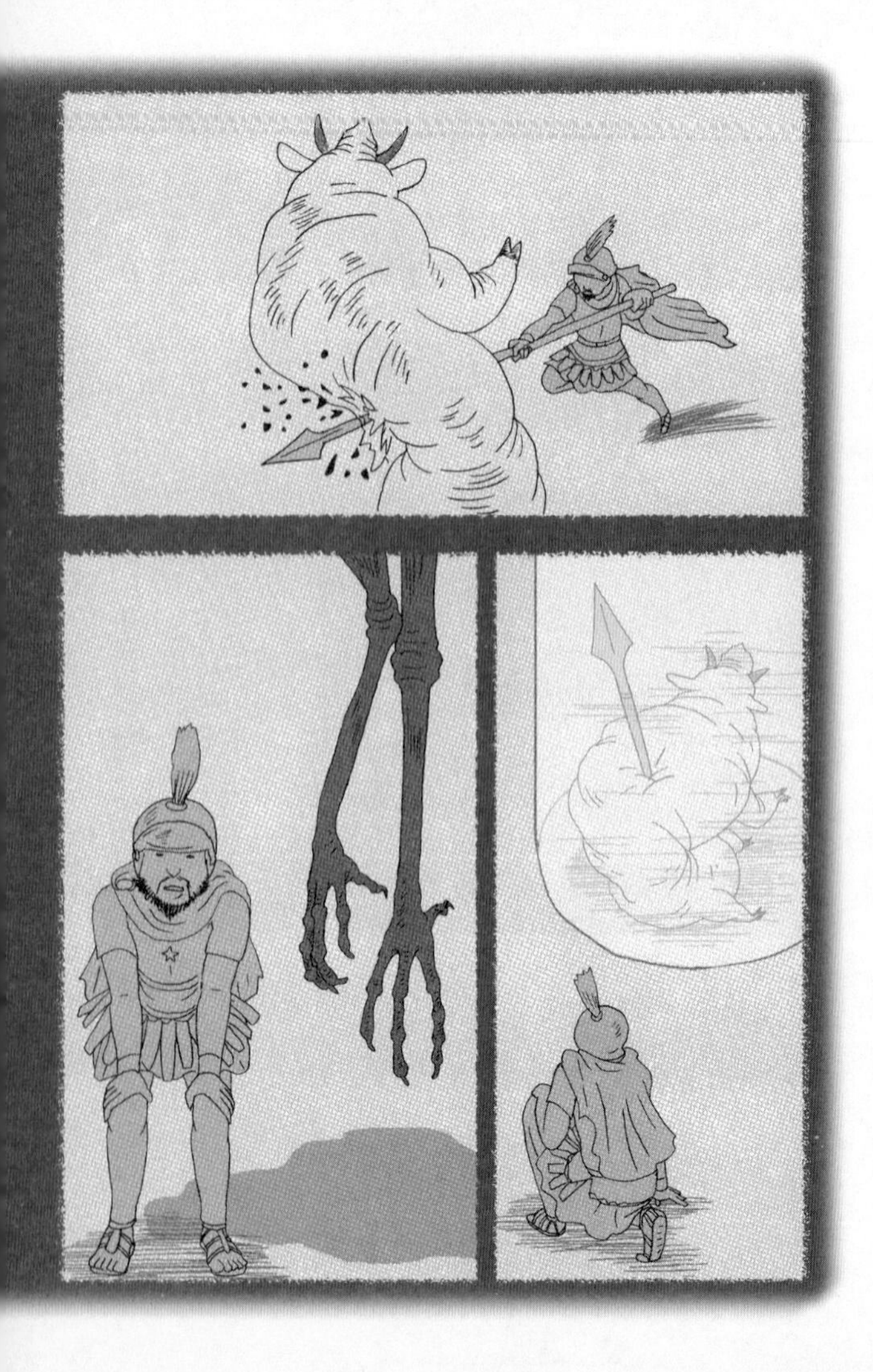

第四章　マイクロチップと鳥

アーケード商店街に行列ができている。先頭では福引が行われており、おめでとうございます二等賞が出ました、特賞です、などと大きな声とともに、からんからんとベルの音が鳴っている。
僕はその列の中盤あたりにいる娘をじっと見ていた。思わず、手を振りたくなるが叱られるのは間違いないため、ぐっとこらえる。
福引の抽選器の載るテーブルに、背の高い男が数人近づいていった。
くじに関心がないのは明らかで、狙いは抽選器を管理する若い女性だった。大声ではないものの、脅すような言葉を吐いた。声は聞こえていないが台詞は分かる。「やっと見つけたぞ」「今すぐ俺たちについてこい」

座っていた美女は蒼褪めた表情になり、立ち上がってうろたえる、ように見える芝居をした。

そこにいつの間にか現れた男性が、「ええと、どうかしました？」と割って入ってくる。

三十代後半にもかかわらず、少年のあどけなさを残した彼は、久しぶりに見ても眩しいほどの二枚目だった。むしろ、歳を重ねたことで人としての奥行きが増したのか、細身の体でありながら力強さに満ちている。

「何だよおまえは」「関係ない奴は割り込んでこないで、福引やっていなさい」と男たちが詰め寄る。

元号を二つ遡っても通用しそうな、新鮮味のない場面だった。

すると彼が突然、ジャケットの内側から拳銃を取り出す。男たちは、銃口が向けられる！と怯むように下がったが、彼が拳銃の先を押し当てたのは、抽選器の前に座る、美しい女性の頭だった。

え、と女性がこれまた芝居がかった驚きの表情で突き付けられた銃口を見つめる。

そこで、ぱんと誰かが大きく手を叩くかのような、威勢のいい音が鳴った。「ＯＫ

です！」弾むような、はきはきとした声が響いた。

体からすっと力が抜け、僕は息を吐(つ)く。意識していなかったが、どうやら体は強張(こわば)っていたようだ。

福引に並んでいた列が少し崩れる。そこにスタッフらしき人物が駆け寄り、指示を出している。

「休憩後、本番行きます」運動部の掛け声よろしく大声を出す男性がいた。

これから本番か。リハーサルの時点でもずいぶん緊張した。というよりも僕はただの見学者で、エキストラですらない。

列の半ばあたりにいる制服姿の女子高生、佳凛(かりん)に向かって手を振った。が、向こうは気づいていないようで、隣に立つ制服姿の男子生徒と、この撮影現場で会ったばかりに違いないが、言葉を交わし、そればかりか笑顔を浮かべているものだから、気が気ではない。

ますます僕は大きく手を振ってしまう。

映画の撮影現場、エキストラでたまたま近くにいた、歳の近い男子と付き合うことになりました、なる展開は考えただけでもぞっとする。

僕たち見学者、映画撮影を眺めに来た野次馬とも言えるが、とにかく僕たちの前にはロープが引かれて、入ってはいけませんと注意も受けていた。手を振ることくらいしかできない。背伸びをし、体を大きく目立たせる思いで必死に手を、腕を振った。

佳凛はまったく気づくそぶりはなく、何ということだ、とがっくりきたが、ふと視線を移動させると、福引の抽選器のあるテーブル、その脇に立つ、先ほど拳銃をつかんでいた見目麗しき男性、小沢ヒジリが僕に気づき、笑っていた。

「岸さんも、佳凛ちゃんのことが気になって仕方がないんですね。鬱陶しがられても、めげずに」

「これはどうにもならないことなんですよ」

「中年男になったら、思いついた駄洒落を口に出さずにはいられない、というのと同じで？」

「小沢さんも結婚したら分かりますよ」僕は言ってから、芸能人にとっては結婚の話題は繊細な問題だろうし、軽率に言うべきではなかったかなと、後悔した。

が、小沢ヒジリは気にした様子もなく、十五年前初めて会った時と同じ爽やかな、屈託のない笑みを浮かべた。

僕たちがいるのは、都内の地下街にある居酒屋の個室だった。初めて会った時も似たような店だったな、と僕は感慨深く思った。

「だけど本当に今日は助かりました。娘も感謝していましたよ」

映画のエキストラ募集の情報をくれたのは、小沢ヒジリだった。

「残念ながら今日のシーンには、T君来ていなかったですけどね」

Tは最近人気の若手役者で、小沢ヒジリと共演することになったのだ。

「その場にいなくても、同じ作品に参加することに意味があるそうです」僕は苦笑交じりに言った。先ほどの現場で、男子高生と思しきエキストラと話をしていた娘を思い出し、それならT君の妄想に焦がれてもらったほうがまだいいな、と身勝手なことを考えた。

「昔の小沢さんも」「昔の俺も」

僕と彼の言葉が重なってしまい、お互い笑ってしまう。十五年前、僕たちが会ったころはダンスグループに所属し、踊ればもちろん、踊らずとも頭を掻く仕草をするだけで、歓声を浴びて全身が黄色に染まるような状況だった。

「今も人気じゃないですか」お世辞ではなかった。さらさらとした髪の香りで女性たちをうっとりさせるような、王子然とした雰囲気こそなくなったものの、リアリティのない美形は変わっておらず、映画の大きなスクリーンに映るたび、はっとさせられる。

「もう、おじさんです」昔に比べて、喋り方も丁寧になった。

「T君もおじさんになりますよ」

「ならないような気がする」小沢ヒジリは拗ねるみたいな声を出す。

小沢ヒジリがダンスグループを辞めたのが七年ほど前だ。ちょうど三十歳になったあたりで役者の仕事に切り替えたのだが、それが成功した。今や、日本映画どころか海外からもオファーの来る俳優となっている。

「岸さんだって、いつの間にか偉くなっていますしね。広報ひとすじ」

ひとすじ、というと誠実なエリートのようにも感じるが、ほかに行き場がない、とも言えた。

「管理職と言うけど、管理なんてさせてもらえず、偉くなんてない上、残業代も出なくなって。手に負えない苦情がやってきた時だけ、頼りにされる」

岸課長、お願いします、理不尽なことしか言わない客が現れたんです。理不尽の王様、キングオブ理不尽、タイガーオブ理不尽です、ああ、そういう意味では岸課長は、トラに勝ったんですから余裕ですよね。囃すように押し付けてくる、調子のいい若い社員もいた。

「世間では十五年前のあのことはすでに忘れられているだろうけど、社内では意外に、語り継がれちゃっているんですよね」肩を竦めるほかない。

小沢ヒジリは、「そんなことあったんですか？　なんて言われるよりはいいかもしれないけど」と目を細めた。「でも、会社員って、偉くなってもいいことないんですか」

「特に権限もなく」

「岸さんの会社の、あのビジョンもぜひ、今度使わせてくださいよ」

当社のビルの中層階に設置された、疑似スクリーンのことだとすぐに分かった。空間に直接、映像を映し出す仕組みを使った広告は、数年前からあちらこちらで見られるようになったが、当社のはその先駆けだった。自社製品の宣伝を定期的に流し、時には、特別に制作されたオリジナル短編映画やダンス映像を放映し、それなりに話題となった。

「岸さんの力で、どうにか映画の宣伝に使わせてください」

「僕じゃ無理です。社長に直談判しないと」

「この間、見ましたよ。岸さんの会社の創業主のドキュメンタリー」

「ああ、あれ。社内的には結構、盛り上がったんですが、世間でそんなに話題になっていなくて」

　地方の小さな駄菓子屋を一代で大きな製菓メーカーにしたのだから、大した人物だとは思うが、さまざまな困難を持ち前の度胸と幸運で乗り切っていくエピソードは、少々、できすぎにも思えた。

「創業主の映画ができる時は、主演させてくださいよ」と彼は笑う。

　料理が運ばれてきた。見知らぬ食材を使ったものだから、興味深くて店員にいくつか質問をし、その後で小さな匙（さじ）を使って二人でむしゃむしゃと食べていたのだが、するとふいに小沢ヒジリが、「池野内さん、大変そうですね」と言った。

　何かと思えば、店の壁に設置されたディスプレイにニュース映像が流れていたのだ。マイクを向けられた、白髪頭の池野内議員が険しい顔をし、歩き去る姿が映っている。

「ああ」僕もうなずいた。「確かに、大変そう」

　池野内厚生労働大臣が違法献金を受けていた疑惑は、この半月ほどで加速度的に注目を集めている。

　補助金交付決定の通知を受けた法人からの一年以内の献金がどうこう、と難しい話題がニュースでは報じられている。製薬会社から選挙資金の援助をしてもらっていた、ということらしい。さらには、三年前、国土交通大臣時代には、宅配業者から多額の献金をもらっていたことも明らかになった。

はじめのうちは、大きな問題になる気配はなかった。池野内議員は「違法性はない」と言い切り、任命責任を問われる首相も、「違法性はない」と自信満々に答え、この件についてはこれにておしまい、と世間も興味を示していなかった。

ただ一週間前、関係者がビルから投身したことで風向きが急変した。

このタイミングで、製薬会社の常務が遺書も残さず亡くなった。何かあるに違いない。世間がそう思うのは自然のことだ。

「口封じじゃないの、これ」と朝食時にテレビのニュースを見た妻も言った。

「さすがに」僕は答えたものの、続ける言葉が思いつかない。さすがに、口封じで人が死ぬようなことはよくあることではないだろう、もしくは、さすがに池野内さんはそんな人物ではないだろう、と言うべきだったのかもしれないが、どちらも気持ちのこもらぬ返事になったはずだ。

「池野内さんと最後に会ったのって、いつ？」

「いつだろう。三年くらい前だったかな。たまたま、お互い打ち合わせの帰りで、大手町で遭遇して」

新商品の仕入れ数や宣伝の相談をするために、大手ネット通販ショップの本社に行った帰りだった。まさに同じビルから出てきた池野内議員とばったり会ったのだ。彼も、その通販会社に用件があった、と言っていた。国土交通大臣がネット通販ショップと関連があるのかどうか分からず、仕事というよりはプライベート、愛人にまつわるあれやこれや、といった想像をしてしまった。

「お父さんって、政治家と知り合いなの？　すごいね」志望していた高校に入学して半年以上が経ち、すっかり今どきの十代生活を満喫している佳凛が、食パンを齧りながら言ってくる。

「知り合いというか」

「佳凛に喋ったことあるっけ？　ちょうど佳凛がお腹にいた頃に起きた、お父さんの会社の事件。マシュマロのお菓子に画鋲事件のこと」

「聞いてないけど、何？　画鋲が入ったマシュマロって売っていたの？　かなりチャレンジングだね」

「今度話すよ」朝の出勤前のばたばたしている時間に話すようなものでもない。

「お父さんも捕まったりするんじゃないの？」

「違法献金で？　さすがにそれは」

「わたしにも献金してくれていいんだよ」

「それはちょっと」僕は苦笑する。「政治資金規正法に反しちゃうので」

そう言ったら娘さんは何と？　と今、目の前で微笑む小沢ヒジリが訊ねてきた。

「はあ？　って呆れた顔でどっか行きましたね」

小沢ヒジリが愉快気に笑い声を上げた。その後で、「池野内さん、肯定も否定もしなくなったし、結構まずい感じがするけれど」と顔を引き締めた。

「顔色というか人相も悪くなって」

テレビに映る池野内議員は日に日にやつれていくのが分かった。彼自身の判断では言えないこともあるのだろうとは想像できたが、こういった事態に追い込まれて、信頼を回復した政治家はなかなか見たことがない。降下しはじめた風船が再浮上しないように、いずれ結局、地面に落ち、遅かれ早かれ割れる。それならば、潔くさっさとすべてを認めて謝罪したほうが失うものは少ないと思うのだが、政治家にしか見えない道筋、もしくはこだわりや矜持があるのだろうか。

「あまりにもとんとん拍子というか、池野内さんの出世速度、すごかったですからね」

僕も強くうなずいた。十五年前、都議会議員だった池野内議員は、衆議院選挙に立候補するとすんなり当選し、あれよあれよと政界の中心人物となった。愛人の存在やサンファンランドの事件など、派手な話題が後押ししたのは間違いなく、有権者が面白半分に応援したのもあるかもしれないが、それにしても、政治に関しては実直で正直、といった印象がなければこうはいかないだろう。

「異例の出世はたいがい嫉妬されるから」社内の人事異動の事例と照らし合わすような気持ちで、僕は言った。

「池野内さんとあっちで会ったのが二十日前なんですよね」小沢ヒジリがパスカを操作し、カレンダー画面を確認している。

夢の中で武器を持って敵と思しき生き物たちと戦った日を、彼は記録しているらしかった。僕をちらっと見て、「岸さんはほんと、あっちのこと覚えていないんですね」と茶化すように言った。

「あいにく」

「池野内さんから教えてもらって十五年も経つんだから、さすがに慣れてもいいんじゃないですか」

「十五年前は、小沢さんも半信半疑だったくせに」

夢の中での戦いが、現実の僕たちの生活と繋がっているのだ、と目を輝かせた池野内議員の話に、僕と同様、小沢ヒジリも決まりが悪そうな表情で、冗談めかした相槌を打つか、愛想笑いを浮かべるしかなかった。

ただそれから二年ほど過ぎたころだろうか、急に小沢ヒジリが、「話せませんか？」と連絡を取ってきた。

「あの時は実は、小沢さんのスキャンダルの相談かと思ったんですよ。熱愛が発覚した、とか」

小沢ヒジリが顔をくしゃっとさせる。「さすがに、そんなことまで岸さんを頼りませんよ」

池野内さんの話、あれ、あながち妄想じゃないかもしれない。

十三年前に会った小沢ヒジリは、苦笑しながらではあったが、顔は強張っていた。真に受けていなかった怪談話の現場で、見てはならぬものを目撃した、と不本意ながらに語るかのようだった。

「三日前に、夢の中で戦っていたんですよ」

三日分、記憶を遡ってみるが思い出せない。夜に就寝したことは間違いないが、夢を見た記憶はなかった。

「たぶん、岸さんとは会っていません。チーム戦じゃなく」

「シングルマッチ?」

「はい。一人で、大きな牛みたいなのと戦って」小沢ヒジリが両手で武器をつかむ恰好をした。「その牛に負けちゃいまして」

「小沢さんが?」

「はっきり覚えているんですよ。牛とはいえ羽が生えていて、すごい速さで飛んでいたんですよね。俺は大剣を振り回して、狙っていたんですが。いつの間にか背後に回られて」

彼は、自分の上空を獣が飛んでいくかのように視線を移動させた。

「体当たりされて、負け。吹き飛ばされました。その後で、ぐるぐる吸い込まれちゃって」

「そんなにはっきり覚えて?」ぐるぐる、の意味がつかめない。

「起きた後もびっくりするくらい、くっきり覚えていて。だから、池野内さんの話を思い出して、負けたからには何か起きるのかと気にしていたら」

「何かあったんでしたか」

「事務所が」

「ああ、脱税発覚！」僕もニュースで見た。スカイミックスという事務所名と小沢ヒジリがすぐに結びつかなかったのだが、テレビを見た妻がすぐに、「ヒジリ、大丈夫かな」と心配したのだった。

「あの巨大な牛に負けたから」

「本気でそう思ったんですか？」

「タイミングがあまりに」小沢ヒジリが肩を竦めた。「しかも、戦った感触が本当にリアルで」と自分の両手を見つめるようにした。

その時はまだ、小沢ヒジリも半信半疑といった具合だったが、以降、会うたびに確信を深めていった。おおよそ一年に一度か二度は会う機会を設けるようになったが、だんだんと、「どうして岸さんはさっぱり、向こうのことを覚えていないのか。こんなに年月が経っているのに」ともどかしさから、むっとされるほどになった。

「いや、何となく覚えてはいるんだ」と僕は説明した。苦しい弁明ではなく、実際にそうだった。朝起きて布団から体を起こした際に、自分よりも何倍も大きな生き物相手に飛び掛かった感触が残っていることが一度ならず、あった。「だけど、小沢さんと一緒にいた記憶はない」

「ああ、それは俺のほうも。あの巨大な熊みたいな奴と戦った時以降は、俺も岸さんとは会ってないです。あれが団体戦だったとすると、個人戦ばっかりで」

「それは」

「たぶん、戦いと繋がる現実の出来事が、俺個人の問題だからですよ」

「どういうこと?」と口にした時には、僕も理解できていた。

池野内議員の主張が正しいとすると、夢の中での戦いの勝敗によって、現実における出来事が影響を受ける。

もしその事件が、僕と小沢ヒジリの両方に関係するものであれば、その時の戦いは二人が参加することになるのかもしれない。事務所の脱税のように僕が関係しないものならば、それに影響を与える戦いにも僕は参加していない。そういうことではないか。

「戦っているのは、僕たちだけなんだろうか?」以前も話題になった疑問を口に出さずにはいられない。

世の中にトラブルはたくさんある。大河ドラマ、朝の連続テレビ小説ではないが、トラブルの連続こそが人生と言ってもいい。

だから、そのトラブルと夢の戦いが一対一に対応しているのだとすれば、それこそ無数の戦いがあり、その無数の戦いが行われるためには、僕たちだけでは到底、間に合わないはずだ。

「ああ、それはたぶん、違います」小沢ヒジリはきっぱりと言った。「実際、違う人と一緒に戦ったことがあります」

自分以外にも仲良くする人がいたのね、と嫉妬する乙女じみた気持ちが一瞬湧き上がり、僕は苦笑する。

池野内議員の話に出た、仲間を選ぶ無数のビラが並んだ場所を、小沢ヒジリも見た記憶があるらしかった。チームを組むべき人物のビラだけが選べることになっているのかもしれない、と言う。

「落ち着いて考えてみれば、俺と岸さんと池野内さんの三人だけがこんな使命がある、なんて無理がありますよね」

「だけど、誰も彼もが夢の中で戦っているとも思いにくい」実感が湧かない。妻も、佳凛も夢で戦っている、というのか?

「全員ではないのかもしれない。たとえば、夢の中の人口とこっちの人口は違うでしょうし」

「どういうことですか?」年下の者から、今どきの若者文化のルールを教わるような気持ちになった。

「こっちと向こうが繋がっているとします。たとえば、紐で結ばれているのをイメージすると、夢の中のAさんとこっちの俺が紐で繋がっていて、Bさんと岸さんが繋がっているわけですよね。こっちは向こうより人が多いから、紐が足りない。向こうと繋がっていない人が必然的に多いことになります」

「Aさんは、僕の夢の中の姿ではないんですか?」

「あ、岸さんはBさん」

「アルファベットはどうでも。いや、僕はてっきり、夢の中で戦っているのは、僕自身かと思っていたので」

「なるほど確かに。その可能性も」小沢ヒジリがうなずく。「ただ俺が思い浮かべたのは、夢の中の世界はあくまでも夢の中の世界で、繋がってはいるけれど一緒ではない、というか。あくまでも、向こうと呼応する人間がこっちにはいる、という感じじゃないかと想像したんですけど」

「厳密に言うと、向こうで戦っているのは僕たち自身ではない、ということ?」だとすると、夢でその呼応するBさんが戦っている様子を、僕はただ眺めているだけ、となる。

うーん、と彼は小さく唸った。「眺めているだけって思うと寂しい」と歯を見せた。「できれば俺自身が、あっちで活躍していてほしいな。どちらにせよ、ほかにも夢の中と紐づいている人はいる。そう考えるほうが自然ですよ」

「まあ、そうですよね」答えつつも、いったい何が自然で何が自然ではないのか、混乱してくる。

「あれを思い出しましたよ。金沢の法船寺」とも小沢ヒジリは言った。「覚えていませんか？　岸さんも行ったんですよね」

「そうですそうです。あれも夢が関係しているじゃないですか。和尚の夢に猫が出てきて、仲間が必要だ、って」

「猫の！」

そして実際に、猫は別の猫を連れてきて大鼠を倒すのだ。

夢と現実が繋がっていたり、恐ろしい大きな生き物を倒したりしてくれるところは確かに重なっているかもしれない。

義猫塚のように、僕たちの塚もできるのだろうか、と考えてしまった。

それから僕は、小沢ヒジリにお願いをした。夢での戦いの情報を今後も教えてほしい、と。僕が登場してきた場合はもちろん、彼が一人で戦った場合も、現実の出来事と本当に呼応しているのかどうか知りたかった。

そうしましょう、と小沢ヒジリは予想外に簡単に了承してくれた。「でもまあ、すぐに岸さんも、あっちのことを覚えているようになりますよ」とも言った。「これは俺のイメージなんですけど、何回か経験することで向こうとの紐が強くなるというか、何度もなぞると、はっきりするような感じじゃないかな。だから、岸さんもこの後、あっちの夢を見ていけば、覚えていることも増えると思うんです」

なるほどそうかも、と答えたものの、自信はなかった。少し教えてもらっただけでバク転ができる人もいれば、いくら丁寧にコツを伝授されても、まったく回れない人間もいる。

そして今、十年以上経過したにもかかわらず、依然として、夢での戦いのことは明確には思い出せない。

「前よりは、少しはくっきりしてきたんだ」勉強ができずに見捨てられるのを恐れるようだ。何とか頑張るので見放さないでください、と。

もちろん、嘘(うそ)ではなかった。戦いのあった夢を見た後は、「もしかすると」と感じるようになった。戦った生き物の造形、自分一人だったか仲間がいたのか、どのような武器で、どのような攻防があったのか、それらのぼんやりとした感触が残っているのだ。

「メモしたほうがいいですよ、岸さんも」小沢ヒジリは手元のパスカをつかんで、振った。「二十日前は、岸さんも一緒にいましたよ」

「池野内さんも？」

「ええ。久しぶりに三人そろって」

それから僕と小沢ヒジリはごく普通の雑談を交わした。彼は依然として当社の商品をよく食べてくれており、新商品の感想や消費者としてのアイディアを提供してくれた。さらに彼が数年前から出演している映画シリーズを僕が好きだったものだから、ひとしきり裏話を聞いた。

「岸さんの話も聞かせてくださいよ」

「僕のほうは特別なこととかないからなあ」

「特別じゃない話が一番いいですよ。家族のこととか。奥さんはお元気ですか？」

「まあ、年相応に」僕同様、彼女も四十代半ばで、更年期による体調不良を訴えはじめてきたが、それでも重いものではなかった。「でも不思議なもので」

「何がですか」

「あの時、君が助けてくれなかったら」思い浮かべていたのはもちろん、十五年前のサンファンランドでの場面だ。

急に近づいてきたツキノワグマに驚き、僕は後ろに倒れ、もはやこれまで、とほとんど諦めていた。ツキノワグマに罪はない。通り魔殺人鬼でもなければ、自分の身勝手で暴力を振るうパワハラモンスターでもなく、単に、自らを守るために必死なだけなのだ。

あそこで小沢ヒジリがバク転なのか前転なのか、とにかくツキノワグマもさすがに怯むダイナミックな動きでやってきてくれなかったなら、一巻の終わりだった。

僕が今こうしてここにいるのも、家族で暮らしていられるのも、彼のおかげだ。

小沢ヒジリは照れ臭そうにこめかみあたりを掻き、「でもその後、岸さんには何度か助けられているんですからね」と言った。

助けた記憶はないのだけれど。ひねりのない嫌味かな、と思っていると小沢ヒジリが、「あっちで」と付け足した。

「あっち」

「俺が、バカでかい馬みたいなのに連れ去られそうになった時、岸さんが光る矢を投げてくれて」

「光る矢？」

「空に向かって投げた矢が、閃光を発して、相手を攪乱させてくれるんですよ。目をやられた馬が、俺を離したから助かりました」

「まったく記憶にない」

「かなり助けてもらってますよ」

「あの、僕は何の武器を使っているんでしたっけ」池野内議員からも説明を受けたはずだが、どうも覚えていない。

「スローイングアロー」言いながら彼がにやっと笑う。「ってあっちでは呼ばれています」

「スロー？」

「投げる矢ってことですよね。打ち矢って知ってますか？　あれとほとんど同じです。紐がついた矢を投げて相手を刺すんですけど、紐がついているんで回収できるんです」

「何のために回収するんだろう」

「矢を節約できます」

海で使う銛と同じようなものだろうか。それを使っているような実感は、もちろんない。

「一回失敗しても、もう一回投げられますね」と彼は笑う。なぜか、「一回失敗しても、もう一回」の響きが引っかかった。

「どうかしましたか？」

いや、何だろう、と僕は答えるほかなかった。

話はまた別の、お互いの近況に戻ったが、途中で壁のディスプレイがスポーツ中継からニュース映像に切り替わった。

見るともなしに見てしまう。アジアの農村で鳥インフルエンザの感染者が死亡した、という見出しが表示されている。

新型のインフルエンザ、特に鳥インフルエンザと呼ばれるものの脅威は、昔から定期的に話題に上っていた。そのたび、「今はまだ大丈夫だけれど、インフルエンザウィルスの変異によっては大変なことになりますね」とまとめられていたように思う。そして十日ほど前だったか、「ヒトからヒトへの感染」がついに確認された、とネットニュースに記事が出ていた。今までのウィルスに比べると、重症化するケースが多くなる、と。いや、多いどころか、感染力は過去にないほど強く、致死率も高いのだという。

「怖い」僕は口に出している。「死者が出たんですね」

「でもまあ、時々、こういうのあるじゃないですか」小沢ヒジリは、心配する僕のことを意外そうに見た。「新しい病気が出た、って。最初はぴりぴりしているけれど、あれっていつの間にか収束しているんですよね」

「今までは、たまたま何事もなかったけれど」今回もそうなるとは限らない。

それから僕の頭には、患者に寄り添う医師たちの姿が浮かんだ。国から派遣された者もいれば、さまざまな団体のメンバーもいるだろう。たまたま、などではない。使命感を背負った者たちのおかげで、彼ら彼女らが命がけで治療や、ウィルス封じ込めに力を注いだ結果だ。

「もしかすると、お医者さんたちが、あっちの世界でもすごい相手と戦っているのかもしれないですね」小沢ヒジリが真面目(まじめ)な顔つきになった。

「戦っている？　どういうことですか」

「池野内さんが言っていたように、あっちで、夢の中で、大きい生き物との戦いが、こっちの現実に影響を与えるんだとしたら」

あっちが夢で、こっちが現実、というフレーズが頭の中に残る。

「勝てば状況が好転するけれど、負けたら大変に。だから、お医者さんたちはあっちの世界でも必死に戦って、勝利して、そのおかげで今までは何も起きていなかったんじゃないか、って」

「頭が下がる」

「負けたら、大変なことになりますね」小沢ヒジリは言ってから、「戦っているのは、俺や岸さんの可能性もありますし」と肩を竦めた。

　自分の顔が引き攣るのが分かった。感染症に関する出来事は、決して小さなトラブルではない。そんな大きなことの責任を、たとえ夢の中とはいえ担う気にはなれなかった。

「岸さん、そんな怖い顔しないでください。勝てばいいんですよ。岸さんは覚えていないんでしょうが、俺たちはなかなか強いんですから」

「強い、と言われても」自信にも、安心にも繋がらない。

「大丈夫です。今までも勝ってきました」

　そもそも、どうして夢の中で僕たちは、敵と戦っているのだろうか。こちらの世界のトラブルに影響を与えるため？　つまり、「良い結果」となるか、「悪い結果」となるかを決めるコイン投げのような役割なのだろうか？

　あちらにはあちらの目的があるのかもしれない。そう思い、小沢ヒジリに訊ねると彼は、少し首を傾げた。「確かに、それが分からないんですよね」

「分からないのに、僕たちは戦っているのか」

「案内役みたいな鳥が、ほら、あのハシビロコウが、毎回、指示を出してくれてるんですよ。あっちの方角にいる敵を倒すように、って。それに従って、討伐するような感じです」

まばたきをした一瞬、ハシビロコウの顔がぱっと瞼(まぶた)の裏に映った。じっとこちらを見つめているものだから、ぎょっとし肌が粟立(あわだ)った。

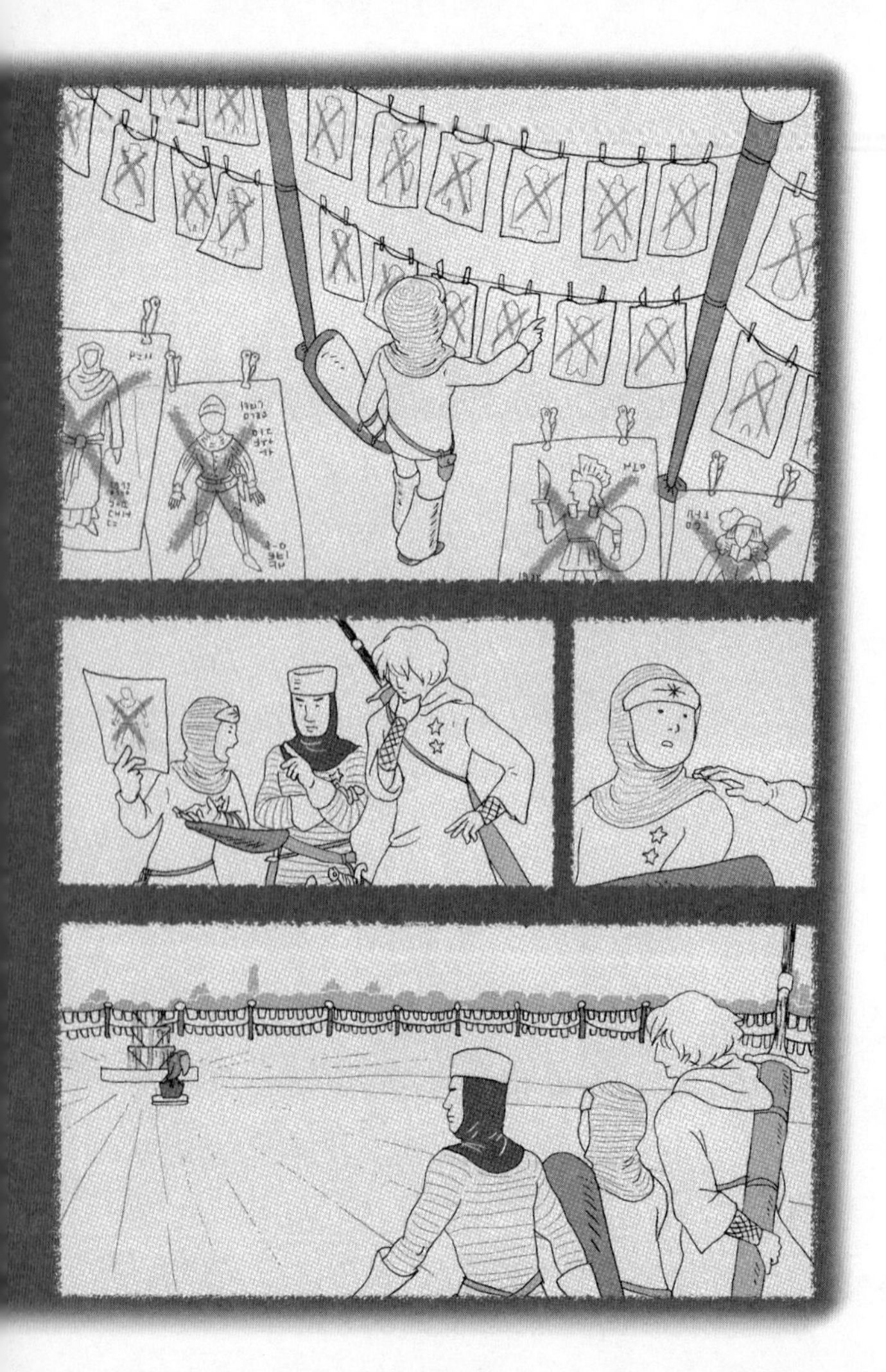

「どうしたの」妻が呼びかけてきて、僕ははっとする。

「いや、テレビからメールが」と言ってしまう。片手でつまむようにしてパスカを持ち上げる。メッセージ着信の通知が表示されているのだ。

「テレビから?」彼女も視線をテレビへ向ける。

朝食時にいつも流れている情報番組だ。社会事件を紹介するコーナーで、映っているのは池野内議員だった。

「池野内さん」とマイクを向けたリポーターが近づく中、背中を向け、そそくさと立ち去る姿が見えた。「後ろめたいことがあるから逃げるんじゃないですか?」と全世界の正義を背負ったかのような態度で追いかけるリポーターは、いつの時代も勇ましい。

「テレビの人からメッセージが届いた」と言いながら、もう一度、パスカに目を落とす。池野内議員の名前が表示されている。

「こっちは録画でしょ」妻は冷静に言う。「何の連絡なんだろう」

三年前、大手町でばったり遭遇して以来、会うことはもちろん、メッセージのやり取りすらなかった。「間違えたのかもしれない」

「慌てちゃって誤操作したのかな」

僕はその場でメッセージを読む。

岸さんへ、と書かれているのだから、間違いや誤操作ではないのは明らかだった。

明日の土曜日、お会いできませんか。

短い文章があるだけだった。その画面を妻に向けた。

「会いに行ったら、検察特捜部が待ち構えていたりして」

「製菓会社からの違法献金について、とか?」冗談交じりではあったが、実際、恐怖はあった。知り合いとはいえ今まさに、マスコミに追われている政治家からの誘いなのだ。「どうしよう」

「ちょっと怖いけれど」妻は言ってから、テレビに眼差しを向けた。「池野内さんが困っているのは間違いないよね」

「無実なのかどうか」

「あと、十五年前、池野内さんにわたしたちが助けてもらったのも事実」

「恩人の危機に、見て見ぬふりは良くないかな」

「理想を言えばそうね」妻はやはり歯切れが悪い。「だけど悩むなあ」と笑い半分に、大袈裟に苦悩する声を出した。「怖いことに巻き込まれて、うちに何かあったらつらいし、佳凛のことも心配だし」

「かといって恩人を見捨てるのも」

「悩ましいなあ」

僕もまったくの同感で、悩みを持ち込んできた池野内議員に腹立たしい思いも抱いてしまう。


池野内議員が指定したのは、公園の広々としたトラック脇にあるベンチだった。木製の、雨風によりずいぶんぼろぼろになった古いベンチが等間隔で並んでおり、そのうちの空いているところに座っていてほしいと言われた。

十一月の半ばで、東京近辺もすでに寒い空気が覆っている。公園でじっとしていたら体調を崩す、と妻に厚着を勧められて助かった。ダウンジャケットを羽織っても寒く、マフラーさえ欲しいくらいだった。

池野内議員に会いに来たことが正解なのかどうか、まだ分からない。関わるべきではない、とは思った。

恩があるとはいえ、この十五年近くの間に面と向かって会ったことはなく、年賀状でのやり取り程度の関係だった。

後押しとなったのは、娘の佳凛の言葉だった。

子供を心配させるべきではない、と思ったものの、抱えている問題は家族で共有したほうがいい、と簡単に状況を説明したところ、「話くらい聞いてあげたらいいのに」とあっさりと彼女は言った。

「巻き込まれるかもしれない」

「巻き込まれないかもしれないんでしょ」

「まあ、そうだけど、何かあったら」

「何かあってから考えればいいじゃん」

じゃあ行ってきます、と家を出て行った娘に、無責任で気楽なポジションはいいもんだな、と羨ましくなったが、確かに、事が起きる前にああだこうだと心配し、「会えません」と答えるのも滑稽に感じてきた。

池野内議員の用件が気になったのも事実だ。

「久しぶりですね」

座っていたところに声をかけられ、はっと顔を上げれば池野内議員が立っていた。

薄手の黒いコートを着ており、背筋が伸びている。

すぐに立ち上がり、久しぶりです、と僕も挨拶(あいさつ)をする。「池野内さんは覚えていないかもしれませんが、三年前」

議員ともなれば、日々、大勢の人たちに会うのが仕事だろう。いつ誰と会ったか、しかも特別な利害関係にない相手ともなれば、記憶に留めておくのも難しい。そう思っていただけに、すらすらと彼が、「大手町で会いました。それ以来ですね」と言ったことには驚いた。

「ちょっと一緒に行ってほしい場所が」池野内議員が言って歩きはじめたため、僕も続いた。

裏手に待っている車に連れていかれ、そのまま押し込められて恐ろしい場所に連れていかれる、という展開をなぜかその時は思いつかなかった。

サッカーボールを持った小学生のグループが前から来て通り過ぎていき、しばらくすると今度はバスケットボールを抱えた中学生らしき集団とすれ違った。公園の奥にバスケットゴールがあるのだろうか。

「いったいどこに」

「岸さんもご存じの通り、今の私は結構人気者で」

池野内議員の言葉が何を指しているのか、遅れて気づいた。まわりを見渡す。「マスコミですか」

「マスコミはそれほどしつこくないですね」

「検察ですか?」

「それに雇われた人たちかもしれませんが」

検察が尾行を外部の誰かに委託するとは思えなかったが、もちろん僕の常識では計り知れないことはいくらでもあるだろう。もしかすると、非公式な捜査もあるのかもしれない。

広々とした公園だけに見晴らしはいい。振り返ってもそれらしい人の姿は見当たらなかったが、それらしい人とはどのような人なのか、僕自身分かるはずもない。

「あの、いったい」

「球技っていろんな種類があるんですね」

公園ですれ違った、さまざまなボールのことを思い出しているのだろうか。駐車場の手前では、私服の若者たちがバレーボールをぽんぽんと上手に飛ばし合っていた。てっきり駐車場から車にでも乗って移動すると思っていたのだが、意外にも行き先は公園の向かい側、車道を横断歩道で渡った先のゲームセンターだった。今、流行りの西部劇早撃ちゲームが店の外に設置されており、画面の中から浮かび上がるガンマンが、手招きをしていた。

店内に入ると、さまざまなゲーム機やバーチャルクレーンゲームが並んでいたが、池野内議員が迷わずに向かったのは、若い女性、十代の女の子たちの列の最後尾だった。

「岸さん、一緒にこれ、お願いします」

「プリクラ？」

写真を撮影し、その場でシールとして印刷してくれる機械「プリクラ」は、半世紀ほどの歴史を積み重ねた伝統的な娯楽設備であるにもかかわらず、懐かしい過去の機械とはならずに、若者相手に現役活動を続けている。どの時代であっても、「プリクラ」は若者のためのものだ。実際、僕たちの前にいる女性たちは、僕たち二人を異質な生き物でも眺めるように、ちらちらと視線を寄越してきた。

盗撮防止のためか、男性のみの利用を禁止する店も多いはずだが、ここには注意書きはなかった。

気まずいにもかかわらず立ち去らなかったのは、このまま池野内議員を一人でプリクラの列に置いていくわけにはいかない、という奇妙な使命感があったからかもしれない。

やがて順番が回ってきて、僕たちは奥の機械の前に移動する。写真撮影のために、機械はカーテン状のものに覆われており、その中に入った。

池野内議員は、パスカで支払いを済ませ、画面を操作しはじめる。

横に立つ池野内議員を、僕は目の前のプリントシール機の画面越しに見た。

「少し太りました？」

「私腹を肥やしましたからね」彼は言い、自嘲気味に笑った。やっと話が交わせる、という様子だ。「こんなところで申し訳ないです。内緒話ができるところならどこでもよかったんですが」

「大丈夫なんですか？」

「ここは機械多いですから、時間がかかっても彼女たちは怒りませんよ」

「プリクラの行列のことではなくて、池野内さんです。ニュースでよく見ます」僕は言った。直球質問をぶつけるべきかどうか、悩んだのは一瞬のことだった。会う機会は限られているのだから、ためらっている場合ではない。「あれ、本当なんですか？違法献金。製薬会社からお金をもらって」

「本当です」

「ああ」

「期待を裏切って申し訳ないです」

「池野内さんは物腰が柔らかくて、見た目も紳士的ですから騙されちゃうんですけど、意外に常識に縛られていないですよね」十五年前、やむを得なかったとはいえ、大勢の愛人を抱えていると公表してしまったくらいだ。倫理的な面では期待していなかったですよ、と付け加えたかった。

それから、池野内議員の奥さんのことを思い出した。会ったことはなかったが、いまだに声を覚えている。画鋲が入っていてもいいってことですか！　当社にクレーム電話をかけてきた声だ。異物混入の真相がその彼女の狂言で、なかなか癖のある奥さんだと分かった時には、池野内議員に同情すら覚えた。

「政治家が違法献金をもらうのは、逆に、常識的だったのかもしれません」

「どういう意味ですか」

池野内議員がポケットからパスカを取り出した。メッセージ着信があったのだろうか。

「私から献金を求めていたわけではないのですが」

直接的に、「金銭をちょうだいな」と求めなくても、仕草や表情、もしくは阿吽の呼吸で相手が応えてくるケースはあるだろう。池野内議員は「私のほうはサインを出していないのに、向こうが勝手にそう受け取った可能性はあります」と言った。「常識的なことだから、と」

言い訳ですよそれ、と批判する気にはなれなかった。池野内議員は心底困っている様子で、意に反しての献金だったと真剣に主張している。

「向こうが勝手に、ってそんなことあるんですか？」

僕が聞いたところで、光が放たれた。

プリントシール機がいつの間にか作動し、撮影が行われたのだ。

「ありましたね」池野内議員が言った。

「ありましたね？」

「私が危機一髪のところで、岸さんが光る矢を投げてくれたことが、ありました」

あっちの話、だとは察した。小沢ヒジリにも教えてもらったことだ。スローイングアローの使い手の僕は、時折、光を放つ矢を使い、敵を攪乱させる。そんなことを自分がした実感もなければ、記憶もないが、役立っているのなら良かった。

「最近、あっちでのことは覚えているんですか？　ちょうどこの間、小沢ヒジリさんとも話をして」

「ああ、小沢さん」池野内議員の声が少し弾んだ。

「池野内さんは相変わらず、向こうで戦っているんですか？」

彼は少し笑った。「私だけじゃなく、岸さんも戦っていますよ」

うーん、と唸ってしまう。「記憶にないので」

あっちにいるのは僕自身ではなく、僕と紐づいた別の存在の可能性もある、と小沢ヒジリと話していた仮説を口にしてみると、「その可能性はありますね」と池野内議員もうなずいた。「あちらにいるのは私のようでいて、私ではない。ただ、その場面、経験を共有しているのかもしれません」

「あっちで勝つとこちらの現実が変わると、今も信じていますか？」

馬鹿にしているように聞こえなければいい、と思いながら口にした。実際、小沢さんは信じているようですよ、とも付け足す。

「ああ」池野内議員はぼそっと洩らし、正面を見た。僕も同様に前に視線をやる。画面を通じて、向き合う。「最近、少し考えが変わってきました」

「そうなんですか？」あれほど強く主張していたのに？

ただそれ以上、彼が説明する気配はなかった。「今日、岸さんに来てもらえて良かったです。ほかに頼れる人がいなくて。他の政治家、官僚、支援者、利害関係のない相手は数えるほどです」

政治家というものはそうかもしれない。「愛人がいるじゃないですか」とは、からかうつもりではなく、本音だった。僕よりもよほど信頼できるだろう、と思ったのだ。

「彼女たちも意外に、利害関係はゼロではありませんよ」池野内議員は目を細めた。深い皺が増えており、初めて会った時の爽やかさは蒸発し、もみくちゃに揉まれてきた力強さが滲み出ているが、笑うと少し若返った。

「それであの、用件は」

機械の動作音がした。池野内議員が少し腰をかがめ、シールを持って体を起こす。印刷されたばかりの二人の写真がそこにあった。妙に加工され、二人とも顔の肌が真っ白になっており、おまけに瞳が黒目がちに加工されている。

彼はそれを半分にぴりぴりと切ると、片側を手渡してきた。

「これ、取っておいてください」

「え」

「私に何かあったら、これで思い出してください。伝えたいことがありますので」

遺書を託されるような重さを覚える。「あの、もし何か伝えたいことがあるなら、ご自分で」さっさと発表すればいいのではないか、と思った。

「うまくやらないと、すぐに消されます。昔ならインターネット上に発表する手もありましたが、今は、フィルターも発達してますからね」

犯罪防止、有害情報の抑制、個人情報保護、さまざまな聞こえのいい名目を盾に、情報のフィルタープログラムが導入されたのが数年前だ。必要最低限の機械的な濾過、と謳い、検閲には当たらないとされているが、政治家に都合の悪い情報も削除されている、と都市伝説的に言われてもいた。

「フィルターって、あれ、本当なんですか？」

「可能性はあります。人工知能の研究も進んでいますし。そうじゃなくても、ネット上の私の発言を、追い込まれた政治家の、真偽不明の耄碌メッセージと思わせることくらいは訳ないです」

ネット上の情報を、論理的な反論だけでなく、揶揄や詭弁、不審な同調者の参加などを駆使し、骨抜きにする手法は日々進歩している。その言葉に説得力があった。

「いったい、池野内さんは」何を伝えたいんですか。そう言うより前に、彼はプリントシール機のカーテンから出て行ってしまう。

慌てて外に出たがすでに池野内議員の姿はなく、プリントシール機を待つ列の先頭の女性たちが、僕を怪しみながら立っているだけだった。

池野内議員はどこに消えてしまったのか。幻だったのではないかと思いそうになるほどだ。

呼び出しておいて、こんな風に放り出すとは。むっとしたが、もはやどうにもならない。

僕もその場をそそくさと立ち去るしかなかった。

背広を着た男二人に呼び止められたのは、ゲームセンターを出た直後だ。ずっとついてきていたのか。

「少しお話を聞かせてもらってもよろしいですか?」

僕と同い年ほどの男性で、髪は短く、目つきが鋭い。

「国会議員の池野内議員とどういったご関係ですか?」

「え」

「今、一緒にお店にいましたよね」

悩んだのは一瞬だった。ここで妙に白を切ったり、嘘をついたりするのは得策ではないと判断した。最も怪しまれないのは何も隠さないことだ。「呼び出されて、僕も何が何だか。池野内さんには昔、お世話になったことが」

「よろしければどういったお世話か、教えていただいてもよろしいでしょうか」

言葉は丁寧だがかなり威圧的だ。「どういったお世話」なる言葉も言い回しとしては妙で、かなり無理して下手に出ているのが明らかだった。

十五年前の出来事、サンファンランドで池野内議員に助けられた時のことを話した。予想外だったからか、彼らはふっと警戒心を緩め、「ああ、あの」と本心から驚いた顔をした。

「ですから恩人ではあるんですが、特に親しいわけでもなくて。それが急に連絡が来て、何かと思えば、ここに」

「何の話を？」「何も」「何も？」

疑うのも仕方がない。ゲームセンターのプリントシール機で写真を撮影し、シールをもらっただけだと話した。

「シール、見せてもらってもいいですか？」

はあ、と言いながら僕は鞄から取り出したシールを手渡した。彼らはそれをまじまじと眺めると少し持ち上げ、僕と見比べるようにした。美白加工や、瞳を大きくする修整の入った写真と並べられることはこの上なく恥ずかしかったが、ぐっとこらえる。よく笑わないでいられるものだ。

東京の新名所として設置された、東京駅前の時計台の写真が背景に映っている。

「この写真に意味があるんですか？」とシールを返してくる。

「僕が知りたいです」これも正直な気持ちだった。「記念なんでしょうか」

彼ら二人は顔を見合わせると、特に挨拶もなく遠ざかっていく。

腹は立たなかった。緊張していたのか、詰めていた息をゆっくりと吐き出す。


帰宅したところ、ダイニングチェアに座った妻がテレビを観ていた。池野内議員とのことが気になっているのだろう、と思い、「ゲームセンターで写真を撮ってシールを作っただけだったよ」と、「今回のあらすじ」を早口で話した。てっきり、「ゲームセンターでシール？　何それ」と反応があると思っていたのだが、意外にも返事がなかった。じっとテレビを眺めている。

もしかすると池野内議員の献金疑惑に進展があったのかと画面を見たが、違った。

鳥インフルエンザの感染死亡者が増大していることが伝えられているのだ。

つい先日、死者一名のニュースが流れたばかりだったのが、すでに海外で数十名が亡くなっている。

死者の中には医療関係者も含まれている、とあるのが不穏さを増していた。「もしかすると、お医者さんたちが、あっちの世界でもすごい相手と戦っているのかもしれないですね」と小沢ヒジリが言っていたのが思い出された。彼らはあっちの世界で敗れ、だからこちらの世界で亡くなってしまったのだろうか。夢の勝敗がこちらの命の問題にも繋（つな）がりうると思った瞬間、背中が寒くなった。

「今、入ってきたニュースですが」とアナウンサーが、スタッフからタブレット端末を手渡されている状況が、緊急事態を思わせ、胃がきゅっと締まる。

「都内在住の男性から鳥インフルエンザが検出されたという情報が入りました」

え、と僕は声を出した。都内？　とは日本の東京都、ということ？

鳥インフルエンザ流行の恐怖は念頭にあった。対岸の火事のような他人事（ひとごと）ではなく、こちらにも飛び火してくる恐れは抱いていた。ただ、まだ海外の話、アジアの農村で一人亡くなったという情報がついこの間あったばかり、といった認識で、感染者が拡大するにしても段階を踏み、少しずつこれから、と思っていた。

それが急に、こちらの近くに飛び込んできた。十五年前のサンファンランドのあの出来事を思い出した。逃げ出したツキノワグマが遠くに見えたが、少し目を離した隙（すき）にあっという間に近くに移動していた。大きな体がすぐそこにあった。あれだ。過程がなく、いきなり、「絶体絶命」の状態に放り込まれた気分だ。

翌週から二泊三日の福島出張で、来年に開催されるイベントの下見だったのだが、若い社員と一緒に列車に乗りながらも、ネット上の情報をたびたび検索した。
感染したのは誰だ、と首相暗殺の犯人を捜すかのような熱で、次々と、「感染者」の情報が発表されている。ニュースによれば、現時点では、「都内在住の男性」としか明らかではないから、大多数は、もしくはほぼすべてが嘘情報なのだろうが、どれもこれも真実味のこもった書きっぷりだった。
これは空港の検疫官から聞いたのだけれど、親戚の感染症専門家がこっそり教えてくれたのだけれど、という前置きは明らかに怪しいが、それでも十のうち一つくらいは真実が混じっているのでは、と思ってしまう。さらに、「ほかのデマを信じないでください。私が本当のことを伝えます」と但し書きがあれば、これぞ事実だ、と鵜呑みにしたくなる。
一般のニュースページを読めば、感染症のことはメインでは扱われておらず、サッカー日本代表選手と、オリンピック銀メダリストの体操選手との不倫ニュースにスペースが割かれていた。池野内議員の不正献金疑惑も、さすがに新情報がないせいか、目立つ場所には記事が見当たらない。

「岸課長、まいりましたよ」隣に座る若手社員が、弁当を食べ終えた後でふと言った。

何がまいったのか。やはり、上司と一緒に同じ列車に並んでいくのは気を遣うだろうから、別々に乗ればよかった、という話なのかと思ったが、彼は、「昨日、娘が保育園で熱を出して、早退だったんです。今朝は平熱に戻ったので連れていったんですけど」と話してくる。「ほかの保護者にじろじろ見られちゃって」

「何で？」

「ほら、例のインフルエンザのことがあるから」

ああ、と僕も急に口を塞ぎ気味になった。「だけど、インフルエンザだったら一日じゃ熱も下がらないだろうし」

「仕事が忙しいと、熱が下がらなくてもしれっと無理して通園させる親もいるみたいで。おまけにうちの娘がたまたま咳込んじゃったりしたものだから」

「みんな、不安だからなあ」

「だけど日本中、風邪ひいたり、咳したりしている人、たくさんいますし、感染したのが誰なのか、発表してほしいですよね」

「そうなったら大変だよ」

「みんなで、誰が犯人か疑心暗鬼に落ち入ってるよりも」

「ほら、犯人って言っちゃうくらいだから」昔のニュースを思い出した。やはりあれも新型インフルエンザだった。いつの時代も現れるのは、新型だ。修学旅行先の海外で感染した高校生が非難され、学校全体がウィルスを国内に持ち込んだ破壊者として糾弾された。その結果、校長先生が亡くなった。その話をすると、若い社員は、「えーそんなことあったんですか」と言った。驚いた口調でありながらも、どこか他人事な言い方であるのは、実際、他人の話だからなのか、昔の話だからなのか。

どうしてもあれが納得いかないんですよ。

そう言っていた若者の姿が、それこそ十数年ぶりに浮かんだ。池野内議員に食ってかかった彼だ。

「確かに、感染したのが誰なのか分かったら、それはそれで大騒ぎにはなりますね」彼も納得したようにうなずく。

それから話題は、新商品のキャンペーン用に作られたグッズのことに移った。

「これって、昔にも企画があったんですって?」と彼が鞄から、置き物を取り出した。三十センチメートルほどの高さのプラスチック製で、試作品のため色はついていない。

当社の代名詞とも言える定番チョコレート菓子の輪郭を模したものだった。

「ああ、ロケットの」懐かしい、と僕はうなずく。「ちょうど画鋲の混入騒ぎがあったから、ぽしゃったんだよ。不謹慎だろう、って」

「画鋲とロケット、全然違うじゃないですか」

「だけど、あの人が」当時の広報部長の名前を出すと、彼も、「ああ」と笑った。あの部長は結局社長にはなれずに定年を迎え、本社ビルからは姿を消したが、若い彼も分かるほど印象は強いのだろう。

年月を経て、また似たような販促グッズ企画が若い世代から提案され、社内で認められたことには感慨を覚えた。

「そういえば」若い彼が語調を変えたのは、僕が弁当を食べ終える直前だった。「インフルエンザがこのまま広まったら、どうなるんでしょうね」

「どうなる、って何が？」

「不要不急な外出は控えましょう、となるから、家でのお菓子の消費が増えてうちにとってはプラス、とかないんですかね」

それこそ不謹慎な話、と叱られそうで周囲を確認してしまう。

妻からパスカにメッセージが届いたのは、福島での下見の後、関連会社の人たちとの食事を終えた後だった。若手社員とビジネスホテルへ向かって歩いている時だ。パスカを見れば、「もしかすると例の感染者、うちの町内の人かも?」とある。短いその文章の中身を理解するのに、時間がかかってしまう。普段から比較的楽天的な彼女にしては珍しく、不安が文字から滲んでくるかのようだった。

うちの町内に?

頭の中が白くなり、一瞬何も考えられなくなる。それからさまざまな思いがわっと湧いた。

いったいどういう事態なのか。どうしてそれが判明したのか。事実だとしたらどうすればいいのか。

慌ててその場で、情報検索をした。「インフルエンザ」「感染者」といったキーワードのほかに、自宅の町名や地域の名前を足して検索を行ったが、特に何も出てこない。

「岸さん、何かあったんですか?」若手社員が気にかけてくれるほどには、僕の表情は硬かったのかもしれない。

曖昧に返事をした。頭の中は黒い霧がかかっているような状態だった。ずっと昔、あのサンファンランドで見た、雷を連れてきた黒雲を思い出した。

ホテルの部屋に入ったところで、すぐに妻に電話をかけた。音声通話と映像通話のどちらがいいか悩んだが、気づけば妻の顔がパスカに映し出された。

画面越しにも、目が充血しているのが見て取れる。ずっと情報検索していたから、と彼女は苦笑した。

「ニュースとかには出てないけれど」と僕はすぐに言う。

「うちの近く、歩行者信号の角に一戸建てがあるでしょ。昔からある、白い二世帯住宅」

「立派な？　久保（くぼ）さんだっけ」

「そうそう。そこに救急車が停まっていたのをたまたま見かけたの。救急車といっても、少し大きめのバンみたいな」

「それだけなら、別に」

「うん。そうしたら家から家族三人くらい出てきたんだけど、みんなそのバンに乗せられて」

「まだそれでも」

「ただね、すごいガードされちゃってるの。透明の宇宙服みたいなのを着せられて。誘導するスタッフ、救急救命士なのかな、とにかくその人たちも同じような宇宙服で」

「嫌な予感」不安が身体の中でぐるぐると渦を巻く。

「でしょ」

「あそこの家って」

「息子さんは会社員で、海外出張が多かったはず」

「疑い始めると、みんな、パズルのピースに思えてきちゃうけれど」

「その後、もう一度見に行ったら、どこかの業者が来て、スプレーみたいなのをしていたんだよね。殺菌処理でもしているのかな、って」

インフルエンザは菌じゃなくてウィルスだけれど、とどうでもいいことを言いたくなった。

「それって、近所のほかの人も気づいているのかな」

「わたしと一緒にあと二人くらい、見ている人がいたから。薬局のおじさんとか」

「あの人か」噂好きな上に口が軽く、あの薬局で何か買うと、翌日にはその持病が町内に広まっている、と冗談交じりに言われるくらいだった。「情報収集が得意な人って、自分から発信するのも得意だったりするから」

「だけどさすがに、自分が困るような情報は流さないんじゃないのかな」

「困る？」

「だって、近所に感染者がいる！　なんて知られたら、自分も生活しにくくなるでしょ」

「確かに」まさにそれは僕たち自身が直面している問題だ。「怖いな」と呟いていた。

怖いとは何が？

鳥インフルエンザに感染することが？

もちろんそうだ。ただ、それとは別の恐怖もある。「あいつに近づくな！」と指を向けられ、遠巻きにされる。白い目で見られ、あっちに行け、と言われる様子が思い浮かび、内臓が零れ落ちるような心もとなさに襲われた。

小学校の同級生からいじめられた時のことを思い出したが、それとこれとは少し違うことにも気づく。子供のころ、いじめてきた側に正当な理由はなかった。ただの暇つぶし、優越感に浸りたいだけ、といった身勝手な動機で攻撃してきた。比べて、今回は違う。インフルエンザという確固たる恐怖に衝き動かされた人たちが、ウィルスそのもののように、僕たちを敬遠、嫌悪、忌み嫌ってくるはずだ。

「まあ、でも、あそこのおうちが感染しているかどうかもわたしの憶測だからね」彼女は言った。「不安になったから連絡しちゃったけれど、話していたらちょっと落ち着いてきた」

それは何より。そう答えたものの、僕のほうは話していたら不安が増してきた。

画面に映る彼女が少し、表情を緩める。

僕は、数回見かけたことがあるだけの二世帯住宅に住む久保さんに、不快感のこもった怒りを抱いていることを自覚した。身勝手極まりないものだが、抑えられない。

その日、ビジネスホテルのベッドで眠る前、思いついて布団の上に正座をし、手を合わせて、「何事もありませんように」と祈った。娘が幼稚園児の時に水疱瘡にかかって全身に湿疹ができ、あまりの痒さに泣き叫んだ時も確か、同じようにお祈りをした。その時以来だろうか。

閉じた瞼に、こちらをじっと見つめる鳥が見え、はっとする。大きな頭部、大きな嘴を持ったハシビロコウだ。

目を開けば当たり前ながらその姿はないが、僕は恐る恐る、もう一度、目を閉じてみた。

ハシビロコウがそこにいる。

単に僕が自分で、イメージを立ち昇らせている可能性も高いが、少しの間、意識を集中させ、そのハシビロコウと向き合った。表情のない、つぶらな瞳が何か言いたげにも思えた。

無表情の顔に、うっすらと不敵さが滲み出てきたところで瞼を開けてしまう。

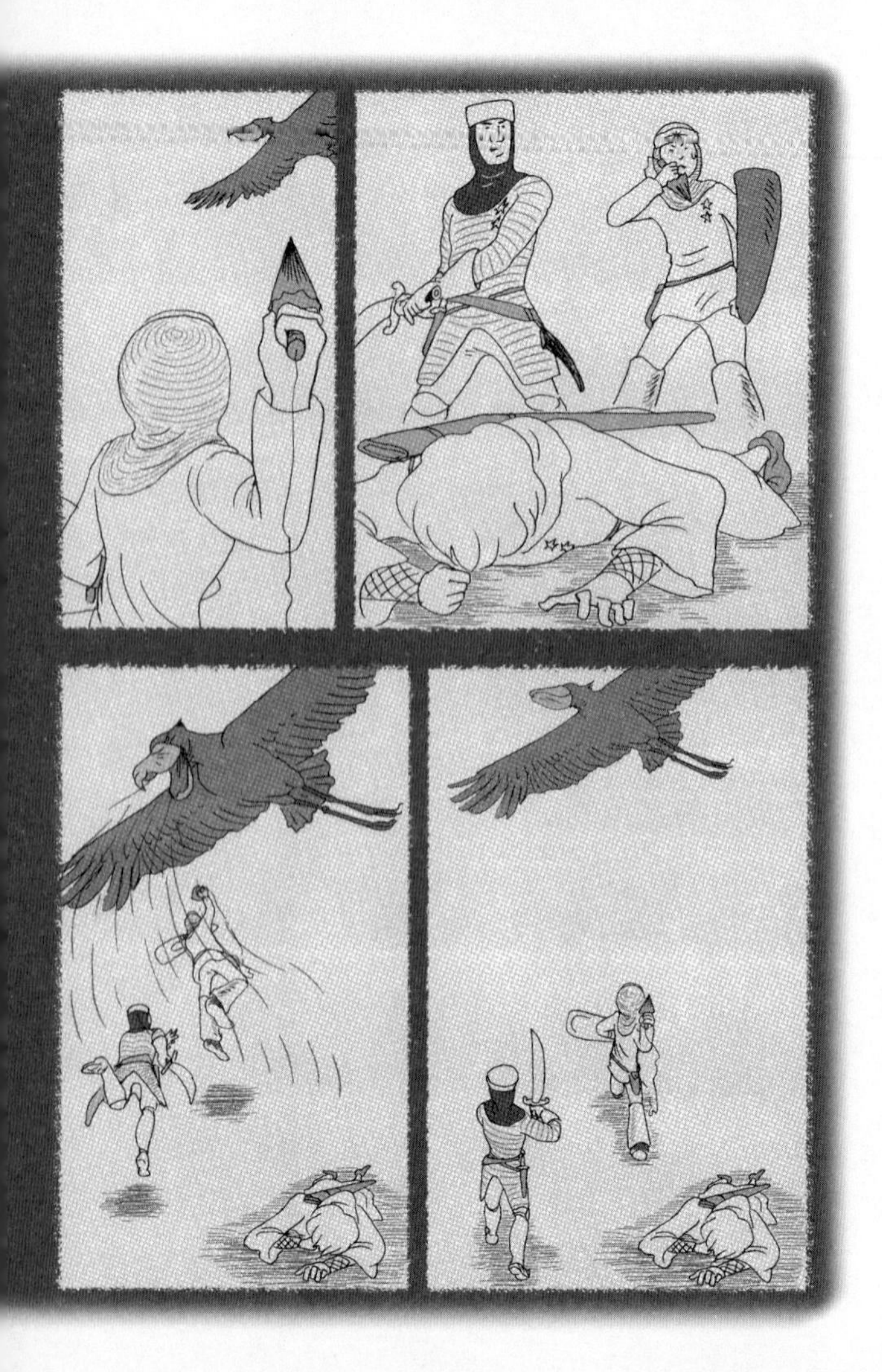

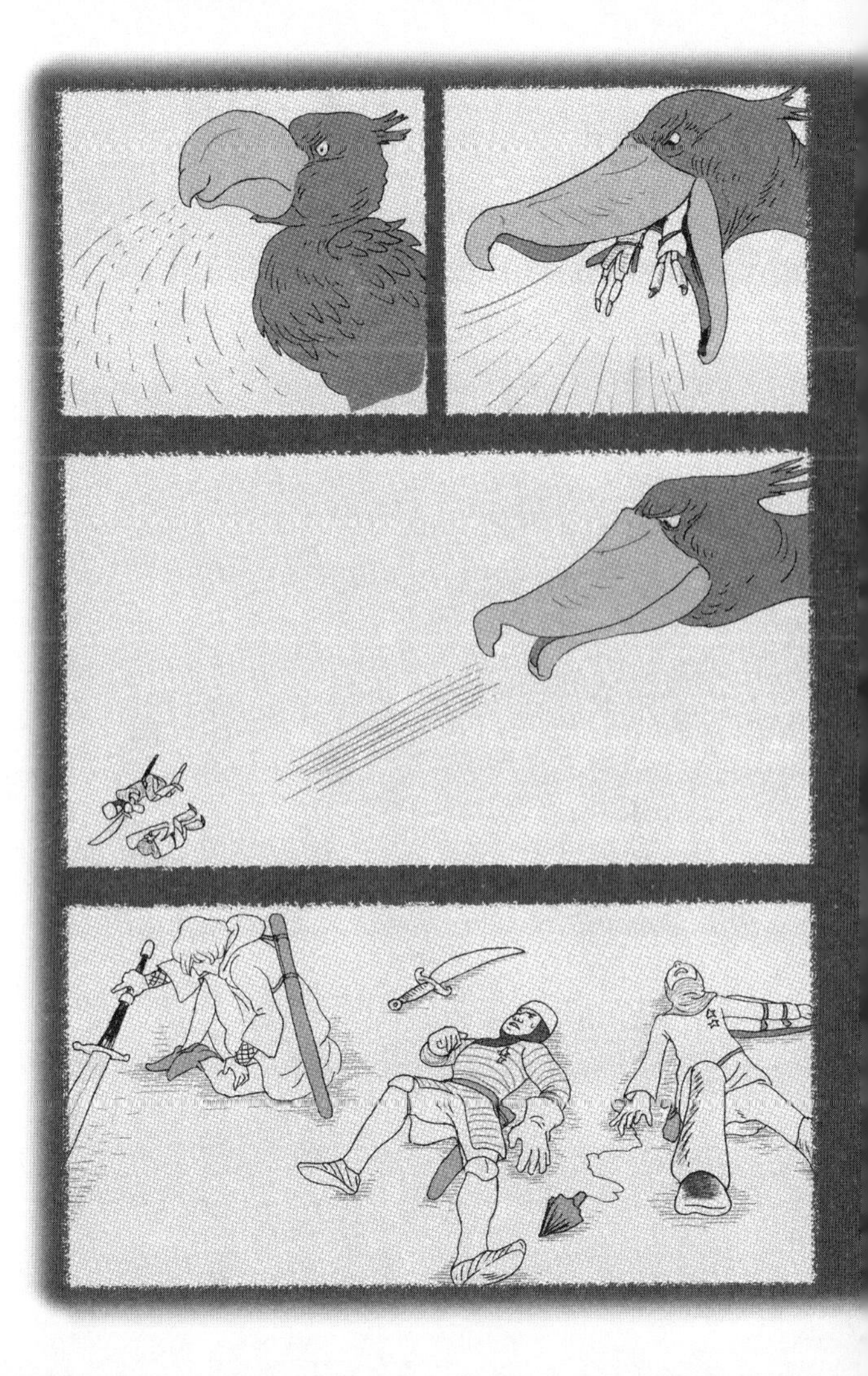

翌朝、ホテルのベッドで目を覚まし、カーテンを開けると、差し込む日差しが明るかったせいか、陰鬱だった気持ちは落ち着いた。夜はやはり、人の不安を増幅させる。パスカによるネット検索で、感染した男性について新情報が見つからなかったことも大きかった。

妻が見た救急車両の光景も、インフルエンザとは別のことだったのかもしれない。その可能性は高い。ホテル備え付けのディスプレイで朝の情報番組を観たが、気になるニュースはなかった。

杞の国の人は、天が落ちてくるのではないかと心配していたことから、「杞憂」なる言葉ができた。その話を思い出す。まさに、杞憂だったのだ。

福島県内の関連施設を一通り見学し、一日を終えるまでに僕の気持ちはすっかり冷静さを取り戻し、福島から帰る日には、新型インフルエンザのことはそれほど大きな懸念事項ではなくなっていた。

が、東京駅に着くと駅構内を行き交う人たちの半数以上がマスクを着用しており、ぎょっとする。

「今日はマスクを付けている人がずいぶん多い」と言ってしまうが若手社員は、「そうですか？　最近ずっとこうですよ」と言った。

「もし、娘さんの熱とか気になるなら、今日はこのまま帰ったらどうか」と話してみた。僕は会社に出るが、君は休みを取ったら？　と。

「もう熱は下がっているみたいですから大丈夫です」と彼はうなずいた。

職場に戻れば、いつものルーチン的な作業が待っていた。手に余るほどの忙しさではなかったが、それなりに仕事が積まれていたのはありがたかった。暇になると人は心配事に溺（おぼ）れてしまう。忙しい間は、天が落ちてくる心配をしなくてもいい。

目を疑うような、恐ろしいニュースが流れたのは昼休みだった。

パソコンの画面を見て、「え？」と呟いていた。

池野内議員が襲われ、意識不明の重体。といった文章が表示されているのだ。

少し探せば、ニュース映像も見つかった。テレビ局のリポーターが池野内議員にマイクを突きつけている場面だ。

いつもは足早に遠ざかる池野内議員が立ち止まり、マイクと向き合っている姿は新鮮だった。

「悩む必要がなくなりました。悩んでいる時間がない、と言ったほうが正しいかもしれません。大事なことを話そうと思います」

池野内議員はまっすぐに言う。

見ているこちらがはっとするほどの、覚悟のこもった顔つきだった。

リポーターのほうが戸惑っている。「え、今？　話してくれるんですか？　何の？いいんですか」と声を裏返した。これは独占的な、目立つインタビューになる、と興奮しているのだろう。

池野内議員はうなずき、「恐れていたことが起きそうなので」と言った。

そこで、だ。

彼の頭が急に、吹き飛んだ。正確には、背後から近づいてきた男に、フライパンのようなもの、いや、おそらくは間違いなくフライパンで殴られたのだが、頭の揺れは激しく、頭が飛んだように見えたのだ。

ぽかんと開いた口がなかなか閉じない。これは？　現実の出来事だと受け止めるまでにも時間がかかった。

画面に映るマイクを握ったリポーターは、「え、え、え」とうろたえているだけだ。

カメラマンは、倒れる池野内議員を映す。フライパンを握った男は、白いパーカーのフードを被っているため、後ろ姿は、幽霊の真似をしてふざけているようにも見える。すたすたと遠ざかっていくにもかかわらず、誰も追おうともしない。

僕は、パソコンの画面内の映像、しかも録画されたものと分かっていながらも、その中に飛び込んで、どうにかしたい思いに駆られた。助けなくては。捕まえなくては。

池野内議員は病院に搬送されたものの意識不明の重体、犯人は依然逃走中、とニュースは続けた。

同じニュースを見ていたのか、近くにいた女性社員が、「何で殺されたんですかね」と言った。

「まだ死んではいないよ」混乱しているせいか、僕の口調は少し鋭くなった。

「やっぱり政治家って、恨みとか口封じとかあるんですね」

恨みや口封じ、確かにそういったことが原因なのかもしれない。

先ほど流れた映像が頭の中で再生される。

マイクに近づき、真剣な顔をした池野内議員と、背後から近づく、パーカーの男の姿がある。フライパンが振り上げられる。

先日、池野内議員と会っていなければ、と思った。恐ろしい事件に知人が遭遇したことにはショックを受けただろうが、自分とは関係がないものと思ったはずだ。昔の知人の事故を知るように。

が、実際に僕はついこの間、彼に会っている。そして、「私に何かあったら」と託されていたではないか。ゲームセンターのプリントシール機のところで、だ。

そのことを思い出し、鼓動が速くなる。

何か、とはこのことを指していたのだろうか？

考えているうちに、昼食を終えた社員たちが次々と戻ってきたため、頭を切り替える。午後からの打ち合わせ用の資料があったはずだ、とデスク上のタブレットを操作しはじめるが、そこで妻から電話がかかってきた。音声通話だ。

おそらく池野内議員のニュースのことだろう、と思った。席を立ち、廊下に出ながら受信操作を行う。

わざわざ電話をかけてこなくても、と思ったものの、彼女の第一声は予想とは違った。

「どうしよう」と言う。

「何が？」

「佳凛が早退してきたの。高熱がひどくて」

受け入れたくないからか、自分の頭が電気を落とされたように真っ暗になるのが分かった。ただ一方で、高熱が出たからといって何を恐れることがあるのか、と思う自分もいた。「別にインフルエンザだと」決まったわけではないはずだ。

「佳凛、一昨日(おととい)、久保さんに会ったんだって」

「二世帯の？」

「そう。おばあちゃんのほう。うちの近くで具合悪そうにしていたから、家まで肩を貸して、連れていってあげたらしくて」

「何でまた」と言ってしまう。褒められこそすれ叱られる行動ではない。

おばあちゃん、熱っぽくてくしゃみもひどくて歩くのも大変そうだったんだよね。

佳凛は熱で魘(うな)されながらそう話したのだという。

久保邸に救急車両がやってきた場面に妻が遭遇したのは、時系列からすればその後だったらしい。

どうしよう。

妻の、心底困り果てた声が聞こえてくる。

どうしよう、病院に行ったほうがいいのかな。

彼女の逡巡(しゅんじゅん)の理由は分かった。医者に行き、新型の鳥インフルエンザだと分かったら？　ためらいたくなるのも分かる。

僕たちの家を指差し、あそこのおうち感染しちゃったのよ、と罪人を噂するように話す人たちの姿を想像してしまう。白い目で見られ、遠巻きにされ、平和を乱した諸悪の根源のような扱いをされる。

僕はすぐにその思いを打ち消した。高熱に苦しむ佳凜のことを考えたら、世間体を気にしている場合ではないのは明らかなのだ。

妻も同じ考えだったのだろう、「だよね。まずは病院に電話してみる」と力強く言い切った。迷いを振り払うような口調で、だから僕も後押しするようにすぐに同意した。

それと同時に、「君もマスクを」と言った。鳥インフルエンザに対する免疫はほとんどの人が持っていない。だからこそ危険なのだ。いくら看病のためとはいえ、妻が感染したら元も子もない。

「一応、ずっとマスク着用で気にはしているけれど」

どこまで効果があるのかは、未知数だ。

なるべく早く帰るようにするから、と伝えたところ彼女は、「感染したらまずいから、今日は家に来ないほうがいい」と言った。出張に行っていたため、感染後の佳凜とは接触していないことになる。帰ってきてくれたほうが心強いが、共倒れになるのも困る、と。

そう言われたところで心配は心配で、じゃあ僕は今日から数日ビジネスホテルに泊まります、とはなかなか思えない。「とりあえず、なるべく早くそっちに行くよ」と電話を切った。

午後の予定を確認した後で、近くにいる部員に、「家から呼び出しがかかったので早退する」と伝えた。

どの程度まで話すか悩んだが、のちのち状況が判明した際に、「あの時、岸課長は嘘（うそ）をついていたのだ」と思われるのもつらいため、抽象的ながらののっぴきならない状況だとは言っておきたかった。

大丈夫ですか？　奥様が事故にでも？　と心配してくれるのを、「詳しくはよく分からないんだ」という説明で通した。正直なところそれが事実だった。

会社を出たところで、小沢ヒジリから音声通話がかかってきた。はっとして出れば、「見ましたか？」といつになく重々しい声が聞こえた。

こちらは池野内議員のことだろう。佳凛のことで頭がいっぱいではあったから焦（あせ）る思いはあったものの、池野内議員のことも気にはなった。「大変なことに」と僕は言う。池野内議員も、うちの佳凛も、大変なことになっている。

「岸さんは大丈夫ですか?」

「え」

「いえ、実は昨日、あっちで負けたんです。昨晩、深夜遅くに飛行機で帰国したんですけど、機内で見たんですよ」

「何をですか」

「夢です。あっちの。それで、はっきりと覚えているんですが、俺と岸さんと池野内さん、やられました。敵がまさか」

「え」

「あんな風にやられたことなんてないくらいに」

あちらの戦いで負けたため?「申し訳ないけれど、ちょっと今、急いでいて」と慌ただしく通話を終えたのは、怖かったからだ。夢の中の話など今は関係がないですよ!と苛立ったり怒ったりできるのならまだ良かった。そうではなく、負けてしまったのだからもう、どうにもならないのでは、と絶望感に襲われそうで、恐ろしかった。インフルエンザによって死亡した海外の医療関係者のことも思い出した。あれも夢と関係していたら?

家に帰る間、地下鉄に乗りながら、自分が誰かにウィルスを感染させてしまうのではないか、と恐怖を覚えてしまう。つり革につかまってはよくないのではないか、手すりから手を離したほうがいいのでは、と。ただ、佳凛が久保さんのところのおばあちゃんから感染したのだとすれば、妻が言うように、出張中の僕がウィルスを持っている可能性は低い。それほど気にする必要はないはずだ。自分に言い聞かせる。

電車内では頻繁にインターネット上の情報を検索していたが、自宅のある町名が晒(さら)されているのを発見したのは、まさにその自宅の最寄り駅に着いた直後だった。

改札を出て、駐輪場に向かいながらパスカを操作したところ、「感染者発見」なる雑な報告が不特定多数の閲覧できるページに投稿されており、そこに町の名前が書かれていたのだ。

自分の町が、殺人犯の名前のように記されている。

さらに、インフルエンザと思(おぼ)しき患者の数が続々と増えている、といったニュースもあった。重症化、死亡の見出しも、それ自体がウィルスであるかのように増殖している。

高熱が出たのですが大丈夫でしょうか、と不安からネット上に質問が大量に挙がり、感染予防に関する言葉が、検索上位キーワードの一覧を埋め尽くしている。

恐怖のため、事実を受け止めるのを頭が拒んでいるのかもしれない。状況が理解できない。駅を行き交う人たちが、今この瞬間にも、「わー」と大声を上げ、走り出したり、もみくちゃになったりしないことが不思議に思えた。

自転車の鍵をほとんど壊すような勢いで解錠すると、一心不乱にペダルを漕ぎ、家を目指した。

一度、妻に電話をして状況を確認すべきだ、と家の近くの交差点で気づいた。その後、彼女から連絡がないことも気になった。自転車を止め、パスカで発信する。

呼び出し音が鳴り続き、すでに病院に向かったのかもしれない、と思ったところで聞き慣れない男性の声がした。間違えたのかと思い、パスカを眺めてしまう。

もう一度、耳に当てたところ、男が早口で説明をしてくれた。感染症対策センターなる施設の医療スタッフらしく、先ほど僕の家に来たのだという。

「奥様は今、娘さんの搬送に付き添っているため、代わりに私が電話応対を奥様から頼まれました」

マスクのようなものを装着しているからか、音声は明瞭ではなかった。

妻が病院に電話をかけたからかと思えばそうではなく、その前に彼らのほうから訪問してきたというではないか。

「この町内で、新型インフルエンザの二次感染の調査をしています。接触者追跡によると、岸さんの娘さんがリストアップされまして」

久保家のおばあちゃんが、佳凛と会ったことを話してくれた、ということだろう。「うちだけですか？」とっさにそう確認し、「いえ、そうではありません」と回答を得て、ほっとしてしまう自分がいた。自分たちだけが悪人ではない、と安堵する思いがあったのだろうか。

「近くまで帰ってきているので、今から行きます」僕は言う。

「今は危険かもしれません」

「危険？」

感染するリスクがあるからか、と思ったが相手の答えは予想外のものだった。

「ご自宅周辺に、マスコミ関係者や野次馬の姿が少しありますので」

「ああ」身体の芯をぎゅっと握られるような恐怖が、全身を走った。

「直接、娘さんがこれから搬送されるセンターに来ていただいたほうがいいと思います」

センターの住所はネット検索すればすぐに出てくるとのことで、分かりました、と返事をしてパスカを切った。でもやはり妻と娘のことが気にはなった。近づくなと警告されたとはいえ、自転車のハンドルを自宅のほうへと向けていた。

家の前に少し大型の救急車両が停車していた。妻が、久保邸前で目撃したものと同じものだろう。ちょうど玄関ドアが開き、中から防護服を着た者たちが、搬送用ベッドを押しながら出てくるところだった。佳凛だ。自転車をほとんど倒すようにし、僕は駆け寄ろうとしたが、あまりにスムーズに人が動き、あっという間に救急車両は発進してしまった。

自宅の門の前で立ち尽くし、僕はぼんやりとしてしまう。妻は感染しているのか、佳凛は治るのか。治るに決まっている。すぐに自分も追いかけなくては。

搬送先の場所を調べるためにパスカを取り出し、検索をしようとしたところ、どこから現れたのか、地面からじわじわと滲み出てきたとしか思えなかったが、目の前に二人の若者が立っていた。二十代前半の、十代後半の可能性もあるが、細身の長身という体型は共通していた。

「すみません、岸さんですか」「家族が新型インフルエンザに感染したんですよね?」「不注意だと思いませんか?」「岸さん、聞いています?」

若者二人は交互に、甲高いデジタル音声のように喋ってきた。彼らは眼鏡をかけているが、おそらく映像音声の受発信ができる配信用グラスに違いない。改良が加わり、今はずいぶん操作性が良くなったと聞いたことがある。

こうしている間も、すでにネット上に映像と音声を流しているのかもしれない。突然、無礼に問いかけてくる二人に戸惑い、きょとんとしているこの僕の姿が、ネット上で大勢の人たちに見られているのだろうか。

状況が呑み込めない。

関わらずにこの場を離れなくては、と自転車を置いた場所まで戻ろうとした。「大丈夫ですよ、モザイク加工入っていますから」「でもまあ、分かる人には分かっちゃうかも」「というか、ウィルス抱えたまま逃げないでくださいよ」

耳を貸すな。自分にぐっと言い聞かせ、背中を向けたまま踏み出すと、今度は大きなカメラを担いだ女と、マイクを持った男が寄ってきた。

突き出されたマイクを眺めながら思ったのは、最近のカメラの性能からすれば、いくらテレビ局の放送とはいえ、これほど大きなカメラはいらないだろうな、ということだった。小型のカメラを使えば、リポーターが撮影とリポートの両方を行うことは可能のはずだ。ただ、カメラマンの仕事を奪うことになるため、結果的に大きなカメラを使い続けているのだろう。ふと、昔、池野内議員が言っていた言葉を思い出した。「誰だって、世のためよりも、自分の利益を優先したくなります」と彼は言った。カメラの例は少し違うかもしれないが、それでも、効率やコストよりも別の事情が優先されることは多い。

「お伺いしたかったんですが、こちらのお宅の御主人ですか？」

返事をできない。後ろにいた、インターネット配信者が回り込んでくる気配もあった。まだ午後の明るい時間なのに、まわりがずいぶん暗く感じた。空に雲が、暗雲が広がっているのだろうか。視界がどんどん狭くなった。

質問をぶつけられているのは分かる。責められているのだろうか？　今のところ顔と声には自動的に加工がされています、と聞こえる。今のところ？　いつかは晒されるということだろうか。僕がいったい何をしたというのか。真面目（まじめ）に生きてきただけなのに。

「娘のところに」と僕は呟いていた。早く行かなくては。おでこに冷たいシートを貼（は）った佳凛の、今よりも十年も前、幼稚園児の佳凛の、うんうんと魘される顔が目に浮かんだ。こんなところにいるわけにはいかない。

リポーターの男性の声が頭の中で響き、あまりにうるさいがためか、むしろ音が何も鳴っていないような感覚になった。視野はどんどん狭くなり、自分がまっすぐに立っているかどうか覚束（おぼつか）なくなった。

娘と妻に対する不安と焦り、重罪人のように責められることへの恐怖と憤り、それらがごちゃまぜになる。何も考えられない、何も考えたくない、と思った時には、ばちんと音がしたかのように目の前が暗くなり、体が折れる感触に襲われる。その場に座り込んでいたのだとは、その時は分からない。


いつもは入場門の案内人のように立っている、あの鳥がばさばさと羽を動かし、その風圧に驚いているうちに、空が隠れた。

鳥の体が膨張する風船のように、音もなく広がり、空を覆うほどに大きくなったのだ。飛び上がって両翼を広げると、いつもの暢気な風体とはうってかわり、こちらを圧倒する激しさがあった。

噴水から流れる水がびりびりと震えている。

「まさかね」横にいる赤装束の男が言った。大剣を構えているが、風に煽られながらも体のバランスを取っている。危機的な状況であればあるほど彼が軽口を叩きがちなのは、一緒に数回戦って分かっていた。

もう一人、黒鎧の男は片手用の剣を構え、空を見上げている。

自分たちの足元の石畳ががたがたと揺れ、小さな欠片が飛ぶ。そのうちの一つが、僕の頰を傷つけ、後方に消えた。

矢を持っているもののバランスが取れず、うまく構えることもできない。

「夢を、見ないか?」黒鎧の男がいつの間にかすぐ隣にいた。

「夢? 今の夢はあの鳥を倒すことだよ」赤装束の男も近くに立ち、僕たちは三人で固まっている。

「眠っている時の夢の話だ。ここはまったく違うところの様子を、時々見るんだ」

「この間も言っていたな。火事の話を。あれは、別の世界にいる自分だ、とも」

「そうだ。そして今、あっちにいる私は準備をしている。必死に準備を」

「準備? 何の」これは僕が訊いた。眠っている時の夢を必死に思い出そうとする。

「病気だ。世の中に病気が広がるのをどうにかしようと、薬を作っている」

「それがどうかしたのか」

「昔からよくその夢を見た。戦う前に。そこではトラブルが起きていて」

今、そんな話をしている場合でもないだろう、と僕は苦笑したくなるが、その直後、高いところに浮かぶ鳥が、大きな嘴を、ほとんど胴体と同じ大きさにも感じるようなそれを、がばっと開く。

いったい何が飛び出してくるのか。過去に戦ったオオトカゲの炎などを想像した。風が一瞬止み、僕はその隙を狙い、矢を構えた。黒鎧の男も剣を持ち、今にも地面を蹴るような姿勢だ。

先制攻撃で相手にダメージを与えられれば、勝機は見える。

腕を目一杯に引き、角度をつける。示し合わせてはいなかったが、同じタイミングで攻撃をしかけるつもりだった。

よし今、と仕掛けようとした矢先、鳥の口から、暴風雨じみた息が吐き出された。バランスを崩し、僕たちは倒れる。どうにか起き上がると、見る見るうちに鳥の姿が大きくなっていくではないか。

赤装束の男が嘴で捕らえられたのはその後だ。空高く持ち上げられた後、地面に向けて放り投げられた。びしゃっと潰れるような音がする。

せせら笑うように空を飛ぶ鳥に、武器を構える。旋回し、接近してくると、こちらの体がふわっと浮き上がった。鳥が息を大きく吸い込んでいるのだ。なすすべもなく、あっという間に口の中に飲み込まれ、周りが真っ暗になる。直後、外に吐き出された。大地に激突する。全身の関節が外れて四肢がばらばらになるようだった。

目が覚めてしばらくは、どうして車の助手席に乗っているのかが分からなかった。朦朧（もうろう）とした意識が収まっても、どうして車に乗っているのか見当がつかない。

　運転席を見れば、女性がハンドルに手を置いている。色のついた眼鏡に加え、マスクも着けているものだから誰なのかはっきりしない。

「パニックになると、人って意識失っちゃうのね」

　赤信号で停まったところで、運転席の彼女がこちらを見た。誰なのか。記憶を辿（たど）るが、思い当たる名前は出てこない。

　十五年前、宮城県のサンファンランドで落雷によって橋桁（はしげた）の昇降機がショートした出来事を思い出した。あれと同じように、僕の意識は切れたのだろうか。確かに、マスコミのフラッシュは落雷に伴う閃光（せんこう）に近い。

　それ以上に僕が困惑していたのは、目覚める前の場面についてだった。見知らぬ異国の地のような所で、僕は矢を構えていた。近くには二人の、鎧や装束を身に着けた男たちが立っている。僕自身も鎧を身に纏（まと）っていたのかもしれない。そして何より、頭上には巨大な鳥がいた。広げた羽は土地全体を覆わんばかりに大きく、太陽すら隠していた。

自分の右手を見つめた。矢を必死につかみ、前方に構えた時の感触が残っているように感じたからだ。

「どうかした?」運転席に座る女が訊ねてきた。こちらに関心があるというよりは、苛々した様子でもあった。

「覚えている」僕は独り言をこぼしてしまう。「夢を」

「何言ってるの」

今、意識を失っている時に見ていたというよりは、少し前の夢のことを今になって思い出したのかもしれない。「あっちと繋がる紐がやっと」

「まだぼうっとしているのね」

これなのか。ずっと前から池野内議員が主張していたのは、この感覚なのか。頭の中で見た夢、とは別の、まさに実際に体感した生々しさが、肌や筋肉に残っている。

「あの」あなたはどなた、と訊ねたかったが、彼女はこちらの問いかけを受け止め間違え、「安心して。さっきのマスコミはぱっといなくなっちゃったから。あなたが倒れて、あたふたしているところにわたしが駆け寄って、引き摺っていっても手を貸そうともしなかった」と言う。

「あの」

「わたしはちょうど、あなたの家に行こうとしてたの。ちょうど着いたところで。見たら、カメラとマイクに囲まれているから」

僕は三度目の、「あの」を言う。

「どうしてあなたの家が分かったかといえば、住所入れたらナビが簡単に連れて行ってくれただけ」彼女は地図画面を指差した。いつの間にかマスクも外している。

細身の彼女は整った顔立ちに思えたが、ざっと観察すると少し年齢は上、自分の母親よりはずっと年下であるものの五十代ではあるだろう、と分かった。喋り方がきびきびとし、背筋が伸び、颯爽とした気配を纏っている。

「そうではなくて、あの」

「あ、どうして住所を知っていたかって？　それは池野内から聞いていたから」

「池野内さん？」彼からは年賀状が来ていたから、住所を知っていても不思議はない。

「自分に何かあったら、あなたに会うようにと言われていたんだよね」

何かあったら。その言葉が、僕の中でふわっと浮く。それは僕も聞いた。

長い赤信号が切り替わり、車が発進したタイミングで、「あの」と僕はようやく、一番知りたかったことを訊ける。「あの、どなたなんですか？」

「わたし？　ああ、そうだった。というよりも、謝らないと」

「謝る？　誰に」

「あなたに。その節はご迷惑をおかけしました」こちらを向いた彼女はぺこりと頭を下げた。

依然として事情が呑み込めない僕に、彼女は言う。「池野内の元妻でございます」とわざとらしく仰々しい言葉遣いをした。

苦情電話の女性が十五年も経って、現れるとは。そんなことを言っていると後悔しますよ。誠実な対応をしてくれるなら、こちらも考えましたけど。今も、あの時の、録音再生で聞いた声を思い出せた。

池野内さんですか！　僕がそう言うと彼女はあからさまに溜め息を吐いた。
「離婚したんだから、もう池野内じゃないけど」
「ああ、そうですよね。ええと、それでは」お名前を、と訊ねたが、彼女は、「何で名乗らないといけないの」と言う。冗談かと思えば、特に補足の言葉もない。

元池野内さん、元池野内夫人としか呼びようがなくなる。

「どういうことなんですか」僕はまだ頭の整理ができなかった。窓の外を景色が、建物や交通標識が後方へ流れていく。

「離婚しても、まあ、繋がりはあるのよ。むしろ仲が悪いと見せかけて、ってことも。安吾(あんご)読んだことないの？『不連続殺人事件』を」

「不連続？ 何ですかそれ。仲はいいのに、離婚されたんですか」

「仲いいわけないでしょ。だったら離婚していない」小馬鹿(こばか)にしたように言われると、僕も、何が何だか、と溜め息を吐きたくなる。「いいから、あなた、池野内と最近会ったでしょ？」

苦情の電話をかけてきたお客様だと思えばいい、と自分に言い聞かせる。「確かにこの間、会いました。池野内さんから連絡があって」

「自分に何かあったら、東京駅の時計台のところに来てくれ、とか何とか言われなかった？」

え、と僕は息を止める。鋭い矢でずばり射抜かれたようにはっとしたが、直後に、的から外れていたことに気づく。池野内議員は確かに、「私に何かあったら」とは言ったものの、時計台のことは口にしなかったからだ。すぐにポケットに手を突っ込んだ。財布を取り出し、さらにその中から池野内議員と並んで写るシールを引き抜いた。

何かあったらこれで思い出して、とそんなことを彼は言っていた。「確かにこれ、背景が時計台です」

池野内夫人、元池野内夫人と呼ぶべきだろうか、彼女は露骨に呆れた息を吐き出した。

「まったく。やっぱりわたしがいなかったら、気づいていなかったんじゃないの」

そこから彼女は滔々と、池野内はあなたに託したかったのよ、と話し始める。こちらが訊ねるよりも前に、彼女は事の次第を、これから観ようとしていた映画の結末から語るかのように、語り出した。

「あなたに会ってその場で何かを渡したら、すぐにばれると思ったんでしょうね。マスコミには追い回されていたし、特捜本部も調べているだろうし」

「ゲームセンターを出た時、すぐに声をかけられました」

「そうでしょ。だからその時は、ヒントだけ渡したのよ。さっきのシール」

「東京駅の時計台に行け、ということですか」

「池野内の身に何かあったら、あなたがメッセージに気づいてシールを見て、『ここに行けということか』と閃くのでは、と。まあ、気づかなかった可能性、高そうだったけれど」

「なるほど」答えながらも僕は、胃がきゅっと締まった。果たして自分が池野内議員の期待に応えられたのか、彼の思惑通りに東京駅の時計台に注目できたのか、自信が持てなかった。「そこに行くと何があるんですか？」

「ようするに池野内は、リスクを分散させたかったんでしょうね。あなたに全部持たせておいたらあなたの負担が大きくなるし、バレる時は全部バレるから」

「はあ」

「だから、何かあったらまずは時計台に行くように、とお願いしたわけ。行ったら、そこには売店があって店員がいる。その店員は、時計台にあなたが来たらメッセージを渡すように、とこれも池野内から頼まれているわけ。この男が来たら、って」

「メッセージというのは」

「ようするに、あれ。映画とかでよく見かけるでしょ。身に危険が迫った人物がメッセージを残した動画ファイルとか。それが記録されたマイクロチップとか。昔なんて、サスペンスで主人公が追われる理由の八割くらいは、だいたいマイクロチップだから。マイクロチップがどんな形状かは知らないけど。とにかくみんな、国家機密の入ったマイクロチップのせいで、追いかけ回される」

「弊社の商品ラインナップに、じゃがいものチップはありますが」

運転席に座る彼女がじっと見てくるものだから焦る。前を見て、と指差す。自動走行用にセンサーが車体を守っているとはいえ、やはり脇見運転は怖い。

「池野内が店員に託したのはマイクロチップじゃなくて、ネット上のアドレスね。そこに、池野内のメッセージ動画がある」

ずいぶん面倒臭い段取りを用意したものだ。「つまり、これから時計台に行くんですね」

行き先が判明したことに安堵する一方、早く佳凜のところへ向かいたい、という思いが体の内側からノックするように突いてくる。

「何で時計台に行くの」

また困惑に包まれる。「今、そう言ったばかりじゃないですか。池野内さんの指示は」

「そんなの全部、もうわたしがやっちゃったから」

「もうわたしがやっちゃったから？」

「池野内がこそこそ何かやっていると、昔からわたし気になっちゃうのよ。手紙とかメールとかも勝手に見ちゃうし」

　悪びれもせず、まるで自分の花粉症について語るかのようだったから、大変ですね、と言いそうになる。池野内議員には愛人がたくさんいたため、夫人が過敏になるのも仕方がないのかもしれないが、一方で、このような性格の妻に息苦しさを感じ、池野内議員が外に憩いの場を設けたくなったのでは、と改めて勘繰りたくもなった。

「だから、池野内があなたとゲームセンターに行ったのも、池野内が時計台の売店でごそごそ交渉しているのも、全部調べたわけ。その動画ファイルもダウンロードしたし。ほんと大変だったんだから」

「できちゃったんですか」

「もちろん動画ファイルにはパスワードがついていたわよ」

「どういうパスワードですか」「ヒントがあって」「ヒント？」「思い出の商品名」「何ですかそれ」「あなたのためのパスワードなんだから、あなたに分かるヒントのはずでしょ。それを入力すればいい」

「思い出の商品？」十五年前、池野内議員と知り合うきっかけとなった、あの異物混入事件の元となったマシュマロのお菓子のことか、と気づくまでに時間はかからない。

「わたしにとっても思い出の商品だからね」

ははあ参りました、とひれ伏したい気持ちになる。

車が左折する。速度があまり落ちていなかったせいか大きく外に広がり出たため、対向車からクラクションを一度鳴らされる。

彼女は舌打ちをし、ぶつぶつと怒った。それからパスカを寄越してきた。池野内議員の動画をダウンロードしてあるから見てみろ、ということらしい。

「昔、岸さんが話してくれた在庫トラブルの話を覚えていますか？」池野内議員は言う。
パスカの小さな画面に、池野内議員の顔が映し出されていた。先日会ったばかりだから懐かしさはなく、むしろリアルタイムに映像通話をしている感覚になり、「昔の話と言いますと」と答えてしまう。
相手は、録画映像なのだ。
「人気商品の在庫があったにもかかわらず、別の商品名の段ボールに入っていたがために気づかなかった、という話です」

よく覚えているものだな、と感心する。箱の外側の名前と、中に入っている物との照合は、当時、意外に徹底されていなかったのだ。

「それと同じことをやったんです。これが予想以上に効果的でした」

同じこと？　何のこと？

すると運転席にいる彼女が、「池野内は」と語りはじめた。「感染症って言うの？　インフルエンザのことをずっと警戒していたみたい。新しいやつよ。鳥だか、豚だか、新型のインフルエンザ。インフルエンザはすぐに変異するんでしょ？　だからいずれ大変なことになるって」

感染症のことは、重要課題だと思っています。ずっと昔、そう話していた池野内議員の顔が浮かんだ。

「それでずっと準備していたのよ。ワクチンと治療薬」

「準備って」

私は必死に、準備をしている。

声が甦(よみがえ)る。

世の中に病気が広がるのをどうにかしようと、薬を作っている。

黒鎧の男だ。あちらで、大きな鳥と向き合っている時に、僕に言った。僕に？　あれは僕なのか、それとも僕と繋がっている別の人物なのか。

「覚えています」僕は口に出していた。

「何を？」

夢の中のことを、と言いそうになった。僕もあちらの世界との繋がりが強くなったのだろうか。

あの黒い鎧をまとった男が、池野内議員なのか。

あちらの戦いで勝てば、現実が好転する。

すぐに、はっとした。

池野内議員が言っていたように、夢での戦いの結果が現実に影響を与えるのだとすれば、あの時に僕たちが敗北したことが、この今の状況に繋がっているのではないか？

池野内議員は昏睡状態に陥り、僕の場合は大事な一人娘が感染してしまった。

敗れたからこんなことになったのか？

そんな馬鹿な、と打ち消すこともできない。

「あの、池野内さん自身がワクチンや治療薬を作れるわけじゃないですよね？」

「あの人、研究者じゃなくて議員よ。できるのは、それができる人を支援することくらいでしょ。研究費を融通したり、研究をスムーズにするように規制を撤廃したりとか」

「それが、製薬会社との癒着？」目に浮かぶのは、カメラに追い回される池野内議員の姿だ。「だけど、自分の利益のためじゃなく、ワクチン開発が目的なら隠すことはないですよね。むしろ堂々とやればいいじゃないですか」

「それが一般人の考え」

「自分も一般人ですよね？」

「世の中の全員が幸せになることって、そんなにないでしょ。昔から池野内が言ってたけど、たとえば、割れないガラスができたら」

「何ですか」

「ガラス屋さんが困る」

「ああ」と僕は察して、言う。「ワクチンができたら、お医者さんが困るとか、そういう話ですか？」

「池野内は邪魔されるのが怖かったのよ。国産のワクチンや治療薬ができたら」

「海外産が売れなくなる」

事はそれほど単純ではないのかもしれないが、大雑把な図式に当てはめればそういうことなのか。だから開発自体が極秘裏に進められた。極秘裏ゆえに、援助は必然、法的にグレーなものとなったのかもしれない。

車は車線の多い国道を走行していたようだが、体が外に引っ張られたと思うと、大きく右折し、細い道に入った。

「いつか、新型インフルエンザによるパンデミックが起きるのは確実です」

池野内議員の声がする。パスカの映像が再生されたままだった。画面の中の池野内議員は喋り続けている。

「まあ、どうにかしないとって思っちゃったんだろうね、この人は」運転席の彼女がまた横から言ってくる。「国会議員になってからずっと、そのことばっかり考えていたんじゃないの？」

夫が話したいのに何でもかんでも、「わたしのほうが上手く話せるから」とばかりに代弁する妻、といった関係性が見て取れ、パスカの中の、小さな池野内議員に同情したくなる。

「従来のインフルエンザワクチンは、毎年のウィルスの流行を予測して作られます。その予測が外れてしまえば、有効性は下がります。ただ、一方で、どのようなウィルスの型についても効果が期待できるワクチンの製造法を研究しているチームもいます。

こちらをベータワクチンと言いましょうか」

昔、彼から聞いた、VHSとベータの話を思い出した。ビデオの規格にまつわる争いだったが、最終的にはVHSがベータに勝った。実際、画面内の池野内議員もそのことを話しており、運転席の彼女が、「この人、この譬え、好きなのよねえ。VHSとベータ」と苦笑している。

「優れたものが大事にされ、勝ち残るわけではない、という例なんでしょうか」

「VHSのほうが優れていたからだと思うけれど、わたしは。ベータに肩入れしすぎなのよ」

そういった側面はあるのかもしれない。

「ベータワクチンがうまくいけば、困る人はいます。大勢は助かりますが、少数の困る人が。しかも、その少数の困る人が力を持っていると、ベータの研究もままなりません。ですから、私はこっそりと」

こっそりと開発を支援してたわけね、と彼女が継ぐように言った。

「こっそりこっそりって、製薬会社が協力してくれるものなんですか？」

「偉い人が何人か、池野内の考えに賛同してくれたら、できたんでしょうね。できるから、やったんでしょ。もちろん、製薬会社だけじゃ無理ね。厚生労働省みたいなところ、官僚にも協力者がいないと」

「協力してくれるものですかね」

「派閥争いもあるし」

「池野内派？」

「どんなグループにも派閥はできるのよ。ＰＴＡにも野球チームにも。世の中から派閥をなくす派だってある。製薬会社内にも当然、派閥があるだろうし、敵側と対抗するために池野内の話に乗ったのかもしれない。敵の敵は味方と言うし。ただそれだって、敵に反撃されることもあるだろうけど」

「議員の中には協力者はいなかったんですか？」

「いてもおかしくはない。ただ、裏切りとかを考えて、単独で行動したのかも」

　パスカの中の池野内議員の声が、元池野内夫人の言葉の合間に耳に入ってくる。

「社の、取締役の」「命を落とすことに」と細切れで届く。

「とにかく、誰かに邪魔されるのを恐れて、池野内はマスコミの前でものらりくらりやっていたわけ。時間を稼いで、ワクチンと治療薬を安全な場所に移動させようとか、そういうことを考えていたんでしょ。ただ、新型インフルエンザがやばくなってきて」彼女がちらっと視線を僕に向けるのが分かった。

公表された感染者数はまだ少ないが、倍々に、加速度的に増えていくのが感染症の恐ろしいところだ。

「だから急きょ、マスコミの前で、自分がやってきたことを全部話そうとしたんでしょうね。たぶん、違法なこともやっていたとは思う。無理を通そうと、確信犯で」とあっさり言う。

そして、池野内議員と製薬会社の癒着を誰かが表に出したのだろう。池野内議員の政敵か、海外の製薬会社と繋がりの深い政治家、もしくは製薬会社の競合他社、官僚の思惑、それらが一つにまとまっている可能性もあったが、とにかく彼を排除する動きが出てきたわけだ。

大事なことを話そうと思います。殴られる直前、カメラの前で言った池野内議員が思い出された。命を失うことよりも大事なことがあるのか、と皮肉ではなく、感心したくなった。

「岸さん」とパスカ内の池野内議員が呼びかけてきた。

前にいる彼は、今現在の彼ではない。過去と交信するかのような錯覚を覚える。

「私の考えが正しければ、パンデミックのような大きな出来事が起きる前には、あちらでの戦いがあると思います。そこで勝つことができれば、すぐに大変な事態にはならないかと。ただもし負けたら」

　羽を広げ、宙を飛ぶハシビロコウの影が浮かび上がる。僕たちはなすすべなくやられてしまった。

　その夢を見たのはいつだったのだろう。

「ねえ、ここだけ池野内の言ってることよく分からなかったんだけど、あちらでの戦い、って何のことなの？」

「ああ、いえ、それは」返事に困る。「大したことでは」彼女が不審げに首をひねっているため、「後で、あちらでの戦い、とネット検索してもらえれば、何か出てくるかもしれません」とでたらめなことを言う。

「そう」

　口を尖らせた彼女の横顔を窺うと、こめかみあたりにひくひくと引き攣りが走っている。疎外された、と苛立っているのか。落ち着き払って、颯爽とした印象があるものの、気に入らないことがあれば、がぶっと嚙みついてくるのかもしれない。落ち度のない相手に、クレーム電話をかけてきた性格のことを考えてしまう。

「ただ、一回負けたとしても」池野内議員の映像の声が最後にそう言っている。「まだ挽回はできます。チャンスはあると思います」

一回負けたとしても？

「一度負けても、二回目で勝てば現実は最悪の展開にはなりません」

どういうこと？

「最近になって、その仕組みがうっすらと分かってきたんです」

いつの間にか窓の外はまわりに自然が多くなり、先ほどまではビルばかりが並んでいたのが、畑やその奥の里山のようなものが遠くに見えはじめた。やがて、車は山道に入った。

「どこに向かっているんですか」

「その動画、最後まで見れば連絡先が分かるのよ」

「ネタバレじゃないですか」僕は冗談として言った。「連絡先って誰のです」

「製薬会社の協力者。池野内と思いを共有する、使命感溢れる若き勇者」後半は明らかに茶化すような口ぶりだった。

「あなたが気絶した直後に連絡したの。その協力者に」

「よく連絡できますね」「難しいこと？」「いや、危険があるかもしれないですし」

「そんなこと考えていたら何もできないから。生きてること自体が危険なんだし。とにかく、あなたが倒れて、これはいよいよ緊急事態と思ったから電話したの。そうしたら、とにかく来てほしいってナビ座標を教えてきたのよ。若い男ね、あれは」

その男のいる場所に向かっているということなのか。「危なくないんですかね」

「今まで、事故はもちろん、車に傷をつけたこともないんだから」失礼ね、と彼女の自尊心の弦が繊細に震えるのが、分かる。

「いえ、そうじゃなくて、罠とかそういう」

「誰が何のために罠をかけるって言うの」

どこの誰が何のために、と念頭にあったわけではない。ただ、後頭部を殴られた池野内議員の姿や、ニュースを賑わせた製薬会社の役員の自殺の記事を反芻すれば、今の自分たちが、安全な遠足をしているとは思えなかった。

「あ、そういえば、池野内さんのところにいなくていいのですか?」

彼女が横目で一瞥をくれてきた。「わたし、離婚してるんだけど」

「別にそれでも」池野内議員は再婚していないはずだから、元妻とはいえ、病院に付き添っていてもいいのではないか。

「今ごろ、愛人がみんなで看病してるに決まってるでしょ。あの人、そういう人だから」

そういう人とはどういう人?　訊ねるべきか悩んでいたところ、車が速度を落とした。

　まわりはすっかり林で、葉の落ちた木々が道路の両脇に並んでいる。突き当りに、かまぼこ型の大きな建物が見えた。銀色の外壁は日差しを、夕刻に近づき赤味を帯びている光を反射している。

　車五台分ほどのパーキングの隅に、小さな白のセダンが停まっているだけだった。元池野内夫人の車は、その隣に駐車した。僕に声をかけるでもなく、当然のように彼女は車から降りていく。とっさにパスカを見つめた。佳凜と妻のことが気が気ではないところに、妻からのメールが届いていたものだから、飛びつくように読んだ。

　佳凜から新型鳥インフルエンザの陽性反応が出た、とある。覚悟をしていたからか、思った以上にショックは受けなかった。いや、さほどのショックではない、と思いたかっただけだ。手は震え、鼓動はますます速くなる。

　視界がぎゅっと狭くなったのも事実だ。

　妻のほうに潜伏反応はないらしく、それは不幸中の幸い、朗報と言えた。彼女は感染症対策センター近くのビジネスホテルに宿泊するらしい。

　少なくともメールを送ることができる環境にはいるのだ、と暗闇（くらやみ）の中で小さな灯を見つけ出すような、縋（すが）りつきたくなる思いに駆られるが、最後に記されている文章にぎょっとした。

「ヒジリさんのほうも重症で心配」

小沢ヒジリがどうしたのだ。僕はすぐさまパスカでネットニュースのページを開く。記事はすぐに見つかった。

「パンデミックまで秒読み」と新型インフルエンザの感染者が急増していることを伝える見出しが、読む者の恐怖を煽るために騒ぎ立てるかのように躍っており、「著名人も次々」と書かれた記事と連動していた。

海外から帰国したばかりの小沢ヒジリも感染者として入院した、と書かれている。顎が外れ、口が閉じない。

つい数時間前、電話で喋ったところではないか。確かに彼は、帰国したばかりだ、と言っていた。そして、機内で寝ている際に夢を見たが、あっちでの戦いで負けたのだ、と。

ニュースを必死に読む。特定の国からの帰国便の乗客に感染者が次々と見つかったらしい。誰が発端になったのか、犯人捜しめいた運動がインターネット上を中心に行われているかもしれないが、もはや、それを突き止めたところで意味がないほどまでに感染は拡大している。

数日前までは、感染者一名の情報程度しか表に出ていなかったのが、今や、把握できないほどに人数が増えている。

入院した感染者のうち、多数の患者が重症ともあった。インフルエンザ脳症となり、決して楽観できない状況だ、と。そのうちの一人が小沢ヒジリなのだという。

あの電話の後、発症したのか。入院し、あっという間にインフルエンザ脳症に？

にわかには信じがたい。

負けたからだろうか。

真っ先にそれを考える自分がいた。電話での小沢ヒジリも同じようなことを言っていた。

夢の中での戦いで敗北した。「あんな風にやられたことなんてないくらいに」負けた、と話していた。

今や、僕もその光景を思い出せた。黒鎧の男と赤装束の男が吹き飛び、倒れたのを見た。ぐしゃっと潰(つぶ)れるような音が響くほどだった。

あの結果がこれなのか？

疑問符を振り払う。悩むまでもない。あの結果がこれなのだ。そう受け入れている自分がいた。

あちらの世界と繋がる紐が太くなったからか、急に僕は、夢の中での戦いについて身近なものだと感じていた。

戦いの結果、僕たちはピンチに陥っている。池野内議員は昏睡状態となり、僕の娘と小沢ヒジリは新型インフルエンザに感染し、入院している。僕の場合はなぜ、僕自身が感染するのではなく、娘が被害に遭ったのか。そのことはさほど不思議に感じなかった。僕にとっては、娘が感染するほうがダメージは大きい。

不安に襲われる。池野内議員が倒れ、小沢ヒジリも入院中なのだ。急に、一人になった心細さに包まれる。

その矢先、横のドアが乱暴に開かれたものだから、パスカを持ったまま飛び上がりそうになった。

「ちょっと何やってんの。早く降りなさいって」

元池野内夫人が言ってくる。初めて正面から向き合ったが、体が細く、髪が長い。鼻筋は通り、整った顔立ちだった。眉が吊り上がっているせいか、威圧感がある。

僕はパスカを握り締めたまま、通勤用のリュックサックを引っ張り出し、車から降りた。

その瞬間、ベッドの上で体を起こした感覚に襲われた。

起きて、地図を探す。

地図？　と思った時には、降車したばかりの自分に戻った。

初めて立つ土地だったせいか、自分が現実とは異なる場所にいるようだった。

元池野内夫人が誰かと話をしている。紺の地味なジャンパーを着た眼鏡の男性だった。ジャンパーの下は背広を着ているようだ。髪は短く、むすっとした表情だが、機嫌が悪いというよりは緊張のせいかもしれない。

彼の後方にはゲートがあり、その施設の名称が記されていた。製薬会社の名前は把握できた。

「はじめまして」僕はジャンパーの男に頭を下げる。会社員の習慣で、パスカを取り出して電子名刺の送信をしたくなったが、男は儀礼的な挨拶（あいさつ）には関心がなさそうで、「お待ちしていました」ときびきび答えた。「それから、はじめまして、ではありません」

「ではない、と言うと？」

「一度、お会いしています」

あらそうなの、と元池野内夫人がこちらを見た。あらそうなの、とは僕のほうが言いたかった。「どこで」お会いしましたっけ。

「一度だけです。池野内さんと岸さんがいるところに、挨拶させていただきました」

挨拶？　いつの話なのか。眼鏡の彼をまじまじと見てしまう。記憶になかった。

「いつでしたっけ」

「まだ、私が生意気な大学生で」

「あ」

指差すのは失礼、と分かっているにもかかわらず、人差し指を突き出してしまっていた。

「あの時の？」

「その節は失礼いたしました」

俺、どうしても納得いかないんですよ。好きで感染したわけでもないのに。うちの学校を犯罪者みたいに非難した奴(やつ)らだって、結局、あの後インフルエンザに罹(かか)ったに決まってるんだ。

あの時、池野内議員に突っかかってきた若者だ。顔を記憶していたとは思いにくいが、それでも、あの時の彼と目の前の彼とが重なり合う。

「ちょっと、何の話？　わたしにも説明してよ」

横から元池野内夫人が嘴(くちばし)を挟んでくると、彼は、「すみません、挨拶をしている場合じゃないですよね。池野内さんから前に言われていたんです。その時が来たら、のんびりしている余裕はないって」と自らを鼓舞するかのように微笑み、僕たちを率いてゲートの中に入っていく。

先ほども元池野内夫人に謝られたことを思い出す。異物混入事件の捏造について、だ。彼女も彼も、どうして十五年前にちゃんと謝罪してくれなかったのか、と苦笑いすることしかできない。

ここは会社の備蓄倉庫みたいなものです、と彼は説明する。「昔と違って、こういった倉庫系の設備は、人じゃなくてカメラやセンサーを使ったAIで警備していますから、人間よりも勤勉で間違いがない上に、見逃してもらうために交渉する必要もないんです」
彼がカードを翳すとエントランスのドアが開く。上部に防犯カメラが設置されている。視線をやった後で、目を逸らした。「大丈夫です、カメラのシステムには別の日の映像をループして表示させています」

「そんなこと、簡単にできるんですか？」

僕たちの前を歩く彼が足を止めた。振り返って僕をまっすぐに見つめ、「簡単じゃないですよ」と無表情で答えた。

簡単ではないが、やるしかないですよ、と言わんばかりだ。

彼は先に進んだ。壁も床も天井もすべてが白色で、清潔さよりも冷たさを強く感じる。物音がし、小さく悲鳴を上げてしまったが、床の上を円盤型の掃除機が通過していくところだった。

いくつかドアを通り抜けた後で、エレベーターに乗る。彼がボタンを操作した。はじめは上昇していると思ったものの、下降していると言われればそうなのか、と納得した。

階数パネルの前に立つジャンパーの彼を見ているうちに、「あの、偶然じゃ、ないよね」と声をかけていた。

「何がですか？」

「君が製薬会社に就職したこととか」

「何をもって偶然、というか」彼は背中を向けたままだ。

過去のインフルエンザ騒動、あの時に世間が高校生の修学旅行を批判した、あの出来事があって、そのことに対する憤(いきどお)りがあったから、彼は製薬会社に勤めることを目指したのではないか。

「だけど、池野内さんと再会したのは偶然です。あの人は、製薬会社内に志を同じにする人がいないか探していたようで」

車の中で元池野内夫人から聞いていた話に繋がるのだろう。偶然と呼ぶよりは、必然と捉えたほうがしっくりきた。

「ようするにここに、その、ワクチンと治療薬が」

「保管されています」

いったい池野内議員と製薬会社とでどのような約束が交わされ、どのようなプロジェクトが実行されたのかは想像するほかない。というよりも、想像もできない。確かなのは今、製薬会社の一人の社員が命を落とし、池野内議員は意識不明となり、さらには国内に新型インフルエンザの感染者が増大しているということだ。

ドアが開き、僕たちは通路に出た。目の前にぱっと空間が広がり、おまけに白い壁が眩(まぶ)しいものだから、正面から光を焚(た)かれたかのように一瞬、動けなくなった。パネルがいくつも並び、保管エリアを示すためなのか、記号や数字、室内温度のようなものが表示されている。

「こっちです」と右手に歩いていく彼との距離を僕は必死に詰める。

　薬の種類別なのだろうか、積み重なった箱がいくつものまとまりを作っている。医薬品だけあって、この倉庫はずいぶん清潔で、室温や湿度管理がしっかりなされている。

「ええと、あの、僕たちはここで何をすればいいのかな」

　池野内議員がここに来るように、とメッセージを残してくれたから来たものの、どういう用件かはまだ何も知らされていなかった。

「ようするに、その薬を運べばいいんでしょ？」元池野内夫人が言う。

「運ぶってどこにですか」僕が強い口調になってしまったのは、焦っていたからかもしれない。

「まずはこれを公表してほしいんです」眼鏡の紺ジャンパー、元大学生の、と言ったら僕も元大学生ではあるのだが、とにかく彼は歩きながら言ってくる。

「公表？」

「手続きや段取りが必要になると邪魔が入ります。池野内さんは、絶対、という言葉を使っていました。絶対に邪魔が入る、と。だから発表する時は、世間にすぐ広まるやり方を取らないと」

「だったらそんなの、インターネットに流せばいいじゃないの。告発映像を流出させれば」

「ネットは意外に妨害が入ります。フィルタリングも発達していますから」僕は言った。池野内議員もそれを危惧していたからこそ、ワイドショーの生中継を利用しようとしたのだろう。ただ、そのタイミングで後頭部を殴られてしまった。あと一歩のところ、と言うべきだろうか。

「じゃあ、どうするの」

足早に僕たちは進み、フロアの一番奥まで辿り着いた。大量に積み重なった白い箱には、昔からの総合感冒薬の名前がプリントされている。偽装してあるのだ。これが、彼らの準備していたものなのだろう。思った以上の量だが、当然ながら、それでも増えた感染者全員に行き渡るようなものではないとも分かる。

「まずは治療薬です。治らない病気ほど怖いものはありません。裏を返せば、治ることが伝われば、恐怖は比較的減ります。そのためには治療薬の存在をアピールしなくてはいけません。もし、感染しても治す方法はある、と」

「なるほど」

「それから予防のためのワクチンを配るんです。大っぴらになって世間の支持を得られれば、会社としては大量生産に着手せざるを得ません。なので今から、私がこれらの製品の説明と池野内さんのやってきたことを話します。それを撮影して、流してほしいんです。治験は済んでいて、効果があることは分かっているんです。公表のタイミングを待っていることもあって、認可はもちろんまだですが」

「効くことは効く、と」

はい、とジャンパーの彼はうなずく。一回のうなずきながら、彼や池野内議員が自分の一生涯のエネルギーを注いだ成果を発表するかのような、重さを感じた。

「新型インフルエンザの脅威がはっきりしない時は、たぶん、誰も気に留めないでしょうし、悪ふざけ扱いをされるのが落ちでしょう。そして、疎ましく思う人たちに邪魔されてしまいます。だから、池野内議員は時機を探っていました。ただ、国内の感染者が見つかり、死亡者が出るまでが予想以上に速くて。たぶんこれから、倍々に患者が増えていきます」

池野内議員も焦ったのだろう。「悩む必要がなくなりました。大事なことを話そうと思います」とテレビカメラに向かった彼の顔をまた思い出す。

「なので今、流してもらえれば」

「どこにどうやって、その動画を流せばいいのか」インターネットは頼りにならない。

自分でそう言った瞬間、閃くものがあった。なるほどそういうことか、と声に出している。

「何、どうしたの」

「うちの本社ビルだ」

創業時からの当社の願い、「ビルに大きなテレビをつける」はずいぶん前に叶(かな)った。空間に映像を映し出す疑似ビジョンで、ビルの前には大きなスクランブル交差点があるため、人の目につき、それなりに注目される。

「ああ、あなたの会社のビジョン？　見たことあるけど。あれって、勝手にどんな映像でも流せるの？」

「もちろん勝手には無理です」あのビジョンの使用については広報部が窓口になってはいるが、いつどのような映像を流すのか、スケジュールは大方決まっていたはずだ。

「ゲリラ的に流せばいいじゃないの。放送室に乗り込んで」

放送室といったものはないんですが、とわざわざ説明する必要はないだろう。

「どうにかなりませんか」そう言ってくる紺ジャンパーの彼の眼差(まなざ)しは、十五年前の必死さと同じだ。

迷う理由はなかった。「どうにかなるかもしれません」

あら、と元池野内夫人が意外な表情を向けてきた。「何か策があるわけ?」

「策と言いますか、正攻法で。権限を持っている人を説得してみます」パスカを取り出し、通話用のアンテナが表示されていることを確認した。社内組織情報を呼び出し、該当のパスカのナンバーを探す。

「説得できますかね」

「たぶん」

「偉い人にコネクションがあるんですか」

「コネクションというか」パスカを耳に当てた。呼び出し音が続く。「忙しいだろうから、出てもらえないかもしれないですけど」

「誰に連絡しているんですか」

「社長です」僕は答える。社長、の響きは実体以上に威厳を感じさせる。

「社長? あなた、社長と繋(つな)がっているの?」

繋がっているといいますか、と説明しようと思った矢先、相手の声がした。番号から、発信者の名前を先方は把握しているのだろう。「岸君、久しぶり。どうかしましたか?」

「お願いがあるんですが」仕事に関することならば、直属の上司に相談するのが筋であるし、そもそも、社長にお願いする仕事など抱えてはいない。

「わたしができるようなこと？　岸君は知らないかもしれないけれど、社長って意外に何もできないんだよ」

「うちの本社ビルの映像のことなんです。あのビジョンの。流してほしいものがありまして」

「流してほしいもの、って、それだったら、広報部内に担当セクションがあるでしょ」

「急いでいるんです。緊急で、しかもちょっと危ないです」

「危ない？」

「いろんな人に怒られるかもしれないんですが、ただ、結果的には人のためになります」

「岸君、何言ってるのかよく分からないんだけれど」

「簡単に言うと、僕たちの恩人のお願い事なんです」

「恩人？　池野内さん？」

そうです、池野内議員から託されまして、と説明する。「ただ、協力すると僕も栩木社長も、うちの会社も無傷ではいられないかもしれません」

「どういうこと？」異例の人事、納得の出世、と社内で話題になった昇進を果たしたとはいえ、栩木さんは昔と変わらず、腰が低く、物腰が柔らかい。半年ほど前、エレベーターで会った時には、「会社のことなんて知らない、って全部投げ出したい。クマとかトラのほうがよっぽどマシに思えることがあるし」と苦笑していた。

「岸君には悪いけれど、会社に損害を与えるようなことは避けないと」

「ですが、これはとても重要なことでして」

「重要って誰にとって？」

視界の隅にいた紺ジャンパーの彼があたりを見渡し、厳しい顔つきになったことに気づいたのはそこで、だった。横にいた元池野内夫人も耳を澄ます猫の如く、屋内のあちこちに視線を走らせていた。

何が起きているのか。

すみません、後でまた連絡します、と謝り、僕は通話を終えた。

どうかしたのか、と紺ジャンパーの彼に顔を近づける。

「音がしたんです」

「音？」清潔に保たれ、機械により管理されているとはいえ、倉庫は倉庫、鼠の一匹や二匹いてもおかしくはないのでは、と思ったが、続けて彼は、「上から誰か降りてきたのかも」と指を窓のほうへ向けた。

窓から進入してきた物音らしい。

箱が高く積まれ、運搬車が何台も並んでいるため、天井が高い。一部の壁には細い通路、キャットウォークが設置されている。

僕は栩木社長とのやり取りに集中していたため気づかなかったが、そのキャットウォークのあたりから、誰かが降り立ったのではないか、と疑っているらしい。

「誰がですか」自然、囁き声になってしまう。

「分かりません。ただ」

「ただ？」

「ここに、例の備蓄があると分かったら、邪魔しに来る人たちはいるでしょうね」

治療薬を保管している倉庫が火災に遭った事件を思い出した。池野内議員に初めて会ったころに詳しく聞かされた話だ。

「ここが、どうしてばれたんだろう」池野内議員が何を考えていたのか、どのような計画だったのかを、敵対する者たちが調べていたのは間違いない。意識不明になった彼から聞き出すことはできないのだから、その関係者、つまり僕や元夫人を追ってきた可能性はある。

「つけられたのかな」

「嘘(うそ)でしょ？　わたし、それなりに警戒していたわよ」

紺ジャンパーの彼は、「岸さんたちの行動を隈(くま)なく監視するような力はないと思います」と呟(つぶや)いた。敵対するグループは警察組織などではないから、池野内議員に関わる人の行動をすべて監視するほど多くの人を動員はできないだろう、と。「うちの社内に情報提供者がいたのかもしれません。その可能性のほうが高いです」

「池野内さんが、君と繋がっていたように？」

彼はうなずく。「もしかすると、僕のほうがつけられていたのかもしれないです」と顔を引き攣らせた。「慎重にやっていたつもりですが」

床を軽快に駆ける音が聞こえた。硬質なもので床を叩(たた)くかのようだ。たくさんの箱で見通しは悪いが、明らかに、誰かが走って移動している。

その音を目で追う。

誰が尾行されていたのか、と話している場合ではなかった。

僕たち三人は顔を見合わせる。警察に通報を、と言いかけたが、果たして警察に来てもらうことで何が解決するのか、と思い直した。

元池野内夫人は、「さっさと映像、撮ったほうがいいんじゃないの？」と言った。

「侵入してきた誰かが火をつける前に」

その通りだ、とパスカを握り締める。「いっそのこと、放火する場面も撮影すれば、こっちに有利になる」

感染症の被害拡大を食い止めようと準備をしてきた池野内議員と、自分の利益のためにせっかくのワクチンと治療薬を焼失させようとした者、どちらを一般の人たちが支持するかは明白だ。

「こういう場所だったら、火をつけられてもスプリンクラーで消す仕組みとかありそうだけど」

「ありますね」彼が天井を見る。

「相手はその装置をオフにしてから、放火するのかしら」

「それもありえますが」

「が？」

紺ジャンパーの彼は、顔を歪めた。「今、思ったんですけど、そんな七面倒なことをやらなくてもいいかもしれません」

「どういうこと」

「全部壊してしまえば、それまでです」

「壊す？」と言ってから僕も、火をつけるよりも、何らかの爆発物で大雑把に破壊したほうが確実で、手っ取り早い、と気づいた。

爆発する？　逃げなくては、と踵を返したくなる自分を抑える。

金沢のホテルが思い出された。炎と煙で嬲られる建物が目に浮かぶ。あの、壊れた非常階段の心細さが甦る。身体に力を入れなくては、その場に座り込んでしまうような恐怖があった。

足音が僕たちの対角線上の、奥のほうを素早く移動していた。

「どうするのよ」

「奥さんは、外に出てください」僕はとっさに言った。

「何で」と言われると、確かに理由は自分でも把握できなかった。「女だから？　何時代の話をしてるのよ。あと、奥さんじゃなくて元奥さん」

苦情を発すれば発するほど元気になるかのようだ、と僕は苦笑しつつも頼もしく思う。彼女に任せて、自分はここでと退散したくなるほどだ。

「とにかく、相手の行動を探って、どうにかしないと」紺ジャンパーの彼が言った。

「今のところ、足音の気配からすると一人のようですし。もしかすると、僕たちがセンサーに引っかかって、警備員が来ただけかもしれません」

希望的観測をぺらぺら述べてしまうのは、彼も焦っていたからだろう。僕もその彼の言葉に縋りたい気持ちがあったが、警備員などではないだろうとは思った。

「手分けして、侵入者を見つけよう」僕は言って、段ボール箱の山から、見通しの良い場所へと歩き出た。

左肩が後ろに吹き飛んだ。肩が粉砕され、身体から腕が分離したのではないか、と慌てて確認しようとした時には、その場にひっくり返っている。肩を撃たれたのだと気づくのに時間がかかった。

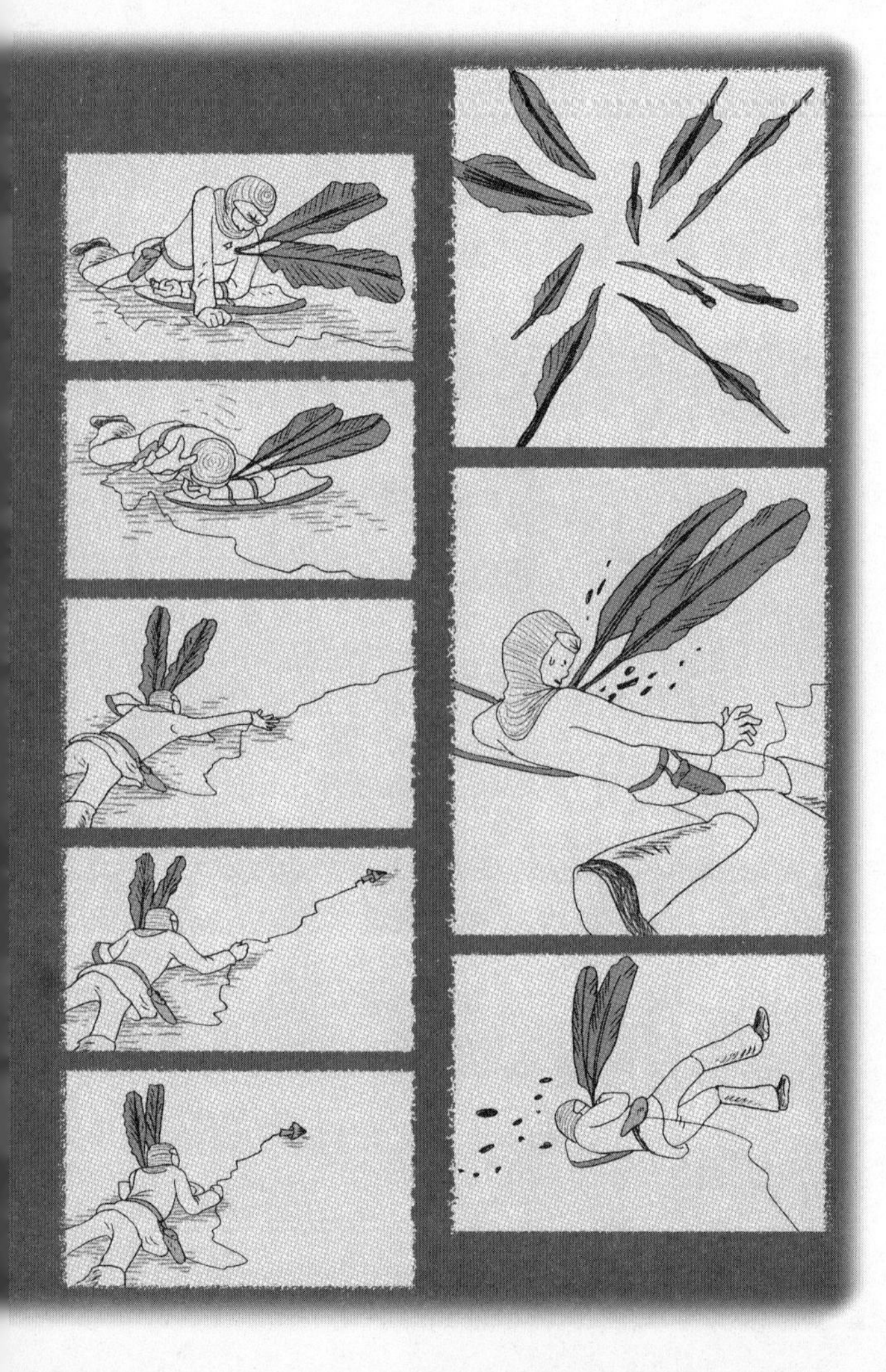

大きな鳥が、空を覆っていた。巨大な嘴には滑稽さなどなく、突くものすべてを粉々にする迫力があった。少しはばたくだけで、僕たちの足場が揺れ、まっすぐに立てなくなる。

右手、噴水近くに黒鎧の男がうつ伏せで倒れている。その傍らで赤装束の男が片膝を立て、剣を杖のようにし、どうにか倒れずにいた。

「最近、人が減った」とは少し前に、黒鎧の男が話していたことだ。「ビラにもバツ印ばかりが付いている」

「どういうこと？」

「この世界が変わってきているんだ」

「良いほうに？　悪いほうに？」

黒鎧の男は答えなかったが、それは答えを知らないというよりも、言いたくないだけにも見えた。

「向こうで何かあったのかもしれない」黒鎧の男の口にする「向こう」とは、眠る時に見る夢の中のことだ。夢の世界では、トラブルが起き、それに夢の中の自分が対処している、その結果がこちらの戦いとも関係している、と話していた。

鳥が羽を動かし、僕は体が飛ばされないように足を踏ん張る。気を抜くと、後ろに転がっていきかねない。

「あの鳥、食えないね」赤装束の男がすぐ隣に来ていた。

食べる、という意味ではないのは分かった。狡猾、油断できない、ということだろう。

「友好的だと思っていたけれど」僕は言う。今まで、散々、指示を出してくれていたではないか。

「それ自体が、戦略だったのかもしれない」

「え」

「俺たちが今まで倒してきた生き物は、本当に害悪があったのか」

「それはもちろん」

「あの鳥は、自分の天敵を俺たちに倒させていただけかもしれない」

赤装束の男はそう呟き、跳躍し、得意の大剣を振り上げたところで、嘴にやられ、地面に落下した。重い音が響き渡った。衝突のショックで地面の石が飛び散り、僕の顔面にぶつかった。

天敵を倒させていた？

にわかには受け入れられない。

強い風がまた襲ってくる。風圧に耐えきれず、盾を持つ左腕が下がってしまう。そこを狙われた。鋭くとがった羽が左肩を直撃し、僕は後ろに倒れた。盾が地面とぶつかり、重い音を響かせる。起き上がるために手をつくが、力がなかなか入らない。

「岸さん、大丈夫ですか」呼びかけられた。瞼を開けたところで、自分が目を瞑っていたことに気づいた。

まわりの景色、景色とはいえ積まれた段ボールの山があるくらいだったが、それが後ろへ流れていく。いったいここは、と周囲を見れば依然として、製薬会社の保管施設内だった。

撃たれた僕を抱えて、紺ジャンパーの彼が運搬車に乗せてくれたらしい。二人乗りのカートのような車で、乗っている人はほとんど剝き出しだ。車体の前にはアームがついており荷物を積むことができるようだが、今は何も載っていない。ハンドルをつかんだ彼が走行させている。とにかく身を守るためにも、車で動き回るしかないのだ。

体勢を起こしたところで激痛を覚える。悲鳴が出ていた。左肩を見れば出血がある。撃たれたのは、夢などではなかったわけだ。血液で濡(ぬ)れた服を触る勇気もない。くらくらとした。

「相手は銃を持っているんですね」

運搬車は滑るように、くねくねと蛇行している。ハンドルを握る彼の動揺や恐怖の現れなのか、それとも敵の発砲を恐れて狙いを定められないように、という戦略からなのか判然としない。

「あの、池野内さんの奥さんは」

「通報してもらっています。外に出て」

「侵入者は一人なのかな」もし複数いるのだとすれば、外だからといって安全は確保されないだろう。

音が響いた。短くも、重い道具を床に叩きつけるような恐ろしい音で、僕の体の芯(しん)が激しく震える。銃声だと遅れて気づき、さっと血の気が引く。

「たぶん、相手の目的は、薬を使い物にならないようにすることだと思います。それなら、さほど人数はいりませんし、極秘でやるなら、一人のほうが確実です」

「人数的には、こちらのほうが有利かな」

「向こうは武器がありますが。あと、たぶん、それなりにこういったことが得意なんじゃないかと思います」

「だよね」

邪魔な人間がいたら容赦なく、排除するつもりなのかもしれない。自分の利益を何よりも優先させる人間なら、ためらわないのではないか。

どうする？

問いかけたかったが、言葉が出なかった。乗っている運搬車が速度を上げるため、のけぞった。いったい何が起きているのか理解できず、いっそのこと目を瞑って眠ってしまいたい。

「ああ、そうだ」

「どうしました？」彼はハンドルをつかみ、前を睨んでいる。どうやら銃を持った相手を探しているらしい。逃げずに、このまま正面から挑むつもりなのだろうか。

あっちで勝たないといけない。

僕の中をその思いが満たしつつあった。

あちらの世界での勝敗が、こちらの現実に影響を与えるのならば、まずは夢の中での戦いに勝たなくてはいけない。池野内議員はそのことを、十五年前から主張していた。

勝てば好転、負けたならばトラブルは悪化する。

僕たちは、あの大きな鳥、ハシビロコウに完膚なきまでに負かされた。だからこそ、大変な目に遭っている。

だから、夢の中で向こうの自分が勝利しなければ、僕たちの現実の問題は解決しないのではないか。

「眠らないと」

「具合、悪いんですか？」

眠らなくては夢を見ることができない。ぎゅっと目を瞑る。すると横から、「岸さん、寝惚けているんですか。しっかりしてください」と呼びかけてくる声が聞こえ、意識が引っ張られる。

眠れないじゃないか！　と怒りそうになるくらいには平静を失っていた。

岸さん、とまた大きな声で呼ばれる。しっかりしてください、と。

こっちの現実を解決するためには眠らないといけないんだ。左右に揺れる運搬車の座席で、僕はどうしたら眠ることができるのかを必死に考えている。

「いました。あそこに」

紺ジャンパーの彼が前を睨んだまま言った。小声だったのは緊張のためだろう。前方、大量に積まれた箱の後ろから、黒ずくめの男が現れた。ウェットスーツとはいかないまでも、全身を覆う作業着のような服装だ。

速度を上げ、接近してくる僕たちの運搬車に臆する様子はなく、むしろ落ち着き払っていた。

運転する彼の横顔を見る。前方を睨みつけ、ハンドルを握りつぶさんばかりにつかんでいる。緊急事態に緊張しているのだろうか。それとも彼からすれば、高校時代から抱えていた世の中に対する鬱憤を、現れた男にぶつけるつもりなのか。その顔つきは、冷静さを明らかに欠いている。

落ち着くんだ、と声をかけることもせず、眠らなくてはいけないのに、と僕は僕でそのようなことをなおも考えていた。

あちらの世界で、矢を持つ自分を必死に思い浮かべる。眠らせてなるものか、と言わんばかりに運搬車が音を上げ、速度を出す。

黒ずくめの男は待ち構えるように立っていた。

車で突進されて怖くないのだろうか、と疑問が過ぎった時、僕たちの乗る運搬車が浮かんだ。

前進していたはずが、向こうから押さえつけられるように止まり、ベルトもしていなかった僕たちは、勢いよく前方に放り出された。何が起きたのかは把握できない。景色が全部ひっくり返る。音と衝撃が僕をつかんで、振り回した。

向こうの世界で目覚めた、と思った。よし、早くあの鳥を倒さなくては。瞼を開くが、真っ先に見えたのは横転した後の運搬車だった。座席から投げ出されたものの、積まれた箱がクッション代わりになったのか、大きな怪我を負った感覚はなかった。思ったよりも体は動く。撃たれた左肩の激痛と出血が気になるだけだ。重い頭を押さえながら起き上がると、運搬車の近くで、紺ジャンパーの彼が倒れている。
横たわる運搬車のところに、紐のようなものが見えた。ロープが張られており、そこに車両が引っかかったのだろう。黒ずくめの男がこちらの動きを見て、罠として仕

掛けたのだ。

横の支柱に寄り掛かるようにして立った。

男はどこだ？

爆発物でも仕掛けられていたらおしまいだ。僕たちも薬も吹き飛ぶことになる。そうなったら、妻と佳凛はどうなるのか。

急がないと。

こういう時こそ冷静に。鼓動はどんどん速くなる。

あっちの世界で勝たないといけない。

僕の頭にまた、その思いが浮かんだ。眠った向こう側で、あれが本当に僕自身なのかどうかは別にしても、とにかく敵を倒さなくては現状は打開できない。

ということは、どうにもならないのでは？

足元から崩れ落ちそうになるのを踏ん張るので精一杯だった。

その時、前方数十メートル先のところに運搬車が見えた。先ほど僕たちが乗っていたものと同じ形だったが、あちらは転倒していない。運転席に黒ずくめの男が乗っていた。

あの車で僕たちに激突するつもりなのだ。轢(ひ)いて、動けなくしようと考えているのだろう。

このままでは二人とも撥(は)ねられるだけだ。

逃げないと。僕は、紺ジャンパーの彼に近づきその手を引くが、気を失っているのか動かない。

起きろ、と呼びかける声が聞こえているのかどうか。轢かれない場所に逃げ込まないとならない。

力を込めると少し移動できたが、とてもじゃないが間に合わない。撃たれた左肩が痛くて、立ち止まりそうになる。

逃げないと。頭の中でまた声が響く。このままだと二人とも撥ね飛ばされて、おしまいだ。置いていくのか？　うつ伏せ状態でぴくりともしない、紺ジャンパーの彼をじっと見る。

慌ただしく思考がぴょんぴょんと跳ね回るかのようだ。逃げろ逃げろ、と体中が喚(わめ)いていた。考えを邪魔するかのように肩から全身に激痛が走る。

夢のほうで頑張らないといけない。

やがて、その思いがくっきりと浮かび上がった。まずはこの場を無事に切り抜け、眠るのだ。眠って、夢の、あっちの戦いで勝てば解決するはずだ。

僕はほとんど、その場から走って立ち去る寸前だった。

足を止めたのは、「何を馬鹿なことを」と叫ぶ自分の声がしたせいだ。

夢が何だと言うのだ。

叱咤激励にも、嘆きにも聞こえる。

夢の中であの生き物に勝つと、現実で直面している問題が解決するんですよ。

池野内議員は言った。だとするならば、今のこの目の前の出来事を解決するためには、あちらで結果を出さなくてはいけない。

本気で言ってるのか？

穏やかな物言いで、平手打ちが飛ばされたかのようだった。

夢のほうで戦いに勝ったら、とそんなことを本当に信じているのか？　問題が起きているのは、自分の目の前にほかならないではないか。

あっちもこっちもない。

鎧姿の男が頭をかすめた。剣を持っているが、盾も鎧も綺麗なもので、戦いに行く前なのは分かる。こちらを見て、「向こうの自分がトラブルを乗り越えると、こっちの敵が倒せるんだ」と低い声で言った。

「向こうの自分？」と答えた僕も全身、鎧を装備している。矢をつかんでいた。

「そうだ、そこは剣も矢もない、妙な服を着た、現実離れした世界だが、そこで自分がピンチを乗り切ると、その後の戦いでは敵を倒せる。そのことに気づいた」と剣先の様子を確認しながら言った。「繋がっているんだ」

僕は自分の頭をぶるぶると、余計な思いを振り払う気持ちで、揺すった。鎧を着て矢を持った僕も同様にかぶりを振り、さらに頭を叩いた。

小学生時代、同級生数人に蔑ろにされていた自分がぱっと浮かぶ。いつも肩を落とし、学校へ行くのが嫌でたまらず、夕飯の支度をする母に、転校ってできるのかな、と打ち明けた。何かあったの？ と心配そうな母の表情を見た途端、胸がぎゅっとなり、曖昧に言葉を濁した。

そしてどうなった？

もうやめろ！ ある時、同級生にそう訴えた。

マイクが脳裏を過ぎった。突き付けられたマイクと、テレビ局のカメラだ。十五年前、異物混入の騒ぎの際、会社の前でのことだ。「そんな風に逃げてばかりでは、世間は納得しませんよ」と責められた。

僕はかっとし、思わず反論した。あれが正解だったかどうかは定かではないが、怯まず、言い返した。

どうだ、と誰かが言う。僕が思う。立ち向かったのは、誰だ？

あっちのおかげか？

途端に目の前の景色が明瞭になった。輪郭がくっきりとするかのようで、色も鮮やかに感じられる。

現実は、僕の触れるこの、今体感しているここだった。情報でも、ましてや夢の中でもない。

前をしっかりと確認する。リュックサックが転がっている。車がひっくり返った時に落ちたのだろう。

運搬車が発進した。走行音が屋内に反響し、こちらにつかみかかってくるかのようだ。

接近してくる。屋内のつるつるの床を滑るように走るため、豹が音もなく突進してくる様子にも思えた。あっという間に飛びつかれ、喰われる恐怖に襲われる。

転がるリュックサックからグッズがこぼれ出ていることに気づいた時には、僕は手を伸ばし、それをつかんでいた。

ロケットを模したプラスチックのグッズ、販促用の試作品だ。手に持つ感触が逃げないように力を込める。形が手のひらに食い込む。

男が銃を構えているかどうかは把握できない。

滑るように走ってくる運搬車に、地面すれすれを飛んでくる、翼を広げた巨大な鳥が重なった。無表情で襲いかかってくる。

池野内議員も小沢ヒジリもいない。自分がどうにかするほかない。

僕の手足は自然と動作していた。

グッズを持った右手を後方に引き、投球するピッチャーのように振りかぶる。

左足を前に出すと、全身の力を腕に込めるような思いで、そのプラスチックグッズを放った。

感染症で倒れた娘や、池野内議員や小沢ヒジリ、もしくは、マスコミに囲まれて汗をかきつつ、しどろもどろに返事をする校長、「納得がいかないんです」と訴える大学生、小学生時代に僕をいじめてきた同級生、燃えるホテル、空を覆うような大きな翼を広げて強風を吹かす怪鳥、ありとあらゆる難題を、その投擲（とうてき）で消し去る思いだった。

当たれ、と祈る。グッズは信じられないほどの力強さで、一直線に飛んでいく。

驚くほどの勢いで、まさに相手を射抜く鋭さがあった。

男にぶつかることをほとんど確信していたのだが、運搬車が斜めに滑り車両の角度が変わったため、僕の投げたプラスチックグッズは、車のフレームに当たって横に跳ねた。

え、と僕は全身から力が抜けそうになる。

一巻の終わりを呆気(あっけ)なく告げるような音を立て、グッズが床に転がるのをぼうっと眺めてしまう。

二の矢はない。このまま棒立ちの僕を、相手はただ弾(はじ)き飛ばせばいいだけとなった。鎧を着た自分が、外した矢を茫然(ぼうぜん)と見送っている姿が、思い浮かんだ。

車が勢いを増す。その音の大きさが、獣を形作る。

避(よ)けろ、と言ったのは僕自身だったのか、それとも紺ジャンパーの彼だったのか。

避けることはできなかった。

その時、僕の横に別の男が立っていたからだ。実体のはっきりとしない、ぼんやりとした輪郭の、銀の鎧を着た男で手に紐を持っている。男は身体をぶるんと振り、腕を大きく振り上げた。つかんだ紐を思い切り、手前に引いているのだ。すると紐の先についた矢がこちらに戻ってきた。銀の鎧の男は返って来た矢を再びつかむと、瞬時に足を前に出し、全力投球する投手よろしく、思い切り投げた。

意識するより先に僕は、その動きをなぞっていた。紐を激しく引っ張り、矢を取り戻す。

ふわっと戻ってきた、ロケット型のグッズを必死につかむ。前方に突き刺すつもりですぐに放っている。もう一度！

やり直すんだ。

軌道が見えるほどに、飛んでいくのがゆっくりに思えた。

宙を、僕の投げたロケット型のグッズがまさに糸を引く鋭さでまっすぐ飛び、こちらに走ってくる運搬車に乗る男の顔面に激突する。

矢が額に刺さった怪鳥が、怒りなのか無念さなのか、もしくは歓喜なのか、空を揺さぶるような甲高い鳴き声を上げて、落下する。

運搬車両が僕たちの数メートル前で鋭角に回り、転がり、段ボールと衝突した。

僕はただ、ぼうっと立っていた。撃たれた肩からは出血していたけれど、興奮状態なのか痛みを感じなかった。

「岸さん、大丈夫ですか」

紺ジャンパーの彼が横に寄ってきた。運搬車から放り出された際に体を打ったのだろうか、腕や腰を押さえながらだ。

「大丈夫だけれど、あの男は」

「さっき岸さんが、縛り付けていたじゃないですか」

相手の運搬車両が転がった後、気を失っている男に近づき、ロープで支柱にぐるぐる巻きにしたというのだ。冗談かと思った。それほど、記憶がなかったのだ。いつ、自分があの男を縛ったというのか。

そして何より、どうやってあの男に、一撃を食らわしたのかが分からなかった。リュックサックから出てきた、ロケット型のグッズを投げたのは間違いない。運転席の男に当たらず、失敗したのも覚えている。

「その後で、岸さん、紐を引っ張って、もう一度投げたんですよ」

その記憶はあった。けれど、あのグッズに紐はついていなかったではないか。どうしてそんなことが可能だったのか。

「あの男が仕掛けたロープがあったじゃないですか。こっちの車両を引っかけた。それがちょうど、岸さんの投げたものに、ああ、あれ何なんですか？」

販促グッズ、景品みたいな、ぼそぼそと僕は答える。

「ロープに絡まったんじゃないでしょうか」紺ジャンパーの彼も、その時の状況を把握できていなかっただろうから、ただの憶測にすぎない。ロープがグッズに絡まったとし、僕がそのロープをどうやって手繰ったのか、いつロープの先をつかんでいたのかは分からずじまいだ。

とはいえ僕がグッズを投げ、一度目は失敗し、二度目で相手に命中させたことは、実際に起きたことだ。そこから逆算的に、どうやったら可能だったかを彼も導き出したのだろう。地面が濡れているのだから雨が降ったんでしょうね、と説明するかのようだ。

「今のうちに動画を撮りましょう」

「動画？」

「忘れちゃったんですか？　新型インフルエンザの治療薬とワクチンがここにあること、池野内さんが用意していたことを発表しないと。ついでに侵入者が暴力によって妨害しようとしたことも」

そのために、この施設に来たのだ。

栩木社長に連絡を入れないと、とパスカを取り出す。

後ろから駆けてくる音が聞こえ、ほかに侵入者がいたのかとぶるっと震えながら飛び上がったが、見れば元池野内夫人だ。

　彼女も動転しているのか、息を切らし、はじめは呂律が回らない様子だったが、警察と救急車は来ると思う、と伝えてくれる。「強く言ったから、急いで来るはず」

　今、病院で高熱に魘されているだろう佳凜のことを思うと、その場にへたり込みたくなるが、だからこそ、今ここでしっかりと動かなくてはいけない。

「このことを世間に伝えたとしても、こっそり作ったこの治療薬を、感染者にすぐ投与することなんてできないのかな」

　動画を撮影するために治療薬とワクチンのある場所へ歩きながら、僕は訊ねている。常識的に考えたら、医師がそんな薬を使うわけがなかった。段階を踏んで、薬の使用が可能になる頃には、佳凜や小沢ヒジリをはじめ、今感染している人たちはみな、手遅れになっているかもしれない。

「こんなことを言ったらいけないのかもしれないけれど」

「何ですか岸さん」横を歩く紺ジャンパーの彼も、足取りは不安定で、よろよろとしている。

「僕にとっては、娘や家族が助からないのなら、意味がないんだよ」身勝手だろうが、それは本心だった。

「ですよね」と答えてくれる彼は優しい。「これはまったくおすすめはしないんですが」と続ける。「既成事実を作ってしまう手はありますよ」

「既成事実？」

「薬を投与して、治ることを証明するんです。医師に内緒で。治ってしまえばこちらのものです。そうすれば」

「褒められるかな？」

もちろん僕は冗談で、自分を勇気づけるためにそう洩らした。

彼も、さすがにそれは、と苦笑いをした後で、「賛否両論くらいには持っていけます」と言った。

思ったよりも動く。

小沢ヒジリが隣で言った。

藍色(あいいろ)がうっすら混じった灰色の身体の鳥は、横を向いたまま堂々と立っている。身体が一メートル以上はあるだろうか、仮装した小学生のようにも見えた。足が意外に長く、二足歩行の生き物だと言われれば、そのようにも思える。頭の大きさはもちろん、巨大な革靴をくっつけたような嘴(くちばし)のデザインは目をひいた。

まったく微動だにしない鳥、といった印象があったが、眺めていると時々、動く。

「何度見ても、不思議な鳥ですね」僕の横で、車椅子(くるまいす)に座る池野内議員が感慨深い声を出した。「貫禄(かんろく)があるような、ないような。哲学の顔にも見えるし、何も考えていないようにも。地味なのか、インパクトがあるのか」

都内の動物園に、男三人で来ていた。僕と池野内議員は背広姿、小沢ヒジリは爽(さわ)やかなジーンズ姿で、ハシビロコウのいる場所の前で長いこと立っている。

プレートに説明書きがあり、この鳥の和名と英名に並び、学名も記されていた。ラテン語で「クジラ頭の王様」という意味らしい。

家族連れがちらほらやってきては、感嘆まじりに笑い、去っていく。僕たちだけがずっと、そこにいた。

池野内議員は、僕が治療薬やワクチンを保管施設から運び出して数日が経ったころ、意識不明の重体から回復した。

そこから二ヵ月近く治療とリハビリを続け、車椅子で外出できるようになると、僕と小沢ヒジリをこの動物園に誘った。

「拍手の音とブーイングが鳴り響くところに、目を覚ました気分でしたよ」池野内議員はそう嘯いた。

彼が意識を取り戻した時にはすでに、わが本社ビルのビジョンで、栩木社長の英断によって流れた映像が大騒ぎとなっていたからだ。息子に言われちゃったから、と栩木社長はこっそりと教えてくれた。

「何をですか」

僕からの、映像を流してほしい、という懇願に彼女は悩み、息子の瑛士君に相談をした。すると瑛士君は、「短期的には非難されても、大局的には大勢の人を救うほうを選ぶべきじゃないの」と冗談半分に、主張したらしい。栩木社長の父親が口にしていた台詞(せりふ)だ。
あの小学生だった瑛士君が、と感慨深い気持ちにもなるが、その言葉のおかげで、栩木社長も踏ん切りがついたようだ。
拍手とブーイング、確かに両方が沸いたが、個人的な感触からすると、拍手のほうが多かった。池野内議員は製薬会社と内密に薬を開発するのに、法律をいくつか違反していたため、そのことを批判する声もあったものの、何しろ、パンデミックの恐怖がすぐそこに迫っていたものだから、よくぞ準備してくれていた！　と感謝する者たちのほうが多かった。

　後で分かったことだが、新型インフルエンザに対する警戒心、不安は、国内のあちこちで混乱と事件を起こしていた。近隣住人が感染者だ、というデマを信じ、その家に火を放とうとした者が現れたり、自分が感染したと思い込んだ人物が、死なばもろともの精神で繁華街に出向いて暴れたりした。外出を恐れた者たちが保存食を買い占め、奪い合いによる騒動も起きていた。

　感染を疑う人たちが病院に押し寄せ、その混雑に苛立(いらだ)った人から医師が殴られる事件や、ネット上では、感染症を撒(ま)き散らす外国人がいる、と偽(にせ)情報が拡散されたため、観光客が次々と襲われる事件が起きていた。

そんな中、ワクチンと治療薬がある、というニュースは非常に有効で、まさに救いの主に近かったのだ。

人間を動かすのは、理屈や論理よりも、感情だ。

同じ罪を犯した人に対しても、感情が左右すれば、まったく違う罰を平気で与える。理屈は後からつける。

パニックを起こすのも感情だが、罪を大目に見ようというムードを生み出すのも感情、というわけだ。

あの時の僕は、妻と相談し、佳凛に治療薬を投与した。注射を打つようなものではなく錠剤だったために、病院でこっそりと飲ませるのは難しいことではなかった。

もちろん僕も非難された。個人情報が特定され、自宅や勤務先が公開されたが、物騒な人がやってくるようなことはなく、恐れていたよりは被害はなかった。

「会社で居心地が悪くなったりしていないんですか?」小沢ヒジリが訊ねてくる。

「おかげさまで」

会社のイメージを落とした、ということでは社内で処分を受けてもおかしくはなかったが、配置転換をされただけで済んだ。しかも閑職や地方への転勤などではなく、花形の商品開発の部署なのだから、キツネにつままれた気分とはこのことだ。

印象的だったのは、エレベーターに乗ろうとした時のことだ。扉が開くとすでに大勢の社員が乗っており、僕を認識するとみなに緊張が走った。ああ、あの例の社員じゃないか、とみなの心の声が聞こえるかのようだった。乗らないわけにはいかず、気まずい無言の空気の中、肩をすぼめた。

そして目的の階に到着し、僕が降りた時、ほぼ同じタイミングで背後から、「助かったよ」「ありがとう」という言葉が聞こえたのだ。ぎっしり乗っている社員の中からだ。はっと振り返った時にはエレベーターは口を噤むように扉を閉めていた。

どうしたの、と栩木社長から声をかけられたのはその後だった。

たまたまそのフロアで会議があったらしく、ばったり遭遇したのだ。エレベーターを降りた時の出来事を話すべきか悩んでいると、「岸君、社長賞いる？」と言ってくる。

「え」もらえるものなら、と答えかけたところで、思い出す。「創業主の自伝、でしたっけ」

「いらないよねえ」

「できれば」妙な返事になってしまう。「自伝って何が書かれているんですか」

「意外に、苦労話は少ないんだけどね」

「へえ」と言いつつ関心はない。

「いろんなトラブルを頑張って解決していくところとか、それなりに感動的なんだけれど。あと、夢の話が多くて」

夢の話？　僕は聞き返している。

「そうそう。金沢に、化け鼠を退治した猫で有名なお寺があるんだけど」

「知ってます」思わず、突き刺すような相槌になってしまった。「三匹の猫が協力して」

「あら」と栩木社長が微笑む。「よく知っているね。わたしも行ったことあるけど、そんなに有名なのかな」

「どうでしょう」それほど、とも思えない。「それでその寺が」

「そのお寺に行って以来、変な夢を見るようになって、とかそんな話が会社の苦労話の間にあって、そこもそれなりに面白いかな」

しばらく返事もせずにいると、心配そうに栩木社長が呼びかけてきた。

僕は考えがまとまらないままに、「あの、栩木さんもあのお寺行ったことがある、って言いましたよね？」と訊ねている。

「昔ね」

僕は自分のパスカを取り出した。ネット検索を行い、あの鳥の画像を表示させる。栩木さん、これに見覚えありますか？ と質問しようとしたが、そこでどこからか、「社長」と呼ぶ声がした。

じゃあ岸君また、と栩木社長は立ち去っていった。

その時のことを、池野内議員や小沢ヒジリに言うべきかどうかまだ決めかねている。

「小沢さんにもお礼を言いたかったんです」池野内議員は頭を下げた。「おかげで、私の立場はずいぶん良くなりましたから」

あの時、入院していた小沢ヒジリは佳凛が飲んだ治療薬を使い、すぐに回復した。そしてテレビやインターネットの番組に次々と出演し、池野内議員のやってきたことを説明し、擁護した。

外国の製薬会社と繋(つな)がりのある政治家が、せっかくの薬を台無しにしようとしたことも明るみに出て、池野内議員と敵対する勢力はかなり力を失った。

ハシビロコウがまた彫刻のように動かなくなり、考える人ならぬ何も考えない鳥、といった具合になった。

「ほんと、人を食った顔ですね」

僕が言うと、隣の小沢ヒジリが、はっとしたようにこちらに視線を向けてきた。車椅子の池野内議員が含み笑いを浮かべているのが分かる。

「まさに、喰われそうでしたけどね」

「ああ」あっちでの話だ。夢の中で、攻撃を仕掛けてきた鳥は、確かに僕たちを簡単に食い千切ることができそうだった。

「最終的には勝ったんでしょうか」

僕の矢が刺さったあの鳥が、灰色の雲が空からびしゃっと落ちるかのように地面に落ち、そこに待ち構えていた黒鎧の男と赤装束の男が剣で、その急所と思しき部分を突き刺す光景をうっすらと思い出せた。

池野内議員は意識不明で、小沢ヒジリはインフルエンザの高熱で朦朧としていたが、あちらでは、僕とともに満身創痍、ぼろぼろになりながらチームとして戦ってくれた。さらに言うなら、あの倉庫での戦いもチーム戦だった。元池野内夫人と、紺ジャンパーの彼が手を貸してくれたからこそ、最悪の事態を回避できたのだ。

「どうしてあの鳥が」小沢ヒジリが疑問を口にする。それまでは案内人であったはずのハシビロコウが、急に、自分たちの敵となったのは理解できなかった。

「僕たちがそれを考えても仕方がない」と言ったのは本心でもあった。あちらの世界のことは、はっきりとは分からないのだ。

ただ、あちらで赤装束の男が、あの鳥は自分の天敵を俺たちに倒させていただけかもしれない、と言ったのは、それ自体が僕の妄想かもしれないが、記憶に残っていた。自分にとって都合の悪いものを、たとえばウィルスにとっての免疫(めんえき)めいたものを、一つずつ排除させ、その免疫がなくなったところを見計らって本性を出し、襲い掛かってくる、そういった目論見(もくろみ)を想像することはできた。

「岸さんが言っていたように、胡蝶(こちょう)の夢ってこともありますね」

池野内議員が、僕を見上げた。

あの時、運搬車に突進された瞬間、僕の頭に去来した想像だった。あっちが現実で、こっちは睡眠時の幻覚体験かもしれない。

「校長の夢？」

小沢ヒジリが、とぼけたわけではなく聞き間違えただけなのだろうが、そう聞き返したところ、ハシビロコウがこちらに向かって、羽ばたき、飛んできた。

ばさばさと激しい音と素早さに圧倒され、ずいぶん離れているにもかかわらず、僕は悲鳴まじりに喚いて後ろに下がり、おまけにつまずいて尻餅(しりもち)をついてしまった。

小沢ヒジリが、「大丈夫ですか」と笑いながら手を差し出してくれ、僕はそれをつかんで起き上がる。

池野内議員が車椅子を回転させ、こちらを向く。彼もやはり笑っていた。

パスカに着信があり、はっとして見れば、母からメッセージが届いていた。とうに仕事を引退し、年金生活も板についている両親は、今回の僕が巻き込まれた事件に当然ながらショックを受けていたが、僕よりも、孫の佳凛の回復状況のほうが気がかりの様子だった。お父さんがまた腰やっちゃったけれど、佳凛が心配だから、とすぐに駆けつけてもくれた。近々、また顔を見に来る、という連絡のメールだった。

「また、向こうで戦うこともあるんですかね」僕はふと浮かんだ疑問を口にした。怪鳥を撃退したのだから、もうおしまい、と思い込んでいた。事実、あれ以来、夢を見た記憶はない。

小沢ヒジリと池野内議員が顔を見合わせている。そればっかりは分からない、という表情だ。

考えたところで答えは出ない。あちらの小屋で目覚め、戦いに出発することになって、初めて判明するようなものだ。

僕はまたハシビロコウを見る。先ほどの動きがなかったかのように、また横向きで固まっている。

じっと見ていると、ハシビロコウの嘴がわずかに歪むものだから驚いた。つぶらな目が僕を捉え、微笑んでいる。

あとがき

アクションシーンは、小説が苦手とするものの一つではないか、と個人的に思っています。人物の動きを文章化することはできますが、スピードや躍動感という意味では、映画やコミックのほうが効果的に表現できます。

ですので、小説内で何らかのアクションや立ち回りを描く場合は、アクションをただ文章化するだけでなく、文章だからこそ楽しめる工夫を凝らすことを意識したくなります。ただその一方で、アクションシーンを絵やコミックのようなもので表現し、それを挟み込みたい、という願望も十年ほど前からありました。

はじめに思い浮かんだのは、「昼間は普通の会社員、夜になるとロールプレイングゲーム内の勇者となる」といった比較的オーソドックスな設定でした。夜の部分をコミックにすることで、非現実的な世界の活劇をより楽しんでもらえるのではないかな、と考えたのです。

もちろん、僕自身はそういった絵を描くことができませんから、別の人にお願いするほかないのですが、漫画家とのコラボレーションになってしまうと意味合いが変わってしまいます。あくまでも、小説の中に、作品の一部としてコミックパートが含まれる構造で、「絵本における絵」とも、「連載小説の挿絵」とも異なるものでなければいけません。アメコミやフランスのバンド・デシネ的なものがいい、とは思いました。とはいえ、具体的なアイディアがあるわけでもなく、時折、何人かの編集者に提案したものの、真面目に受け止められていなかったのか（もしくは読者に「企画物」「変化球」と受け止められることを警戒したのかもしれません）、実現できずにいました。

というわけで、今回の『クジラアタマの王様』は長年の夢がようやく叶ったものです。どなたにコミックパートを描いてもらうのかが大きな課題でしたが、担当編集者が川口澄子さんのイラストを見せてくれた瞬間（当時、川口さんがご自身のホームページに載せていた、小さな一つの絵でした）、「この絵だ！」と確信しました。

コミックパートの内容や大まかな動きは、僕と担当編集者で組み立て、依頼をしました。川口さんはそれを踏まえた上で、希望を超える素敵なものを描き上げてくれました。さらには、小説部分のディティールについても指摘やアドバイスをくださり（たとえば、道幅や車の大きさによる矛盾や、水を使う場面での水圧等の懸念）、とてもありがたかったです。

奇をてらうつもりも、変化球を投げたかったわけでもなく、この物語を一番、活き活きと表現できる方法を考えた末に（川口さんの力を借りて）できあがったのが、この本です。みなさんが楽しんでもらえれば幸いです。

主人公の名前を、応援する楽天イーグルスの岸孝之投手にちなんで付けることは最初から決めていたものの、小沢ヒジリに関しては当初、別の名前でした。二〇一八年に聖澤諒選手が引退したことが寂しく（引退の際の謙虚で、真面目なコメントにも感動しました）、その名前の一部を借りることにしました。

また作中に、牡鹿半島近くの、「サンファンランド」や「ホエールランド」といった場所が登場します。これは架空のものです。復元したサン・ファン・バウティスタ号のある「サン・ファン・バウティスタパーク」や、東日本大震災後、休業となってしまった「おしかホエールランド」が好きだったため、名前を似せたところがあるのですが、位置や施設内容もまったく違うものですので、そのように受け止めていただけるとありがたいです。

文庫版あとがき

作中に新型インフルエンザウィルスによるパンデミックの話が出てきます。主人公たちを何か規模の大きな問題に関わらせたかったため、二〇〇九年の新型インフルエンザ騒動を下敷きにしました。この『クジラアタマの王様』の単行本が出たのは二〇一九年の夏でしたが、その冬に、新型コロナウィルスが見つかり、それから世界規模で大変なことになるとは思ってもいませんでした。今回、文庫化に際し、読み直してみますと、自分たちが過ごしてきた、「コロナ禍」の経験と照らし合わせ、手を入れたい部分もいくつかあったのですが、この小説の重要な部分はそこではありませんし、基本的には修正しないことにしました。

作中の出来事は、現実のものとは無関係のものですので、架空のお話として楽しんでもらえればありがたいです。

解説

川原　礫

テレビゲームというものが子供のみならず大人にも広く親しまれるようになった一九九〇年前後から、多くの作家がゲーム、ことにファンタジーRPGの魅力（あるいは魔力）を小説で表現しようとしてきた。

そのアプローチは、大きく五つに分類できるように思う。

ゲームテイストを取り入れた異世界を舞台とする作品（水野良『ロードス島戦記』、手塚一郎『最後の竜に捧げる歌―ドラゴンロアー』）。

現実世界がゲームと融合、または侵食される作品（いとうせいこう『ノーライフキング』、岡嶋二人『クラインの壺』）。

同じく現実世界を舞台としつつ、超常要素を排して、ゲームに情熱を捧げる若者たちを描いた作品（大塚ギチ『トウキョウヘッド』、桜坂洋『スラムオンライン』）。

主人公がゲームの世界に入り込む作品（高畑京一郎『クリス・クロス　混沌の魔王』、

拙著『ソードアート・オンライン』もここに含まれる)。

そして、現実世界とゲーム世界を行き来する作品(神坂一『日帰りクエスト』、うえお久光『シフト―世界はクリアを待っている―』)。

本作『クジラアタマの王様』は、分類するならば最後のカテゴリーということになるだろう。伊坂幸太郎作品といえば、ミステリやクライムノベルのイメージが強く、「ゲーム小説」と聞くと、おや、と思われる方がいるかもしれない。しかし、その手のお話ばかり書いてきた私にとって、本作は超一級の「ゲーム小説」に他ならない。

(なお、ここから先は本文の展開への言及を含むため、作品を読み終えてから目を通すことをおすすめします。)

主人公の岸は製菓会社の広報部員。身重の妻と二人暮らしの彼は、ある日会社から、新製品のマシュマロ菓子に画鋲が混入していたというクレームへの対応を命じられ……という滑り出しは、伊坂作品としては珍しいサラリーマン小説の趣きだ。もちろんこれが滅法面白い。要領がいいようで不器用なところもある岸が、居丈高なクレーム客や横暴な広報部長と対峙しつつ懸命にトラブルを解決しようとする姿は素直に応援したくなる……のだが、そこに差し込まれてくる漫画ふうの挿絵に、読者は自分なりの解釈を迫られる。

この、台詞(せりふ)や擬音なしのコミックパートがまた素晴らしい。川口澄子(かわぐちすみこ)氏の手になる素朴かつ情感豊かな描画は、どうやら岸の見ている夢であるらしい異世界でのモンスターとの死闘を、ふわふわと幻想的な、まさしく夢のような味わいで伝えてくる。

伊坂氏は単行本版のあとがきで、「あくまでも、小説の中に、作品の一部としてコミックパートが含まれる構造」を意図したと述べておられるが、確かにこのタッチ、このテイストでなければ成立しなかっただろうと思わせる絶妙なバランスだ。読者は岸が繰り広げる夢の世界での戦いを共有し、目覚めては「これはどういうことだろう」と考える。

いっぽう現実世界では、画鋲混入事件が思わぬ形で解決して一安心と思ったのも束(つか)の間、都議会議員の池野内征爾(いけのうちせいじ)、人気ダンサーの小沢(おざわ)ヒジリとの出会いを通して、不思議な夢がただの夢ではないことがわかってくる。このあたりから物語は俄然(がぜん)勢いを増し、ページを繰る手が止まらなくなる。

池野内の推測によれば、現実世界と夢の世界はリンクしていて、夢の中で彼らは街の広場に陣取るハシビロコウに討伐対象のモンスターを指示され、それに勝利できれば現実世界でのトラブルを回避でき、負けてしまうとその逆の結果になるのだという。

面白いのは、岸たちはあくまで夢世界のもう一人の自分と「紐(ひも)付いている」だけで、戦いの結末を夢で見届けることしかできない点だ。先に、『クジラアタマの王様』は現実世界とゲーム世界を行き来するタイプの作品だと書いたが、行き来するのは視点だけで岸たち自身ではない。つまりゲームに喩(たと)えるならば、分身たるキャラクターを自分で操作するのではなく、ＡＩが戦うのを見守るような感覚なのだが、これがのちに大きな意味を持ってくる。

小沢ヒジリに招かれたキャンプ場でのとんでもないトラブルを、三人は夢世界での戦いに勝利することで回避し、物語はそこで一気に十五年後へと飛ぶ——のだが、その直前にひときわ不穏な夢が挿入される。モンスターに勝利した岸たちではない戦士を、いわばゲームマスターであるはずのハシビロコウが底なし穴に突き落とし、飛び去っていく。

十五年後の岸は課長に昇進し、妻と一人娘の佳凛(かりん)と幸せに暮らしている。小沢ヒジリは人気俳優に、池野内は厚生労働大臣になったが、彼らは相変わらず夢世界でモンスターと戦い、勝ったり負けたりを繰り返している。このままそんな日々が続くのかと思いきや、ここで不穏を通り越して不吉極まる夢が提示される。

夢世界で岸とヒジリ、池野内が向かった広場には、あれほど並んでいた戦士たちの姿がまったくない。パーティーメンバーを選ぶための無数のビラには全てバッテンが刻まれている。まるで、生き残っている戦士は岸たち三人だけであるかのような荒涼とした光景の中、彼らはハシビロコウのもとへと向かう。

不吉な夢に呼応するように、現実世界の岸にも最大級の危機が襲ってくる。娘の佳凛と小沢ヒジリが、海外から持ち込まれた新型の鳥インフルエンザウイルスに感染してしまい、テレビ局のリポーターや無責任なストリーマーが岸家に押しかける。からくも脱出した岸は、佳凛を入院させてから、池野内が秘密裏に準備していた治療薬とワクチンを回収しに向かうが、そこに……というところで物語はクライマックスを迎え、ついに現実世界と夢世界が一点で交錯する。

再び単行本版のあとがきから引用させていただくと、この物語の着想点は、「昼間は普通の会社員、夜になるとロールプレイングゲーム内の勇者となる」という「比較的オーソドックスな設定」だったという。恐らく伊坂氏は、その設定から物語を生み出すにあたって、いかにして昼間と夜、すなわち現実とゲームをリンクさせるのかを深く深く考えられたのではないだろうか。

現実世界に基盤を置いたゲーム小説を書くにあたって、最も大きな問題となるのがその部分だ。なぜならゲームをただのゲームとして描写するだけでは、それが主人公の「リアルな危機」にはならない——たとえゲームの中で死んだところで、セーブデータをロードすればいくらでもやり直せるからだ。

　私は自作でその問題を、「ゲーム世界で死んだら現実世界の主人公も死んでしまう」という力技で解決したが、『クジラアタマの王様』では「ゲーム世界の討伐クエストが現実世界のトラブルとリンクしている」という設定によって、岸の危機をリアルなものにしている。ゲーム世界の岸と現実世界の岸が、同時にそれぞれの武器を投擲(とうてき)するシーンで手に汗を握らなかった読者はいるまい。

　ゲーム、ことにロールプレイングゲームの醍醐味(だいごみ)とは何か。それはきっと、自分の分身であるキャラクターが、ぎりぎりの危機に立ち向かい、乗り越える達成感だろう。それをそのまま文章で再現しようとしてもなかなか本物のゲームには及ばないが、小説には小説なりの、書きたいものは何でも書ける無限の自由度がある。本作は、伊坂氏一流の、現実(リアル)と非現実(フィクション)の境界線を自在に滑走するような読み味と、現実(リアル)と夢(ゲーム)がリンクする精妙かつ大胆な設定の相乗効果によって、クライマックスシーンの興奮と読後の満足感を心ゆくまで味わわせてくれる、至上のゲーム小説だと断言できる。

最後に、私がことのほか気に入った点を二つ挙げておこう。

まず、第一章で岸がスマートフォンを使っているので、そこから十五年後となる第四章は近未来ということかな、と思いながら読んでいたら、スマートフォンが「パスカ」なるデバイスに置き換わっていたところ。パスカが何の略なのか説明されないのがさらにいい。

もう一つは、ラスト間際(まぎわ)に「胡蝶(こちょう)の夢」というワードを出して、実は夢世界こそが現実で、こちら側が夢なのではないかという可能性を匂(にお)わせたところ。そうこなくちゃ！

蛇足かと思ったが、あと一つだけ。

この文庫版の底本となる単行本が出版されたのは二〇一九年七月なので、作中の新型鳥インフルエンザウイルスが、同年の十二月に初めて確認された新型コロナウイルスのメタファーだということはあり得ない。しかし二〇二二年四月現在、なおも一進一退を続けている感染状況を見るにつけ、夢世界で誰かがパンデミックの終息を懸(か)けて、恐ろしいモンスターと繰り返し戦ってくれているのでは……と思わずにいられない。

そう思ってしまうほどの魅力に溢れたこの作品に出会えたこと、さらにはその解説を書くという大役を任せて頂けたことに深く感謝します。ありがとうございました。

（令和四年四月、作家）

この作品は令和元年七月ＮＨＫ出版より刊行された。

伊坂幸太郎著　オーデュボンの祈り

卓越したイメージ喚起力、洒脱な会話、気の利いた警句、抑えようのない才気がほとばしる！　伝説のデビュー作、待望の文庫化！

伊坂幸太郎著　ラッシュライフ

未来を決めるのは、神の恩寵か、偶然の連鎖か。リンクして並走する4つの人生にバラバラ死体が乱入。巧緻な騙し絵のごとき物語。

伊坂幸太郎著　重力ピエロ

ルールは越えられるか、世界は変えられるか。未知の感動をたたえて、発表時より読書界を圧倒した記念碑的名作、待望の文庫化！

伊坂幸太郎著　フィッシュストーリー

売れないロックバンドの叫びが、時空を超えて奇蹟を呼ぶ。緻密な仕掛け、爽快なエンディング。伊坂マジック冴え渡る中篇4連打。

伊坂幸太郎著　砂漠

未熟さに悩み、過剰さを持て余し、それでも何かを求め、手探りで進もうとする青春時代。二度とない季節の光と闇を描く長編小説。

伊坂幸太郎著　ゴールデンスランバー
山本周五郎賞受賞
本屋大賞受賞

俺は犯人じゃない！　首相暗殺の濡れ衣をきせられ、巨大な陰謀に包囲された男。必死の逃走。スリル炸裂超弩級エンタテインメント。

伊坂幸太郎著

オー！ファーザー

一人息子に四人の父親!? 軽快な会話、悪魔的な箴言、鮮やかな伏線。伊坂ワールド第一期を締め括る、面白さ四〇〇%の長篇小説。

伊坂幸太郎著

あるキング
―完全版―

本当の「天才」が現れたとき、人は〝それ〟をどう受け取るのか――。一人の超人的野球選手を通じて描かれる、運命の寓話。

伊坂幸太郎著

３６５２
―伊坂幸太郎エッセイ集―

愛する小説。苦手なスピーチ。憧れのヒーロー。15年間の「小説以外」を収録した初のエッセイ集。裏話満載のインタビュー脚注つき。

伊坂幸太郎著

ジャイロスコープ

「助言あり〼(ます)」の看板を掲げる謎の相談屋。バスジャック事件の〝もし、あの時……〟。書下ろし短編収録の文庫オリジナル作品集！

伊坂幸太郎著

首折り男のための協奏曲

被害者は一瞬で首を捻られ、殺された。殺し屋の名は、首折り男。彼を巡り、合コン、いじめ、濡れ衣……様々な物語が絡み合う！

伊坂幸太郎著

ホワイトラビット

銃を持つ男。怯える母子。突入する警察。前代未聞の白兎事件とは。軽やかに、鮮やかに。読み手を魅了する伊坂マジックの最先端！

阿部和重
伊坂幸太郎著

キャプテンサンダー
ボルト　新装版

新型ウイルス「村上病」と戦時中に墜落したB29。二つの謎が交差するとき、怒濤の物語の幕が上がる！　書下ろし短編収録の新装版。

一條次郎著

レプリカたちの夜

新潮ミステリー大賞受賞

動物レプリカ工場に勤める往本は深夜、シロクマと遭遇した。混沌と不条理の息づく世界を卓越したユーモアと圧倒的筆力で描く傑作。

一條次郎著

動物たちのまーまー

混沌と不条理の中に、世界の裏側への扉が開く。『レプリカたちの夜』で大ブレイクした唯一無二の異才による、七つの奇妙な物語。

一條次郎著

ざんねんなスパイ

私は73歳の新人スパイ、コードネーム・ルーキー。市長を暗殺するはずが、友達になってしまった。鬼才によるユーモア・スパイ小説。

大江健三郎著

われらの時代

遍在する自殺の機会に見張られながら生きてゆかざるをえない〝われらの時代〟。若者の性を通して閉塞状況の打破を模索した野心作。

大江健三郎著

空の怪物アグイー

六〇年安保以後の不安な状況を背景に〝現代の恐怖と狂気〟を描く表題作ほか「不満足」「スパルタ教育」「敬老週間」「犬の世界」など。

小田雅久仁著

本にだって雄と雌があります

Twitter文学賞受賞

本も子どもを作る——。亡き祖父の奇妙な主張を辿ると、そこには時代を超えたある〈秘密〉が隠されていた。大波瀾の長編小説！

柿村将彦著

隣のずこずこ

日本ファンタジーノベル大賞受賞

村を焼き、皆を丸呑みする伝説の「権三郎狸」が本当に現れた。中三のはじめは抗おうとするが。衝撃のディストピア・ファンタジー！

小島秀夫著

創作する遺伝子

—僕が愛したMEME（ミーム）たち—

人気ゲーム「メタルギア ソリッド」シリーズ、『DEATH STRANDING』を生んだ天才ゲームクリエイターが語る創作の根幹と物語への愛。

島田荘司著

写楽 閉じた国の幻（上・下）

「写楽」とは誰か——。美術史上最大の「迷宮事件」を、構想20年のロジックが打ち破る！ 現実を超越する、究極のミステリ小説。

島田雅彦著

カタストロフ・マニア

地球規模の大停電で機能不全に陥った日本。原発危機、感染症の蔓延、AIの専制……人類滅亡の危機に、一人の青年が立ち向かう。

恒川光太郎著

草祭

この世界のひとつ奥にある美しい町〈美奥〉。その土地の深い因果に触れた者だけが知る、生きる不思議、死ぬ不思議。圧倒的傑作！

J・アーヴィング
中野圭二訳
ホテル・ニューハンプシャー（上・下）
家族で経営するホテルという夢に憑かれた男と五人の家族をめぐる、美しくも悲しい愛のおとぎ話——現代アメリカ文学の金字塔。

P・オースター
柴田元幸訳
ガラスの街
透明感あふれる音楽的な文章と意表をつくストーリー——オースター翻訳の第一人者によるデビュー小説の新訳、待望の文庫化！

O・ヘンリー
小川高義訳
賢者の贈りもの
—O・ヘンリー傑作選I—
クリスマスが近いというのに、互いに贈りものを買う余裕のない若い夫婦。それぞれが一大決心をするが……。新訳で甦る傑作短篇集。

カポーティ
佐々田雅子訳
冷血
カンザスの片田舎で起きた一家四人惨殺事件。事件発生から犯人の処刑までを綿密に再現した衝撃のノンフィクション・ノヴェル！

S・キング
永井淳訳
キャリー
狂信的な母を持つ風変りな娘——周囲の残酷な悪意に対抗するキャリーの精神は、やがてバランスを崩して……。超心理学の恐怖小説。

J・M・ケイン
田口俊樹訳
郵便配達は二度ベルを鳴らす
豊満な人妻といい仲になったフランクは、彼女と組んで亭主を殺害する完全犯罪を計画するが……。あの不朽の名作が新訳で登場。

クジラアタマの王様（おうさま）

新潮文庫　い－69－13

令和四年七月一日発行

著者　伊坂幸太郎（いさかこうたろう）

発行者　佐藤隆信

発行所　株式会社新潮社

郵便番号　一六二—八七一一
東京都新宿区矢来町七一
電話 編集部(〇三)三二六六—五四四〇
読者係(〇三)三二六六—五一一一
https://www.shinchosha.co.jp

価格はカバーに表示してあります。

乱丁・落丁本は、ご面倒ですが小社読者係宛ご送付ください。送料小社負担にてお取替えいたします。

印刷・錦明印刷株式会社　製本・錦明印刷株式会社

ISBN978-4-10-125033-5 C0193